À corps perdu

Des mêmes auteurs

Comme des bleus, Plon, coll. « Sang neuf », 2018.

Marie Talvat et Alex Laloue

À corps perdu

PLON
www.plon.fr

Ouvrage publié sous la direction éditoriale
de Marc Fernandez

12, avenue d'Italie
75013 Paris
Tél. : 01 44 16 09 00
Fax : 01 44 16 09 01
www.plon.fr
www.lisez.com

Mise en pages : Graphic Hainaut
Dépôt légal : juin 2019
ISBN : 978-2-259-27822-5

LUI

Je ferme le dernier bouton de ma chemise, resserre ma cravate et allume ma machine à espresso. Mon reflet dans le miroir me donne le blues. Arsène, quarante ans, le doigt bien posé sur la couture du pantalon et l'uniforme impeccable. Un coup d'œil sur les feuilles de chêne cousues sur mes épaulettes. Je suis commissaire de police. Dix ans que je n'ai pas remis les pieds dans la rue, que je n'ai tenu mon arme que pour les trois séances de tir annuelles. Arsène Galien, chef de salle à l'état-major de la Direction de la sécurité de proximité de l'agglomération parisienne. À vos souhaits. On est très loin du « Arsène Galien, brigade criminelle » que je m'amusais à prononcer l'œil malicieux et la tête haute. La machine ne clignote plus. Elle est enfin prête à m'offrir mon premier café. Serré. Certaines habitudes ne se perdent pas. J'entends grogner derrière moi, mon golden retriever réclame ses croquettes. « Tu le sais, mon pépère, que tu es le premier symptôme de ma crise de la quarantaine ? » Ripeur se couche, bâille, me regarde d'un œil torve comme s'il disait « Écoute, mon pote, j'ai pas le temps de m'apitoyer sur ton sort. Alors donne-moi à bouffer, mets-moi devant Discovery Channel, et file tamponner tes feuilles de congés, commissaire ».

En sortant de mon appartement, je respire l'air du canal Saint-Martin. Quelques joggeurs courent sur les pavés. Comme tous les vendredis matin, en me dirigeant vers ma voiture de fonction, je croise des trentenaires éméchés qui finissent leur soirée. Il est 8 h 30. Le temps d'arriver sur l'île de la Cité, je serai pile à l'heure. Et puis merde, je suis le chef, maintenant. Je vais m'octroyer dix minutes de retard. Je m'assois sur un banc au bord de l'eau et m'allume une clope. Les feuilles de congés et les mails attendront. Le canal est devant moi. Calme. Illuminé par la lumière blanchâtre propre aux matins parisiens. Les pas légers des coureurs résonnent derrière moi pendant que les volutes de fumée dansent devant mes yeux fatigués. Je passe la main dans ma tignasse, ma seule excentricité. La dernière chose qui dépasse chez Arsène Galien.

Il y a dix ans, ma vie a basculé. Un coup de feu. Sur un Sig-Sauer SP 2022, il faut deux kilos de pression pour changer une vie. Une balle perdue, une seule, une de trop. Puis, le soir, à la sortie de ma garde à vue réglementaire, une cuite. Une de trop. Avec Chuck. Trois litres de pression, c'est ce qu'il m'a fallu pour faire l'erreur de ma vie. Un écart de conduite, une mauvaise décision, le sourire trop tendre d'une jeune avocate sur un flic en détresse. Puis, quelques mois plus tard, Pauline qui fait sa valise, me fout une baffe et passe la porte. Je ne l'ai plus jamais revue. Acte III, scène I : Arsène seul comme un con, sous le joug d'une enquête administrative, et qui se fait lourder parce qu'il ne résiste pas à l'appel du sexe. Dix ans plus tard, le commissaire Galien, encore seul comme un con, avec pour seule compagnie un golden retriever snobinard et un téléviseur hors d'âge.

Comme chaque matin, mon corps refuse de me répondre, engourdi par le whisky de la veille. À ce moment précis, me lever de ce banc me semble impossible. Je serais prêt à passer ma vie à regarder les remous du canal Saint-Martin et les boutiques couleur pastel qui le jalonnent, pourvu que cela m'empêche d'aller prendre mon service.

Une vibration de mon portable me ramène à la réalité. Un SMS de Chuck : «Je suis au Soleil d'Or, tu me rejoins pour un café-croissants, commissaire ?» «Suis pas encore parti. Je t'appelle quand je suis dans ma caisse.» Chuck est devenu chef de groupe à la BRI. Depuis nos cinq ans passés ensemble à la Crim', on est inséparables. Il est devenu le commandant Souni et moi le commissaire Galien, mais nos relations n'ont pas changé, si ce n'est que je lui voue une admiration encore plus grande. Il était l'un des plus fins limiers de la brigade criminelle, il est maintenant le chef de groupe le plus charismatique de cette unité d'élite. En l'espace de dix minutes, Chuck est capable de défoncer une porte à coups de pompe et de rassurer une victime traumatisée, le tout en s'enfilant l'éternel shaker de protéines que je le vois trimballer dans son sac depuis quinze ans. En plus de ça, il n'a pas trop vieilli. Comme quoi, il n'y a pas de secret : quand on passe deux heures par jour à soulever de la fonte et que l'on déloge des forcenés trois fois par semaine, la bedaine vient moins vite que quand on est chef d'état-major qui passe ses soirées à picoler dans les bars.

Je rentre dans ma voiture, allume le contact et longe tranquillement le quai de Valmy. Déjà quinze minutes de retard. Ma cheffe va me faire une remarque que je vais trouver désobligeante sur la façon dont je fous ma carrière en l'air en me moquant éperdument des réunions et autres salamalecs devenus le privilège des gens de mon rang. Mais mon avenir dans la police n'a aujourd'hui pas plus d'importance à mes yeux que la couleur de mes chaussettes. Ce à quoi je tiens, depuis dix ans, c'est ce salaire confortable qui me permet de financer mon appartement et mes plateaux-télé avec Ripeur, mon dernier plaisir. Je prends un plat à emporter dans un des nombreux restaurants du canal, et choisis un film comme on choisit une bouteille de vin. Tout, sauf des polars. La police était ma passion, c'est devenu mon gagne-pain. Je suis aujourd'hui le commissaire le moins bien réputé de Paris : un patron qui ne se coupe pas les cheveux, et se fout des tenants et aboutissants politiques de ses décisions. Celui qui m'a donné le concours doit encore être en train de s'en mordre les phalanges.

Un coup d'œil au gyrophare qui repose sur le siège passager. Quand je venais d'arriver à la Crim', « conduire au bleu » me procurait un rush d'adrénaline incomparable. Maintenant, je reste sur la file la plus lente des embouteillages parisiens pour arriver le plus tard possible dans mon bureau. Et pour ne pas me mettre une balle en posant mon cul dans le fauteuil, j'appelle Chuck. Comme chaque matin, il décroche d'une voix pleine d'entrain.

— Comment tu vas, 2 be 3 ?

— Tu es bien le dernier à m'appeler comme ça, mec. Ça va, comme un matin où je vais aller dire bonjour à des peigne-culs plus gradés que moi, et refuser des stages à des jeunes collègues qui les méritent.

— Tu as voulu devenir taulier, tu assumes, maintenant. Ce sont les affres des fonctions de commissaire.

— « Les affres » ? Tu as géré une prise d'otages à l'Académie française hier ou quoi ?

— Non, mon vieux, je me cultive, c'est tout. J'ai que cinquante ans, j'ai encore tout à apprendre. Toi, tu es et resteras un gamin. Ça fait juste une dizaine d'années que tu boudes dans ton placard à l'état-major...

— Bref. On se boit des coups ce soir ? En célibataires...

— Je vais dire ça à Karine, ça lui fera plaisir...

— Tu es un modèle d'intégrité, Chuck. 20 heures au pub canadien ?

— Est-ce qu'on est déjà allés ailleurs ? Bonne journée, Monsieur le commissaire.

— Bonne journée, musclor.

J'arrive enfin devant la préfecture de police, géant de pierre, forteresse posée sur l'île de la Cité comme un symbole, en plein cœur de Paris. Aujourd'hui, impossible de se garer dans la cour, réquisitionnée pour une cérémonie officielle. Un hommage rendu à un collègue parti trop tôt, tué lors d'un caillassage dans un quartier laissé à l'abandon par les politiques depuis plus de trente ans. Les trompettes de la Musique des gardiens de la paix vont résonner, chargeant d'encore un peu plus d'histoire ces murs qui ont vu passer des siècles de sang et de morts, mais dont le granit résiste toujours plus à l'épreuve du temps. Comme le cuir d'un flic qui se tanne à force de drames. Je pose ma voiture à côté et finis le chemin à pied, en uniforme. À mon arrivée, le collègue posté dans la guérite se fend d'un « bonjour, Monsieur le commissaire » auquel je réponds machinalement « salut, ça va ? ». Je n'arrive toujours pas à accepter les égards dus à mon grade.

Au troisième étage se trouve l'état-major. À mon arrivée, la salle entière se lève et me serre la main. Ici, toutes les caméras de surveillance de Paris sont scrutées par une dizaine de policiers que l'on oblige à s'habiller en uniforme de cérémonie alors qu'ils ne mettent pas le nez dehors et feraient un travail tout aussi efficace en pyjama. Ils sont les yeux de la police parisienne, en relation directe avec l'ensemble des services de la capitale. Lorsque j'arrive dans la salle de repos pour boire un café, je vois, autour de la table, trois jeunes gardiens de la paix aux profils opposés, mais que l'uniforme mal coupé rend difficiles à différencier. Je leur serre la main et chacun d'entre eux me salue à sa manière. Marc, dix ans d'expérience, ancien emploi jeune dans la police, se fend d'un simple « bonjour patron ». Loïc, un trentenaire tout juste sorti de l'École de police après trois ans dans les forces spéciales se lève, me tend une poigne ferme accompagnée d'un « mes respects, Monsieur le commissaire ». Et enfin, Eugène, qui, les yeux plongés sur son bouquin, se lève au dernier moment, m'adressant un sobre « bonjour monsieur » dans sa barbe. Eugène est l'un de mes effectifs les plus atypiques. Diplômé de psychologie criminelle, il se voyait déjà à la Crim' en passant le concours et se retrouve, bien malgré lui, à scruter des caméras à longueur de journée. Chaque semaine, il me dépose une demande de stage à laquelle je donne un avis favorable et que je transmets à ma hiérarchie, qui refuse systématiquement. Dans la police, les ressources humaines ne se font pas au cas par cas. Nous sommes tous des numéros à six chiffres qui ne servent qu'à remplir les cases des chefs de service. Et peu importe que ce numéro soit surqualifié pour le poste, ou l'inverse. Tant qu'il remplit la case, il ne bouge pas. Et Eugène remplit sa case depuis deux ans, deux ans de trop d'après lui. « Vous passerez me voir dans mon bureau, Eugène, s'il vous plaît ? »

Je ne peux m'empêcher de me retrouver dans ce jeune flic surmotivé. Et il est hors de question de laisser notre administration, grande machine à broyer les hommes, lui passer dessus sans rien faire.

Installé dans mon bureau dont les fenêtres longent la Seine, j'enlève ces chaussures de cérémonie qui me font un mal de chien et allume mon ordinateur. Ma boîte mail à peine ouverte, on frappe à ma porte. Eugène apparaît dans l'entrebâillement avec sa tronche enfarinée.

— Vous vouliez me voir, monsieur ?

— Oui, asseyez-vous…

Je ne lui laisse pas le temps de s'installer et entre tout de suite dans le vif du sujet.

— Ça va en ce moment, Eugène ? Je vous sens un peu ramolli…

— Sauf votre respect, monsieur, comment voulez-vous que ça aille ? J'ai fait vingt demandes de stage à la Crim' et elles ont toutes été refusées. Je suis à l'heure tous les jours, je bosse du mieux que je peux et j'ai jamais été malade. Je ne comprends franchement pas.

— Ouais, j'ai vu. Vous voulez un café ?

— Non, merci.

— J'ai mis un avis favorable à votre dernière demande, mais la cheffe de service refuse. Bon, pour la jouer franche, Eugène, quand je vous vois galérer, je me revois à mes débuts. Patience, ça viendra. Si vous voulez, je peux vous avoir un entretien avec le chef d'état-major de la Crim'. J'ai commencé dans son groupe et on a de bons rapports.

— Sérieusement ?

— Oui, peut-être que si lui appuie votre demande, ça prendra. Préparez-moi une belle lettre de motivation et un CV complet, je vais lui envoyer un texto. Et pas un mot de ce que je vous ai dit. Au boulot.

— Merci, monsieur.

J'envoie un SMS à Caligula, le procédurier qui m'a formé. Cette vieille branche n'a jamais rien pu me refuser. Je le remercie et note dans un coin de ma tête qu'il faut que je lui achète une bouteille de single malt. J'ai fait ma BA du jour.

Alors que je sors fumer une cigarette, Loïc est devant ma porte. Au garde-à-vous. Décidément, c'est la journée.

— Entrez, Loïc.

— Monsieur le commissaire, on vient de voir quelque chose aux caméras, il faut que vous descendiez.

Je dévale l'escalier en colimaçon et me retrouve dans la salle de contrôle. Toutes les caméras sont braquées sur la rue de Passy, dans le 16ᵉ arrondissement. Un opérateur est en train de suivre une camionnette qui roule en trombe dans les rues de Paris.

— Qu'est-ce qu'il se passe ?

— Regardez, patron.

Sur l'un des écrans, une scène apocalyptique. Une décharge d'adrénaline parcourt ma colonne vertébrale. En une fraction de seconde, le flic que j'étais prend le pas sur le fonctionnaire de police que je suis devenu.

— Bon, ça s'est passé sur le seize, donc vous alertez tout de suite les collègues qui jouent les baby-sitters de VIP et vous leur filez la plaque de la camionnette. Vous appelez la compagnie de périph, qu'ils bloquent entre porte Maillot et porte de Versailles. Je veux que ça crée un embouteillage monstre, comme ça, ils ne pourront pas s'arracher. Ensuite, vous prévenez l'état-major PJ et vous me passez le patron de la compagnie de sécurisation et d'intervention dans mon bureau.

En remontant, je jette un dernier regard sur l'écran. Ça me saute aux yeux.

— Faites-moi un zoom sur la nana qui est par terre !

L'opérateur s'exécute. Mon sang ne fait qu'un tour.

— Qu'est-ce qu'elle fout là, cette conne ?

ELLE

Les premiers rayons du soleil filtrent à travers les stores. J'ouvre un œil et les vois caresser le visage de Lionel. Les fines rayures horizontales adoucissent ses traits tirés par une énième nuit trop courte. Hier encore, il a dû rester travailler jusqu'à des heures indues. Je ne l'ai pas entendu se coucher. Le réveil indique 6 h 40. En remontant les draps sur ma poitrine, je prends quelques instants pour étirer mes membres les uns après les autres puis m'extrais du lit sans faire de bruit.

En traversant le couloir, je m'arrête une seconde devant la chambre de Gabriel et colle mon oreille contre la porte. Une vieille habitude. Lorsqu'il était bébé, je rêvais presque toutes les nuits qu'il s'étouffait dans son sommeil et me voyais dans la pièce d'à côté, béatement enroulée dans ma couette, trop profondément endormie pour entendre ses gémissements. Quand je me réveillais en sursaut, je courais jusqu'à son berceau pour m'assurer qu'il était toujours en vie. Les cauchemars ont fini par disparaître, mais le réflexe de vérifier chaque matin que mon fils respire encore, lui, ne m'a jamais quittée.

Toujours sans un bruit, je pénètre dans la cuisine et remplis le réservoir de la cafetière. Mon regard encore embué par le sommeil s'échappe par la fenêtre qui surplombe l'évier. Comme tous les matins, le spectacle de Paris qui s'éveille me rappelle Jacques Dutronc. La lumière de l'aube rend les feuilles des arbres plus vertes qu'à tout autre moment de la journée. Au-dessus du toit du bel immeuble haussmannien qui me fait face, quelques oiseaux virevoltent. Les beaux jours reviennent, il va falloir couper le chauffage au sol. Comme pour se préparer aux adieux, la plante de mes pieds nus se presse contre la douce tiédeur du carrelage.

J'allume la cafetière et me dirige vers le salon pour une brève séance de yoga matinal. Les fesses en l'air dans la posture du chien tête en bas, je me rends compte à quel point ma vie a changé. Si l'on m'avait dit, il y a seulement dix ans, que le jour viendrait où je troquerais mon café-clope pour une salutation au soleil à jeun, j'aurais ri à gorge déployée. Il me paraît si loin le temps où, lors des conversations de café, je me plaisais à balancer avec désinvolture que j'avais très exactement l'hygiène de vie d'un cendrier de bar. Prendre soin de soi, quelle idée absurde ! Et pourtant, ça finit par arriver. Comme tous les amis qui ont traversé la vingtaine, puis la trentaine avec moi, mon cynisme de façade s'est effacé à mesure que se sont dessinées mes premières rides. Après tout, je suis typique. J'ai été une vingtenaire en mal de reconnaissance, une trentenaire mère célibataire, et me voici aujourd'hui, à quarante ans, à attendre que mon mari se réveille dans la position du chasseur, le dos bien droit

– allez, encore plus droit, imaginez qu'un fil tiiiire le sommet de votre crâne vers le ciel – et les talons campés sur le parquet bien ciré de notre bel appartement du 16e. Le temps passe.

Comme un clin d'œil à l'époque où je prenais la vie par-dessus la jambe, l'extracteur de jus offert par ma sœur demeure inutilisé depuis des années. Pour le reste, mon quotidien ne ressemble en rien à ce qu'il était il y a quinze ans. Dans le placard de la cuisine, les nouilles chinoises déshydratées ont laissé place à des galettes de riz. Dans celui de la salle de bains, les crèmes antirides à cent balles ont remplacé le bon vieux tube de supermarché. Mon lit n'est plus un lieu de passage, il est devenu le refuge dans lequel Lionel et moi nous retrouvons toutes les nuits depuis cinq ans. Et puis, il y a Gabriel. En quelques années, j'ai vu passer du lait en poudre, quelques centaines de kilos de couches, une première peluche, une première console de jeux… Et me voici aujourd'hui mère d'un enfant de presque dix ans que je m'amuse de voir vouloir grandir le plus vite possible. Comme dans les films, la porte de sa chambre est désormais ornée d'un panneau « Défense d'entrer », mais il continue à dormir sous une nuée d'étoiles phosphorescentes collées au plafond.

Derrière moi, des pas feutrés. « Maman ? » Bras tendus, je fais basculer mon tronc vers le sol. Petit à petit, l'image inversée de Gabriel apparaît entre mes jambes. Ses pieds nus cambrés sur le parquet, d'abord. Puis ses chevilles fines et, un peu plus haut qu'il ne le devrait, le bas de ce pantalon de pyjama en éponge trop petit dont il refuse de se séparer. Un T-shirt à rayures sur lequel il a croisé ses bras maigrelets dans une posture de Gavroche. La peau de son cou, fine et laiteuse, à travers laquelle on distingue ici et là le bleu des veines et, en fin de course, son visage poupin et renfrogné, mal réveillé, mèches brunes ébouriffées. Pas de doute, de bas en haut, c'est bien mon fils. Une fraction de seconde, je me dis qu'il m'a fait le même coup un soir il y a bientôt dix ans : il est né par le siège.

— Maman !

— Oui, mon amour ?

— Ça grince...

— Qu'est-ce qui grince, mon cœur ?

— Le parquet ! Tu m'as réveillé...

Il prend un air fâché que je soupçonne d'être volontairement exagéré.

— Oh pardon ! Maman n'a pas fait attention...

Il hausse les épaules et tourne les talons en grommelant dans sa barbe.

— Arrête de parler de toi à la troisième personne...

— Et toi, arrête de parler comme Lionel !

Quinze minutes plus tard, nous sommes tous les trois attablés autour d'un copieux petit déjeuner. Depuis que Lionel a fait irruption dans nos vies, important préférences et coutumes différentes des miennes, Gabriel ne jure que par les *breakfasts* à l'anglaise. En infériorité numérique, je n'ai pu que me résoudre à picorer chaque matin mon muesli en avisant avec dégoût les assiettes de *baked beans* et d'œufs brouillés imbibés de graisse de saucisses qu'engloutissent les deux hommes de ma vie. Une fois son infâme plâtrée et son café avalés, Lionel se lève et dépose un baiser sur le côté de mon front.

— À ce soir, ma chérie.

— À ce soir.

En passant, il ébouriffe un peu plus la tignasse de son beau-fils.

— À ce soir, vieux pirate.

En guise de réponse, Gabriel se contente de sourire en posant la main à plat sur son œil droit.

Au moment de passer la porte, Lionel se retourne et demeure une seconde à nous regarder tous les deux en silence, avec les yeux tristes et vert d'eau des matelots qui s'apprêtent à reprendre la mer. Comme tous les matins depuis cinq ans, je ne peux m'empêcher de le dévorer du regard. Les boucles brunes qui lui retombent sur le visage s'accrochent aux aspérités de ses traits burinés. Des pommettes ciselées, des arcades saillantes aux sourcils sombres et fournis. L'épaisse frange de ses cils noir ébène fait ressortir la pâleur de ses iris, la rendant presque irréelle. Sous ses yeux dans lesquels je me perds depuis le jour de notre rencontre, des cernes violacés témoignent d'une vie vécue trop intensément. Sur le côté gauche de son menton, le bord d'un bac à sable lui a laissé une cicatrice qui crée une fine tranchée blanche dans l'ombre de sa barbe naissante. Et au-dessus de la bouche que j'ai embrassée plus de mille fois, aux lèvres toujours gercées, trône un nez massif aux contours incertains, avec sur l'arête une bosse qui lui donne l'air d'un boxeur. S'il était comédien, on dirait qu'il a « une gueule ». En tant que journaliste, on ne lui concède qu'une « drôle de gueule ». Avec son air dur et sa large carrure, Lionel est de ces hommes qui font peur à certaines femmes et font chavirer le cœur des autres.

Dans un soupir à peine dissimulé, il claque la porte derrière lui. Une partie de moi s'en veut de le laisser bosser d'arrache-pied pour assurer notre train de vie de Parisiens des quartiers chic pendant que je me contente d'écrire quelques piges sur le temps d'école de Gabriel. D'autant que je n'ai jamais été de celles qui attendent que leur mari tienne ce rôle très napoléonien : subvenir aux besoins de la famille. Pourtant, je refuse de sacrifier le temps précieux que je peux passer avec mon fils en m'enterrant dans un boulot lucratif aux horaires à rallonge. Les yeux rivés sur les moulures, je m'interroge. Avant Lionel, Gabriel et moi vivions plus modestement. Dans mon deux pièces des Batignolles, je lui avais aménagé la chambre et dormais sur le canapé-lit du salon. Le matin, je mettais quelques cuillères de café moulu dans un filtre plutôt que d'insérer une capsule rose pastel dans une machine. Le soir, je regardais des films au casque sur mon ordinateur pour ne pas réveiller le petit. Quand il avait fallu lui racheter des vêtements tous les trois mois pour suivre la croissance de son petit corps, j'avais revendu quelques paires de chaussures. Une vie modeste, oui, mais loin d'être misérable. Du regard, je balaie l'environnement qui m'entoure. Quatre-vingt-cinq mètres carrés, fenêtres plein sud, chauffage au sol… Combien de ces luxes me sont devenus indispensables ? Valent-ils l'absence de plus en plus pesante de l'homme que j'aime ? Et lui, envisagerait-il seulement de renoncer à tout cela ?

Je suis encore absorbée par ces pensées quand Gabriel sort de sa chambre tout habillé, dents brossées et mains lavées, son cartable de deux tonnes suspendu au bout de son bras maigre.

— Maman !

— Oui mon chéri, on y va.

Parfois je me demande si j'ai réellement donné naissance au seul enfant qui aime aller à l'école ou si mon Gabriel s'ennuie tellement à la maison qu'il est ravi de la quitter dès que l'occasion se présente. J'essaie de ne pas trop me poser la question, et lui enfile son caban. Comme tous les matins, il refuse que je porte son sac plus loin que le hall de l'immeuble. « Déjà, mes copains vont à l'école tous seuls depuis le CE2, alors si en plus tu me portes mon cartable », a-t-il tenté de m'expliquer un jour. J'ai renoncé à négocier. C'est donc les bras ballants que je marche aux côtés d'un fils chargé comme une mule sur la route qui nous mène à son école.

Rue de Passy, les commerces sont encore fermés. Seuls quelques bistrots de quartier servent café et journal à des hommes d'affaires pressés. D'un pas décidé, Gabriel slalome entre les joggeurs, les passants et leurs chiens. Sur la gauche, un immeuble se fait ravaler la façade. En avisant mon reflet fatigué dans une vitrine, je me dis qu'il serait peut-être bon que j'en fasse de même. Alors que nous arrivons à l'angle de la rue Jean-Bologne, une camionnette blanche freine brutalement sur le passage piéton que nous allions emprunter. Simultanément, Gabriel et moi commençons à maugréer contre l'indélicatesse des automobilistes parisiens, et contournons le véhicule par l'arrière pour traverser la rue.

Tout se produit très vite. Nous nous approchons de la camionnette. Une silhouette sombre s'échappe de la porte coulissante. Arme au poing. Le temps de me rendre compte qu'elle s'approche de nous, une deuxième, massive, nous barre déjà la route. Mon sang se glace, comme si je savais déjà ce qui allait se passer. Comme si j'avais déjà vécu cette scène mille fois et que, chaque fois, l'issue avait été la même. Statistiques du cerveau. Des centaines de milliers de simulations d'une situation donnée, opérées en une fraction de seconde, avec au bout du compte une seule question : comment puis-je m'en sortir ?

Face à moi, une forme humaine. Solide, un homme. Habillé de noir. Dans la fente d'une cagoule en polyester, deux yeux globuleux. Les miens se tournent vers mon fils. Le premier homme a passé autour de son cou un bras implacable qu'il resserre comme un étau. Gabriel ne pousse pas de cri. Juste une inspiration de surprise, soudaine. Dans son regard, une peur brute, animale. Je me mets à hurler. Venue de derrière moi, une main gantée se plaque contre ma bouche. Un bras me saisit par la taille. Tandis qu'on traîne de force mon enfant pétrifié vers la porte de la camionnette, je me débats comme une furie. Gabriel comprend avant moi que je suis incapable de le secourir. Impuissante, j'agrippe ces bras musclés qui m'enserrent et tire de toutes mes forces sans parvenir à les faire bouger d'un millimètre. Rien n'est pire que de sentir contre soi le corps d'un homme que l'on n'a pas désiré. Son torse fermement plaqué contre mon dos, le volume de ses muscles, son souffle chaud derrière mon oreille.

Entre terreur et rage, j'essaie en vain de mordre la main qui me bâillonne, m'entaille la lèvre. Le goût amer du cuir de son gant se mélange à celui de mon sang. La salive me coule le long du menton. Déjà, Gabriel est hissé à l'arrière de la camionnette. J'émets un râle. Mes yeux s'embuent de larmes en même temps que les siens tandis qu'on lui colle un morceau de scotch de chantier sur la bouche. La porte se ferme. Le bras qui me maintient la taille se desserre. Je rue comme un cheval sauvage pour m'extraire de son emprise. Un violent coup derrière la tête me propulse en avant. Sonnée, je prends appui pour me relever quand une botte vient me faucher l'épaule avec une force inouïe. Mon corps tout entier se retourne comme une crêpe. Le choc de ma colonne vertébrale contre le bitume me coupe le souffle. Le moteur vrombit. Dans un geste désespéré, je tends le bras pour attraper l'ourlet du pantalon de mon agresseur qui se dégage sans peine. Ses yeux croisent les miens une dernière fois, et il saute du côté passager de la camionnette qui démarre en trombe.

Pendant quelques secondes, le temps s'arrête. Je ne respire plus, ne crie plus, ne pleure plus. Face vers le ciel, je ne ressens plus qu'une douleur indescriptible qui me transperce le corps et l'esprit. Puis je perds connaissance.

LUI

Mon sang ne fait qu'un tour. Engoncé dans mon uniforme, je desserre ma cravate pour me donner un peu d'air. La décharge d'adrénaline qui m'a parcouru ne fait plus effet, et mes mains se mettent à trembler. Devant moi, sur l'écran de la caméra située angle Bologne/Passy, Pauline Raumann gît sur le sol, inconsciente. Les radios grésillent, on demande des instructions. Les pompiers sont en route, la PJ a été avisée, et un équipage du commissariat du 16e arrondissement se rend sur place auprès de la victime. La camionnette a réussi à prendre la fuite en rejoignant l'A13 par la porte de Passy en un temps record. Un équipage de la compagnie de périphérique l'a prise en chasse mais a essuyé des tirs pendant une course-poursuite digne d'un film d'action. Résultat : deux blessés légers côté police. Il ne s'est pas passé cinq minutes depuis que je suis descendu pour assister à cette scène apocalyptique. Mon portable vibre. Sur l'écran, le nom que je redoutais. Julie Bancillon, numéro 1 de l'état-major par intérim, qui vient demander des comptes à son adjoint.

— Allô ?

— Arsène, qu'est-ce que t'as foutu ?
— J'ai fait le nécessaire, Julie.
— Tu avais besoin de mobiliser les gardes VIP pour ça ?
— Un enlèvement d'enfant en plein Paris, tu voulais que je fasse quoi au juste ? J'ai pris les effectifs les plus proches.
— Ouais, enfin Michel Ferrando vient d'appeler le préfet qui vient de passer un savon au directeur.
— Qui ?
— Michel Ferrando, ministre des Collectivités territoriales de 1989 à 1991. Il trouve honteux que les deux effectifs dévolus à sa protection soient partis à la recherche des ravisseurs.

En entendant cela, mon premier réflexe est de me demander si ce n'est pas Chuck qui me fait une blague. Apparemment, non. Ma cheffe a des priorités différentes des miennes, tout simplement. Pas le temps de faire de la politique, et encore moins de la diplomatie.
— Bon, Julie, je te la fais courte. Je suis au milieu de la moitié de nos effectifs dans la salle de commandement, donc je vais te dire ça devant témoins. Un gosse vient de se faire enlever en plein Paris par trois crevures dans une camionnette. Ils ont fait feu sur des collègues et les ont foutus dans le décor, je me permets donc de te dire, cheffe, que ça me troue le cul que tu viennes me chercher des poux parce qu'un ancien ministre de Mitterrand dont tout le monde se tamponne n'a pas ses deux flicards pour aller lui chercher ses pains au lait du matin. Alors, l'ordre que j'ai donné, je l'assume, et s'il faut que je le fasse par écrit, ce sera avec joie. Et peut-être que je me tromperai

en envoyant mon rapport par mail à un journaliste. On ne sait jamais, avec l'informatique...

Bancillon, raide comme la justice, me coupe :

— Galien, je te préviens, si tu me reparles comme ça, je...

— Julie, laisse-moi gérer ça comme je l'entends, ou viens me rejoindre pour faire du vrai travail de flic.

Sur ces mots, je raccroche mon téléphone et m'adresse à Marc, aux commandes des caméras.

— Allez, repasse-moi les images, toi.

— Tout de suite, patron.

Sur l'écran, quelques secondes plus tôt, la vie du 16ᵉ arrondissement suit son cours, simplement. De nombreuses vieilles dames promènent leur bichon maltais à l'heure exacte où se pressent sur la chaussée des hommes d'affaires pressés, des parents qui emmènent leur progéniture à l'école, ou des employés de maison qui vont aller passer leur journée à nettoyer des lustres et faire du thé dans des hôtels particuliers. Le long de la rue de Passy, une silhouette se détache. Une femme d'une quarantaine d'années, rousse, tient par la main un petit garçon qui porte sur son dos un énorme cartable. L'enfant marche fièrement, baladant sa tignasse brune entre les piétons. Pauline porte un trench-coat, le même que lorsque je l'ai rencontrée. Elle semble ne pas avoir changé, elle a simplement un regard plus dur encore, celui d'une femme que j'ai trahie et que cela a rendue impitoyable. Sa silhouette est restée la même, sa démarche aussi. Légèrement sautillante mais déterminée. Même lorsqu'elle flânait, Pauline semblait savoir où elle allait, comme si le destin l'emmenait vers un endroit précis, en tout temps.

Alors qu'elle arrive à l'angle de la rue, une camionnette freine brusquement devant eux. Les ravisseurs sont précis, professionnels. Trois hommes. Le chauffeur reste au volant, le passager ceinture immédiatement Pauline qui se débat comme elle peut, mais se retrouve aux prises avec un contrôle cervical parfait, façon mercenaire ou forces spéciales. Le troisième homme, lui, sort par la porte latérale et agrippe l'enfant du bras droit, tout en balayant l'environnement avec un Uzi 9 mm du bras gauche. Un travail de pro, à n'en pas douter. La précision dont ils font preuve rappelle celle de la dream team, une bande d'allumés qui ont passé quelques années à écumer la France, se spécialisant dans le braquage de fourgons blindés au début des années 2000. Pauline est sur le trottoir, évanouie. Une masse de passants s'agglutine déjà autour d'elle. Cette partie de la vidéo n'intéresse plus mon instinct de flic.

Je ne supporte pas de rester là sans rien faire, bien au chaud dans la salle de commandement. Je dois voir Pauline, lui parler… Des affaires d'enlèvement, j'en ai traité quelques-unes quand j'étais à la brigade criminelle. Mes anciens collègues ont sans doute déclenché l'Alerte-Enlèvement. Dans quelques minutes, la trombine de ce gamin sera sur tous les smartphones de France, sur toutes les autoroutes. Un standard du ministère de l'Intérieur recevra des centaines d'appels tous plus fantaisistes les uns que les autres. M. Duchmole a reconnu la camionnette de son voisin, M. Tartempion soupçonne son beau-frère qui, en plus, lui doit cinq cents euros. De pauvres adjoints administratifs vont s'arracher les cheveux par-dessus leur casque en recueillant la parole de tout ce que notre pays compte de timbrés et de collabos. Ils vont devoir prêter attention à chaque coup de fil parce que, parmi cette masse informe de dénonciations, à un moment, une info va sortir.

Je ne veux pas perdre de temps. Dans ce genre d'affaire, les premières heures sont essentielles. Sur les enlèvements de mineurs qui se sont soldés par un homicide, 91 % des enfants ont été tués dans les vingt-quatre premières, 74 % dans les trois premières, et 44 % dans la première heure. Une situation critique, une statistique à ressortir. Mes réflexes de haut-fonctionnaire ont pris le pas sur mon instinct de flic. Allez, commissaire Galien, on essaie de ne pas penser comme un lapin de corridor. Pauline va être entendue par la Crim', elle va rencontrer une psy qui va essayer de lui tirer les vers du nez sur un ton larmoyant. Méthode efficace sur la plupart des mères de famille dans cette situation, mais pas sur la femme que j'aime. Pour faire ressortir de la mémoire de Pauline Raumann les informations qui vont nous aider, il faut quelqu'un qui connaisse par cœur chaque recoin de son âme.

Je remonte à la hâte dans mon bureau et remets mes chaussures de cérémonie qui me font toujours aussi mal. J'enfile mon blouson, ouvre mon coffre-fort et en sors mon calibre que je glisse dans son étui. Par réflexe. En descendant les escaliers quatre à quatre, je croise Eugène.

— Je sors sur le terrain. Je vais peut-être avoir besoin de vous. Restez à côté de votre téléphone, et notez-moi votre numéro.

Sans même me répondre, il s'exécute. Je le remercie à peine et cours jusqu'à ma voiture. Je démarre en trombe et saisis le gyrophare sur le siège passager. Chaque seconde est précieuse. Je retrouve ce sentiment d'adrénaline que je connais si bien. Sur les quais de Seine, ma Golf, nerveuse, slalome entre les voitures et les bus. Coups de frein brusques, pneus qui crissent… Arrivé au niveau de l'Assemblée nationale, le collègue qui fait la circulation m'ouvre un boulevard. Les yeux rivés sur l'asphalte, je n'ai qu'un seul objectif : arriver rue de Passy. Aider Pauline. La revoir, la retrouver.

Ma démarche n'a rien d'altruiste. Évidemment, je suis inquiet pour Pauline. Je suis bouleversé par ce qui vient de lui arriver, et je veux mettre en œuvre tout ce qui est en mon pouvoir pour retrouver ce gosse. Mais, au fond de moi, une petite voix me dit que c'est le moment de faire un retour tonitruant dans sa vie. Être là quand elle en a besoin, lui montrer que je suis toujours le Arsène qu'elle a connu. Alors que la voiture remonte le quai Branly, je me souviens d'un de ces moments hors du temps que l'on ne vit qu'avec celle que l'on aime.

Avec six ou sept amis, nous avions loué une petite maison en Bretagne. C'était une maison en pierre, typique. À l'extérieur, la végétation luxuriante des monts d'Arrée côtoyait des menhirs recouverts de lichen. Nous étions tous attablés autour des restes d'un barbecue décadent. La nuit était noir ébène, simplement constellée de quelques étoiles. Au-dessus de nous, les ampoules faiblardes d'une guirlande éclairaient tant bien que mal la tablée de copains que nous étions. Les verres étaient remplis d'un single malt à se damner, et Damien, un de nos potes musiciens, s'était mis à jouer de la guitare. Pauline, assise à ses côtés, avait commencé à chanter avec lui. Leurs regards étaient complices, et leurs voix entremêlées donnaient la chair de poule. Pauline tenait ma main, ses doigts graciles effleuraient la jonction entre mon pouce et mon index. Les yeux de nos amis étaient tournés vers le duo de chanteurs, on décelait même au coin de l'œil d'Anne-Sophie la naissance d'une larme. C'était l'un de ces moments simples dont on se souvient toute une vie. Je m'étais même surpris à ressentir une pointe de jalousie, en voyant la façon dont Pauline et Damien chantaient en se regardant, un sourire en coin dessiné au bord de leurs lèvres. Pauline ne lâchait pas ma main, elle m'aimait. Elle était heureuse. L'intensité de ce que nous avions vécu se ressentait dans la poigne avec laquelle elle serrait mes doigts. Puis, elle m'a appelé. Entre deux accords. Avril, la jeune avocate avec laquelle je passais certaines de mes nuits, avait envie d'entendre ma voix. Clap de fin. Arsène Galien n'est qu'une ordure. Ce moment de paradis que la vie venait de lui offrir, il ne le méritait pas. C'était l'un de ces instants de répit que l'on vit avant que la justice divine ne nous porte l'estocade. C'était mon dernier bon souvenir.

ELLE

— Elle respire encore ?
— Mon Dieu…
— Il faudrait peut-être lui lever les jambes.
— Madame ? Madame ?
— Quelqu'un a appelé la police ?
— Seigneur…
— Je sens un pouls.
— Levez-lui les jambes !
— Doux Jésus… Cette pauvre femme…
— Elle respire !
— Madame ?
— Quelqu'un a noté la plaque d'immatriculation ?
— Éloignez-vous ! Laissez-lui de l'air !
— Misère…
— Madame ?

Je reprends connaissance pour les faire taire. Une petite masse de passants, compacte, s'est agglutinée autour de moi. Ils m'observent d'un œil contrit. Faisant fi de leur présence et de mes os meurtris par les chocs, je me relève d'un coup. « Gabrieeeeel !!! » Mon cri transperce l'air et va se réverbérer contre les façades de la rue de Passy. Les ondes aiguës font vibrer le verre des vitrines endormies. Un silence s'ensuit. Sourd, désolé. Les badauds ont interrompu leurs piailleries inquiètes, les voitures se sont arrêtées. Aux terrasses des cafés, les tasses ne tintent plus sur leurs soucoupes. Elles demeurent suspendues devant des lèvres entrouvertes. C'est comme si le 16e arrondissement tout entier avait cessé de vivre pour ressentir avec moi le poids de la catastrophe.

Une éternité plus tard, le chant des sirènes se fait entendre. Lorsqu'une voiture de police et un véhicule de pompiers débarquent, je n'ai pas bougé d'un millimètre. J'ai bien envisagé de me lancer à la poursuite des ravisseurs, mais je me suis vite raisonnée. Même si j'avais la moindre idée de la direction prise par la camionnette, l'énergie du désespoir ne me ferait pas courir plus vite qu'un moteur. « Écartez-vous ! » Deux jeunes pompiers s'approchent à grands pas. Moi, je n'ai d'yeux que pour l'inscription « Police » sur le break qui vient de se garer à proximité. Elle est le seul espoir que j'ai de retrouver Gabriel. Je fais savoir aux deux pompiers que l'état de mon épaule déjà tuméfiée est bien le cadet de mes soucis, mais ils me font asseoir *manu militari*. Je subis en trépignant questionnaire, prise de tension et palpation. Déjà, les flics se sont postés en retrait derrière eux, attendant sagement leur tour. Pour des raisons de confidentialité, merci de patienter derrière la ligne jaune. Je leur jette des regards suppliants.

— On va vous emmener aux urgences, madame.

— Hors de question !

— Vous venez de subir…

— Je sais très bien ce que je viens de subir. Mon fils a été enlevé sous mes yeux, il n'y a pas une seconde à perdre ! Alors je me préoccuperai de savoir si j'ai une commotion cérébrale quand je l'aurai retrouvé, et seulement à ce moment-là !

Le temps de leur signer une décharge et me voilà en route pour le commissariat du 16e, tout gyrophare dehors. Assise à l'arrière du véhicule, j'organise mes pensées et offre aux agents de police un compte rendu méthodique de la situation. Fouillant dans mes souvenirs, revivant mille fois la scène d'horreur, je m'applique à ne rien oublier. Pour avoir vécu cinq ans avec un flic, je sais mieux que quiconque que l'on attrape le diable par les détails. Et pour avoir fait dix ans de psychanalyse, je sais aussi que la mémoire est une pâte qui change sans cesse de forme. Si je dois en tirer des informations utiles, il faut les cracher maintenant, avant que mon traître de cerveau n'ait eu le temps de les oublier ou de les distordre. Sur le bref chemin qui nous amène à l'avenue Mozart, je parle sans reprendre mon souffle, passant en revue tout ce que j'ai pu voir ou entendre. À ma place, quelqu'un d'autre aurait pu fondre en larmes, se recroqueviller en tremblant ou sombrer dans le mutisme le temps d'accuser le coup. C'est sans doute ce que l'on aurait attendu d'une mère d'enfant kidnappé en état de choc. Au contraire, je n'ai jamais eu l'esprit aussi clair. Pourtant, la douleur est bien là, elle me tord le bide. L'inquiétude que je ressens dépasse de loin ce que j'ai imaginé dans mes cauchemars les plus fous. Ce n'est pas une boule dans la gorge, c'est une masse énorme, un rocher de dix tonnes qui m'écrase la poitrine. Sous son poids, ma respiration s'amenuise. Elle est réduite à un maigre filet d'air qui peine à entrer et sortir de ma bouche.

Arrivés au commissariat, les policiers m'escortent jusqu'à un bureau. En traversant le hall d'accueil, j'avise quelques clampins venus porter plainte de bon matin. L'un d'entre eux me regarde passer devant tout le monde avec un air scandalisé. Avant que la porte du bureau ne se referme, je fais volte-face et le vois se diriger d'un pas décidé vers le comptoir d'accueil en maugréant. Il a le costume bien repassé et le visage excédé d'un homme d'affaires dont l'avion vient d'être retardé de cinq minutes et qui – pardonnez-moi de vous le dire – n'a pas que ça à faire. J'imagine qu'un odieux criminel a dû accrocher le rétroviseur de sa Jaguar, et que l'idée que les flics puissent avoir d'autres félins à fouetter lui est insupportable. Si je m'écoutais, j'irais lui coller une baffe. La porte se ferme.

Tandis qu'un officier à la barbe bien taillée ouvre un document Word, une jeune recrue me tend un gobelet d'eau fraîche, fébrile. Quand je tends la main pour l'attraper et que nos doigts se frôlent, elle a un mouvement de recul. Presque imperceptible. Sous sa frange platine, ses yeux noisette et désolés évitent soigneusement de croiser mon regard. Aucun mot n'est prononcé, mais je comprends. Je ne suis pas une simple victime venue se plaindre comme mille autres dans ce bureau. Je suis un concept. Terrible. Une mère à qui l'on a arraché son enfant, la chair de sa chair, sous ses yeux. Il m'est arrivé ce qui n'arrive qu'aux autres. Cette femme est jeune, elle porte un uniforme bleu marine qui voudrait lui laisser croire qu'on peut tenir le mal à distance. Elle est gardienne de la paix, rien de moins, elle a la peau lisse et le regard doux. Elle n'est que bonnes intentions. Et par ma présence, c'est une angoisse originelle qui prend corps et vient transpercer sa carapace. Je suis le numéro malchanceux de la loterie criminelle. Je suis l'égérie de la poisse. Me toucher serait attraper une maladie mortelle, dévoreuse de chair. Croiser mon regard serait, peut-être, rester pétrifiée pour l'éternité. Elle voudrait me le cacher, mais je le sais. Je ne lui en veux pas.

— Pernot, vous pouvez venir une seconde ?

Une forme humaine a passé son buste par la porte et fait signe à l'officier de la suivre dans le couloir. Je les entends deviser à travers le mur tandis que la petite blonde tâche de garder une contenance en m'adressant par intermittence quelques sourires contrits. Trente secondes plus tard, Pernot revient s'asseoir en face de moi et ouvre enfin la bouche.

— On m'informe que la brigade criminelle va reprendre votre dossier, madame.

La brigade criminelle. Sans que je le veuille, ces mots me ramènent quinze ans en arrière, au moment où la Crim' a fait irruption dans ma vie en la personne d'Arsène Galien. Je revois ses boucles brunes, ses yeux noirs, sa fougue. Les années qui ont suivi, brûlantes dans ma mémoire au point que je ne m'autorise jamais à y repenser. Et au bout de cette guirlande de souvenirs, le bruit mat du choc auquel on ne s'attend pas. Arsène, le chevalier blanc puis l'enflure. L'oiseau sauvage de mes deux. L'incident de parcours. Je me souviens de sa fierté à porter l'écusson brodé d'un chardon. « Qui s'y frotte s'y pique ». C'était la devise de la Crim'. Pour moi, ça restera surtout la sienne.

La voix de l'officier me ramène au présent.

— Une équipe est en route, ils vont vous conduire au Bastion. Ils devraient arriver d'une minute à l'autre.

— Vous voulez que je reste là à attendre ?

Il semble un peu gêné.

— Il n'y en aura pas pour très longtemps…

— Mais… Mon fils… Il n'y a pas une seconde à perdre !

— Madame, je peux vous assurer qu'on fait d'ores et déjà tout ce qui est en notre pouvoir pour le retrouver. L'Alerte-Enlèvement a été lancée, le signalement du véhicule a été transmis à toutes les unités de la région, la plaque d'immatriculation est en train d'être passée au fichier…

— Je…

Ma voix se brise. La réalité me frappe en pleine figure : la suite des événements n'est plus entre mes mains. J'ai eu l'occasion de protéger mon fils, et j'ai échoué. Il ne me reste plus qu'à passer le relais… et croiser les doigts. Soudain, ma vision se trouble. La morsure de l'inquiétude commence à faire effet, son venin se répand dans mes veines, tétanisant tous mes muscles sur son passage. Je me sens sur le point de défaillir quand une main douce se pose sur mon bras. La jeune flic s'est approchée de moi, elle tremble légèrement. Ses yeux vifs et humides m'enveloppent, comme une couverture que l'on placerait sur le rescapé d'un naufrage en haute mer. Puis se penchant vers moi, elle parle d'une voix ferme : « On va vous ramener votre fils, madame Raumann. On va le retrouver, je vous le promets. »

J'aurais donné tout ce que j'ai au monde pour ne pas voir le regard assassin que lui lance alors l'officier barbu. Sur son visage dur, ses yeux pleins de reproche s'abattent sur sa jeune collègue comme un aigle sur sa proie. Je sais ce qu'ils lui disent. Que l'émotion ne doit pas se mêler de travail. Que peu importe combien le cœur se fend devant le désarroi d'une victime, il ne faut jamais faire de promesse que l'on ne pourra pas tenir. Que la chaleur d'une seconde de réconfort ne vaudra jamais la chute de la cime d'un faux espoir. Parce que les statistiques, le lieutenant Pernot les connaît et, au fond de ma mémoire, moi aussi. Les chances sont minces que je puisse un jour serrer à nouveau Gabriel dans mes bras. Pire : elles s'amenuisent avec chaque seconde qui passe. Froidement, mon esprit me le rappelle. À l'heure qu'il est, le corps de mon fils gît peut-être déjà dans un fossé, désarticulé, une balle entre les deux yeux. Sinon, c'est probablement pour bientôt. J'envisage les autres options. Réseaux pédophiles, traite d'êtres humains, enfants soldats… Mon cœur se soulève en même temps que mon estomac. S'il en est ainsi, alors qu'ils le tuent. Que ça aille vite. Je n'aurai qu'à hurler à la mort devant sa carcasse dans une salle d'autopsie, puis passer ma vie à essayer de tout oublier. Sinon, je serai de ces parents d'enfants disparus depuis dix, vingt, trente ans, errant en ce monde comme des somnambules qui ne se réveilleront jamais, l'âme pour toujours tourmentée par l'incertitude, incapables de vivre et trop las pour mourir.

LUI

La Golf noire fait vrombir son moteur sur la place de Varsovie. J'enquille l'avenue des Nations-Unies en décoiffant un caniche qui s'égosille au bout d'une laisse en cuir rose tenue par une octogénaire en manteau de fourrure. J'y suis presque. Je freine rue Jean-Bologne en faisant crisser les pneus. Je sors de la voiture et cours vers les rubalises gardées par les flics du 16ᵉ en transe. Le gardien de la paix qui tient les badauds à distance ne pense même pas à me demander des comptes. Un uniforme de commissaire, un regard franc et une démarche assurée font le job. À côté d'un camion de pompiers, un homme en costume-cravate se tient debout. Dans sa main, une radio de police devant laquelle il s'époumone, donnant instruction de ne pas communiquer avec la presse et de recueillir les identités de tous les témoins. C'est un petit homme rond, avec une moustache et un costume de vendeur d'aspirateur. Le commissaire Beaufort, le mal nommé, chef de circonscription du 16ᵉ arrondissement. Joris Beaufort est un haut fonctionnaire typique. Rusé, diplomate et carriériste. Je m'approche de lui. Il lève vers moi un regard plein d'intérêt. Les feuilles de chêne sur mes épaules font de moi un homme du sérail, digne de sa considération sélective.

— Salut, Galien, de l'état-major. Je suppose que tu es le taulier du 16ᵉ.

À la mention de mon nom, je vois son regard s'assombrir.

— Galien, je viens d'entendre ton nom au téléphone. C'est toi qui donnes des ordres aux effectifs censés protéger les VIP sur mon secteur.

— Avec un merdier pareil qui me tombe dessus, j'ai dû prendre des décisions. Décider que les femmes des ministres n'avaient pas besoin de fonctionnaires armés et entraînés pour promener leurs yorkshires en faisait partie.

— Bref, qu'est-ce qui t'amène ?

— La femme qui accompagnait le gamin…

— Oui ?

— Elle est où ?

— Pourquoi tu veux savoir ?

Il est évident que le commissaire Beaufort ne me porte pas dans son cœur. Aucun moyen de jouer franc jeu avec lui. Mes mains tremblent. Je serre les poings pour ne pas le montrer. Mon cœur bat la chamade. J'ai très envie de lui défriser la moustache. Je me retiens. Mon regard, lui, le fusille. Sur ce genre de pleutre, un coup de bluff ne rate jamais.

— Je ne veux pas savoir, l'état-major veut savoir, cher collègue. Dois-je te rappeler que la fonction prime sur le grade dans notre belle institution ? Et jusqu'à présent, je suis numéro 2 du service qui dirige la manœuvre. Donc, quand je pose une question, on répond et, si on veut une prime à la fin de l'année, on fait une révérence. Elle est où ?

Son regard change. Je l'humilie devant ses effectifs. L'autorité qu'il incarne en prend un coup, et je sais que je me suis fait un ennemi à vie. Le corps des commissaires est un panier de crabes, et celui-là n'hésitera pas à me pincer dès qu'il en aura l'occasion.

— La Crim' est saisie. Elle a été transportée au commissariat, mais elle doit déjà être en route pour la PJ.

— Elle n'a pas vu les pompiers ?

— Elle a signé une décharge. Elle ne voulait pas aller à l'hosto.

— OK, merci.

Mille questions me brûlent les lèvres. Dix ans que je n'ai pas vu Pauline. Dix ans que je sais qu'elle me hait. Sa décision est tombée comme un couperet. Elle ne voulait plus me voir, ni entendre parler de moi. Jamais. Je pensais arriver en sauveur avec mes gros sabots et ma gueule enfarinée, mais je suis peut-être la dernière personne qu'elle a envie de voir. Si ça se trouve, elle n'a pas besoin de moi. Peut-être que personne n'a besoin de moi.

Le bruit des deux-tons me tire de mes rêveries. Je vois arriver un convoi de quatre voitures banalisées. Elles se garent dans la rue. Leurs occupants mettent pied à terre. Ils sont habillés en costume-cravate et tailleur, et arborent chacun un gilet Police Judiciaire orné de l'écusson de la Crim'. À l'avant de l'une d'elles, comme un phare de cent vingt kilos qui me guiderait dans la brume de mes emmerdes, Caligula. Il ne semble pas étonné de me voir. À sa façon de me regarder, je sais qu'il n'a fait le déplacement que parce qu'il a vu le nom de Pauline sur le document de saisine. Je m'approche de lui et lui fais la bise, comme à un vieux pote.

— Putain, Lupin ! Le destin nous unit. Tu m'envoies un texto pour me demander un service, et deux heures plus tard, on se croise sur une scène de crime.

— On est faits pour être ensemble, Caligula, que veux-tu. Bon, je suppose qu'il ne faut pas te faire un dessin…

— Reste loin, je connais le groupe qui est de doublure. Pauline est entre de bonnes mains.

— Elle est où ?

— En route pour le Bastion. Elle va être entendue par la cheffe de groupe et son adjoint.

— Je peux la voir ?

— C'est pas une bonne idée. Te mêle pas de l'enquête.

— Tu crois vraiment à ce que tu dis ?

— J'espère simplement que les feuilles de chêne t'ont rendu plus sage.

— S'il te plaît, j'ai besoin qu'elle sache que je suis là.

— Putain, Lupin. Tu fais chier, tu le sais ?

— T'as jamais rien pu me refuser.

— Ça fait deux services en deux jours…

— Tu aimes toujours le Nikka 18 ans d'âge ?

— Petit con ! Je vais te présenter au patron. Tu pourras plaider ta cause.

— OK, on va au Bastion ?

— Non, notre nouveau patron s'est déplacé. Il est juste là, en train de parler avec l'Identité judiciaire.

— OK, on y va.

Caligula avance vers un homme au visage doux et aux cheveux coiffés en arrière. Il porte une barbe bien taillée et un costume gris. Ses yeux en amande sont vifs et malins, son regard perçant. Sur sa mâchoire puissante, un sourire amical. Caligula lui parle trente secondes, et il s'avance vers moi.

— Salut, Galien. Je suis le commissaire divisionnaire Christian Hermann.

— Je te connais de nom. Enchanté.

— Et moi, je te connais de réputation. Enchanté également.

— De réputation ? Aïe.

— Rassure-toi, j'ai surtout retenu que tu étais un bon flic à la Crim'. Pour le reste, les ragots ne m'intéressent pas. Qu'est-ce que tu fais là ?

— Je vais te la jouer franche, Christian. La femme qui était avec le gosse, c'est mon ex-compagne. J'ai vu son visage sur les caméras et je suis venu sur un coup de sang. J'ai envie de la voir.

— C'est peut-être pas à moi de te dire ça, mais la femme qui était présente est la mère du gamin. Elle est entendue dans nos bureaux en ce moment.

— Elle est dans quel état ?

— Comme tu imaginerais une mère à qui l'on aurait enlevé son fils de dix ans.

Mon sang se glace. Arsène Galien, grand flic devant l'éternel, ancien limier de la Crim', n'a pas fait la soustraction. Ce gosse a l'âge de ma rupture.

— Il faut que je la voie. C'est essentiel.

— Je vais appeler la cheffe de groupe, et tu pourras passer dans nos bureaux après son audition. Mais je veux qu'elle l'entende avant. Ça te va ?

— Merci. Si tu as besoin de quoi que ce soit, n'hésite pas. Au fait, les ragots auxquels tu ne prêtes pas l'oreille… C'est quoi ?

— Rien de bien intéressant, mais sache que tout Paris sait que tu couches avec ta cheffe d'état-major. Bonne journée, Galien. J'ai du travail.

Je retourne voir Caligula, le remercie pour son aide, m'adosse à un muret et allume une cigarette. La première bouffée m'apaise. Je tente de rassembler mes esprits et me dirige vers le Bastion, le siège de la police judiciaire. Sur le chemin, j'appelle Julie Bancillon, espérant lui faire avaler une énième pilule. Elle décroche à la première sonnerie.

— Putain, Arsène, tu viens de m'humilier. Tu te rends compte ?

— Julie, c'est plus compliqué que ça…

— Attends. Laisse-moi finir. Tu m'as humiliée, mais entre nous, tu n'avais pas tort. Il faut faire du vrai travail de flic. Mais explique-moi en quoi c'est du vrai travail de flic d'aller voir le taulier du 16e avec un regard de possédé pour l'intimider et lui soutirer des infos sur une affaire qui ne te concerne pas…

— Julie, bordel. Laisse-moi parler. La mère du gosse, c'est mon ex. Pauline, tu sais, la journaliste. Je suis complètement dépassé. J'ai besoin que tu me couvres quelque temps, s'il te plaît.

— Tu es gonflé. Tu as besoin que je te couvre parce que tu veux voler au secours de ton ex ? Mais dis-moi, il y a marqué « potiche », sur la porte de mon bureau ? Dans le film de ta vie, je suis obligée d'être la cocue ?

— Mets-toi à ma place, Julie. J'ai besoin de temps pour régler cette histoire.

— Tu m'emmerdes. Je te décompterai tes jours de congé.

— Si tu veux. Et puis, après tout ça, toi et moi…

Julie a déjà raccroché. Décidément, mon numéro de don Juan ne fonctionne plus. J'arrive enfin porte de Clichy, face à l'immense Palais de justice à côté duquel le bâtiment de la PJ fait pâle figure.

Je me gare devant le bâtiment. De nombreux souvenirs me reviennent. J'ai vécu le fameux déménagement du 36, quai des Orfèvres. Ces mois pendant lesquels des hommes et des femmes, que le 36 a vu vieillir, ont mis en cartons les souvenirs de plusieurs années de carrière. L'arrivée porte de Clichy, les problèmes de transport, de restauration. Les lettres ouvertes aux journalistes pour alerter des nouvelles conditions de travail des flics de la PJ. Les nouvelles méthodes, aussi. Au Bastion, plus d'audition de suspects dans les bureaux. Des salles à l'américaine, blanches, froides, ont été prévues à cet effet. Quand je suis arrivé à la brigade criminelle, les anciens me racontaient la façon dont ils préparaient leur bureau pour que les voyous passent à confesse. Le décor, parfois de la musique, une lumière tamisée, une bouteille de whisky, la position des meubles. Tout était étudié. Maintenant, l'aveu s'obtient par des preuves indiscutables : ADN, empreintes digitales, écoutes téléphoniques. Autre siècle, autres méthodes. Beaucoup de vieux briscards ne l'ont pas supporté. D'autres, comme Caligula, ont décidé d'occuper des fonctions plus administratives. Pour rester dans la grande famille de la Crim' sans trop souffrir du temps qui passe.

J'arrive dans le hall et jette un œil à la vitrine dans laquelle trônent les écussons de tous les services de PJ qui occupent le bâtiment. Mon uniforme et mes galons me valent les salamalecs des hôtesses d'accueil, d'habitude plus froides et distantes. Lorsque je leur dis que je suis attendu à la brigade criminelle, elles m'ouvrent les portes. Alors que l'une d'elles se lève pour m'accompagner, je lui adresse un sourire de faux derche et dis fermement : « Je connais le chemin, merci. J'ai bossé cinq ans ici. Prévenez juste l'état-major afin qu'ils viennent me chercher au sas. »

Je prends l'ascenseur et me retrouve entouré de cinq flics habillés en bikers. Ils s'arrêtent au cinquième étage. Des gars des stups, sans doute. Mes années sur le terrain me reviennent douloureusement en tête. Cette seconde qui a fait basculer ma vie. Puis, l'enquête des bœufs-carottes, le classement sans suite, le concours de commissaire, pour lequel j'ai travaillé d'arrache-pied. Je voulais fuir, mais par le haut. La fuite en avant ne m'a jamais réussi.

Me voilà au sixième étage. André, un des plus anciens de la Crim', devenu l'adjoint de Caligula, vient m'accueillir.

— Salut, Lupin. Désolé de ce qu'il t'arrive. Et désolé si je te tutoie, mais tes feuilles de chêne, j'arrive pas à m'y faire. Tu seras toujours mon gamin à tignasse.

— T'en fais pas, Dédé, je me tamponne de ce genre d'égards. Et puis, tu m'as tellement appris… Je serais la dernière des enflures si je te faisais faire un garde-à-vous !

— T'as bien raison. En plus, je te cache pas qu'à cinq mois de la retraite, je t'aurais sûrement dit de t'asseoir dessus au point de t'en trouer le futal, si tu vois ce que je veux dire…

— Tu aurais eu raison. Elle est toujours en audition ?

— J'ai appelé avant de venir te chercher. Ils font une petite pause. Tu veux la voir ? T'es sûr ?

— Oui.

— Alors, on y va.

Dédé m'emmène dans ces couloirs que je connais trop bien. Je vois la petite terrasse sur laquelle j'ai passé quelques heures à regarder le vide le jour où j'ai ôté la vie. Mon cœur se serre, et les termes barbares du code pénal résonnent dans ma tête. Légitime défense. Article 122-5. *N'est pas pénalement responsable la personne qui, devant une atteinte injustifiée envers elle-même ou autrui, accomplit, dans le même temps, un acte commandé par la nécessité de la légitime défense d'elle-même ou d'autrui, sauf s'il y a disproportion entre les moyens de défense employés et la gravité de l'atteinte.*

Nous nous arrêtons devant un bureau sur lequel est écrit « Groupe Mansouri. Droit commun ». André me laisse ici. Je frappe à la porte. Une voix de femme me dit d'entrer. En pénétrant dans la pièce, mes jambes tremblent. Mon cœur s'emballe et bat à mille à l'heure. Elle est là, assise, les yeux humides de larmes. Elle porte un chemisier blanc et un jean noir. Ses yeux bleus et tristes se posent sur moi, semblant d'abord rechercher une lueur d'espoir.

— Je suis venu dès que j'ai su, Pauline.

Au son de ma voix, son regard devient noir.

— Tire-toi. Je ne veux pas te voir.

ELLE

Lorsque deux hommes de la brigade criminelle viennent enfin me chercher au commissariat, je ne suis que l'ombre de moi-même. Dans la voiture qui fonce vers le nord, mon corps est secoué de tremblements et de hoquets, mais les larmes refusent de couler. Une seule pensée tourne en boucle dans ma tête : je ne reverrai jamais Gabriel. Rue du Bastion, la Renault se gare devant ce géant de verre que je ne connais que trop bien. On me fait prendre l'ascenseur, on m'escorte dans des couloirs, on ouvre des portes sécurisées. Hagarde, je suis le mouvement. Formes et voix indistinctes m'adressent des questions et susurrent quelques paroles censées me rassurer. Le flot de ces sons inonde mon esprit sans que je puisse en faire sortir le moindre sens. Mon crâne n'est qu'une caisse de résonance. On ouvre une porte.

À peine assise, je me rends compte que je n'ai pas pensé une seule seconde à appeler Lionel. Je glisse la main dans la poche de mon jean et en sors mon téléphone. L'écran est brisé, mais il fonctionne encore. Incertaine, je me tourne vers ce qui me semble être la figure dominante de l'équipe, un quinquagénaire bien peigné en costume gris et à l'air peu commode. J'articule :

— Est-ce que je peux passer un coup de fil ? Il faut que je prévienne mon mari.

Face à moi, c'est une femme de petite stature qui répond.

— Bien sûr, madame Raumann.

Elle me tend le combiné de son poste.

— Mais utilisez plutôt notre téléphone. Si ça ne vous ennuie pas, nous allons confier le vôtre à nos experts pour qu'ils y cherchent d'éventuels indices qui pourraient nous orienter dans l'enquête.

J'acquiesce, saisis le combiné et compose le numéro de Lionel. Répondeur.

— Lionel, c'est moi…

Je prends conscience d'être entourée par trois personnes qui pèsent sans doute chacun de mes mots. Me mettant à bafouiller, j'abrège.

— Rappelle-moi vite. Gabriel… Il est arrivé quelque chose à Gabriel. Je suis avec les flics… Porte de Clichy.

D'un geste vif, la cheffe de groupe me fait signe de donner le numéro du poste. Je m'exécute, puis raccroche.

Sans perdre plus de temps, la frêle brune entame les présentations.

— Madame Raumann, commandant Nora Mansouri, de la brigade criminelle. À partir de maintenant, nous sommes en charge des investigations autour de l'enlèvement de votre fils. Voici mon adjoint, le capitaine Desjardins…

D'un geste, elle désigne l'homme vers qui je me suis tournée quelques instants plus tôt, qui hoche la tête d'un air grave.

— Et le gardien de la paix Reinhardt.

De l'autre côté de la pièce, un jeune homme à la silhouette longue et gracile se lève pour me saluer, m'adressant un sourire poli. Il porte un costume bleu roi de piètre facture qui contraste avec ses yeux vert émeraude. Le tissu fait des plis sur le devant. Erreur de débutant. Toujours déboutonner la veste quand on s'assoit.

Face à moi, Nora Mansouri se tient droite, l'échine à distance du dossier de sa chaise. Sa bouche, la seule chose qu'elle ait de charnu, s'est pincée dans une seconde de silence à laquelle nous sommes tous les trois suspendus. Attendant qu'elle reprenne la parole, je l'observe. Elle semble à peine plus âgée que moi. Ses cheveux lissés à l'excès sont coiffés en queue-de-cheval. Dans son tailleur noir impeccable, elle a les os saillants et l'air dur de ceux qui ne prennent que rarement le temps de manger. Son nez long et sec détourne l'attention du reste de son visage, mais dans ses yeux noirs, je décèle l'assurance d'une femme de terrain, pragmatique et opiniâtre. Elle reprend.

— Votre fils, Gabriel, a été enlevé il y a maintenant trente-deux minutes. Nous allons faire prévenir son père au plus vite, mais dans un premier temps…

Je l'interromps.

— Lionel n'est pas son père.

Les trois enquêteurs échangent un bref regard. L'espace d'une seconde, je crois sentir que la tension vient de descendre d'un cran dans la pièce. Mansouri embraie.

— Ah, très bien. Et savez-vous où se trouve le père de Gabriel ?

En voyant son visage se détendre légèrement, je comprends la méprise. La plupart des enfants kidnappés le sont par un parent qui refuse d'en être privé. Ici, tout simplement le père, pense le commandant Mansouri. Pas de tueur pédophile, pas de grand banditisme. Une simple histoire de famille qui dégénère. D'un souffle, j'éteins cette lueur d'espoir.

— Ne cherchez pas, aucune chance que ce soit son père.

— Sauf votre respect, madame, il serait plus prudent de nous laisser en juger.

— Le père de Gabriel n'a jamais su qu'il avait un fils. Si on peut parler d'un père. Géniteur, plutôt. Un coup d'un soir il y a dix ans. On ne s'est jamais revus. Pour tout vous dire, je ne me souviens même plus de son nom.

Desjardins intervient.

— Peut-être que lui se souvient de vous…

— On n'a pas pris la peine d'échanger nos numéros. Et puis honnêtement, c'était juste un pauvre type… Les gars qui m'ont pris Gabriel, c'étaient des pros. Ils savaient très bien ce qu'ils faisaient. Les cagoules, les armes, les gants. Les gestes précis, les coups bien calculés. Et puis le troisième larron qui reste au volant. Croyez-moi, mon fils n'est pas tranquillement en train de boire une limonade avec son papa dans un Campanile de banlieue !

Aux regards échangés par les trois enquêteurs, je comprends que mon discours est un peu plus initié que ce à quoi ils se seraient attendus. Il faut croire que cinq ans à partager la vie d'un enquêteur de la Crim' laissent des traces. Sans m'en rendre compte, j'ai raisonné comme un flic, et ça ne leur a pas échappé. Comme pour me justifier, je lâche :

— Pardon, j'ai vécu avec un de vos collègues il y a longtemps. Je crois que j'ai pris ses habitudes malgré moi.

Je ne saurais dire si ces explications les satisfont. Immédiatement, mon esprit est happé par les souvenirs d'Arsène et son groupe, travaillant d'arrache-pied sur des affaires similaires. Mon cœur s'arrête alors que je me rappelle que, sur les quelques cas d'enlèvement qu'il avait eus à traiter à l'époque, aucun des enfants n'avait été retrouvé en un seul morceau. N'y tenant plus, j'éclate en sanglots. Nora Mansouri me tend un mouchoir en papier. Recroquevillée sur ma chaise, j'essuie ma morve et mes larmes en essayant tant bien que mal de me calmer.

— Allons, allons… Je n'imagine même pas ce que vous devez vivre en ce moment, je compatis à votre douleur, mais il faut vous reprendre.

Elle pose ses mains sur le bureau avec tout le calme qui me fait défaut. Mes yeux s'accrochent à la fine alliance qu'elle porte à la main gauche, retenue par la solide jointure de ses phalanges décharnées.

— Madame Raumann, avez-vous des ennemis ? Quelqu'un qui pourrait vous en vouloir pour une quelconque raison ?

— Non, je ne vois pas…

— Avez-vous remarqué quelque chose d'inhabituel dans le comportement de Gabriel ces derniers temps ?

Fermant les yeux, je convoque mes souvenirs. Gabriel en pyjama, râlant contre le parquet qui grince : habituel.

Gabriel jouant la montre pendant que je l'appelle pour dîner, le nez dans son projet de science : habituel. Gabriel, pris la main dans le sac un dimanche matin alors qu'il regarde un film interdit aux moins de douze ans : habituel. Gabriel, Gabriel, Gabriel. Je me creuse la tête à la recherche de quelque chose. Un hic. Une étrangeté quelconque. Mais rien ne me revient que l'image d'un gosse aussi heureux qu'un autre. Un môme curieux, capricieux souvent, pénible parfois, mais que j'aime à en crever, et que je ne reverrai peut-être jamais. Une nouvelle fois, les larmes me montent aux yeux, mais je les retiens.

— Non vraiment, je ne vois pas. Il était comme d'habitude. Il allait bien.

Au fond de moi, je me demande si cette dernière affirmation est aussi vraie que je veux bien le penser.

L'interrogatoire se poursuit ainsi pendant un temps qui me paraît infini. Le commandant Mansouri monopolise la parole devant ses deux acolytes muets comme des carpes, et je patauge dans mes pensées sans pouvoir leur fournir la moindre ficelle solide sur laquelle tirer. Je n'ai d'informations utiles que ce qu'ils savent déjà. Un modèle de camionnette, une description aussi précise des ravisseurs que me le permette leur accoutrement, et ce que j'ai pu comprendre de leurs méthodes. Au-delà, rien. Pas la moindre idée de qui aurait pu vouloir kidnapper Gabriel, et encore moins pourquoi.

Contrecoup du choc d'adrénaline, la fatigue commence à me gagner lorsque les enquêteurs me proposent de prendre une petite pause. Mais à peine ont-ils quitté la pièce pour aller me chercher un café que trois coups sont frappés à la porte. Ne me laissant pas le temps de me demander si je suis habilitée à répondre, elle s'ouvre. Apparaît alors un homme que je ne reconnais pas tout de suite. Il porte un uniforme à épaulettes, décoré comme un sapin de Noël de *pins* et broderies de fil d'or. Ses chaussures luisantes de cirage contrastent avec la crasse et l'usure du linoléum gris qui recouvre le sol. À son cou, une cravate élimée pendouille de travers. « Je suis venu dès que j'ai su, Pauline. » Ce n'est qu'en entendant le timbre de sa voix que mon cerveau se décide à le reconnaître. Arsène.

Je peine à croire combien il a changé en dix ans. Ou bien est-ce mon esprit qui me joue des tours. En scrutant son visage, je reconnais un à un les traits de cet homme que j'ai aimé. Pourtant, c'est comme si je les voyais à travers une lentille salie par le temps. Ses yeux sombres se sont cernés de tranchées violacées, ils sont surmontés par des paupières plus lourdes, mais ils pétillent toujours. Éternellement à mi-chemin entre trop courte et trop longue, sa chevelure ondulée s'est affinée. Dans ses joues quelque peu dégonflées, de profondes rides se sont inscrites de part et d'autre de la bouche, lui donnant l'air de sourire alors même que je ne lui ai jamais vu un visage aussi grave. Il est toujours aussi grand, et toujours beau, j'imagine. Mais sa silhouette a changé. Autrefois larges et musclées, ses épaules ont perdu de leur superbe, et quelques kilos se sont installés au-dessus du cran serré de sa ceinture. Non, il n'a plus la même allure. Et pourtant il est le même.

Quand il m'a brisé le cœur il y a dix ans, je m'étais juré de ne plus jamais le revoir. Ces dernières années, pourtant, je dois avouer que j'ai parfois pensé à lui en des termes moins assassins. Jamais au point de lui passer un coup de fil pour lui proposer une belote, bien sûr, mais de temps à autre il m'est arrivé de me dire que si je le croisais dans la rue, je ne lui arracherais peut-être pas les yeux à la machette. Pour peu que rien ne soit venu perturber prématurément ma guérison de notre rupture chaotique, je crois que j'aurais fini – dans deux, cinq, dix ans peut-être – par me faire à l'idée de le revoir. Alors on aurait bu un café en se moquant de combien on a vieilli, et l'espace d'une demi-heure on aurait partagé ces choses que l'on n'a jamais pu partager qu'à deux, avant de regagner chacun notre vie. Mais le sort en a décidé autrement. Ou plutôt, c'est lui qui en a décidé autrement. Parce que Monsieur Arsène Galien refuse de rester assis sur le banc de touche, voici qu'il se pointe, la gueule enfarinée, qu'il s'impose à moi dans un espace clos alors que je suis au fond du gouffre. Comme d'habitude : mauvais endroit, mauvais moment. « Tire-toi, dis-je en le fusillant du regard, je ne veux pas te voir. »

Lorsque Nora Mansouri et ses hommes regagnent le bureau, je termine l'interrogatoire sans plus verser une seule larme. À ma droite, le café a refroidi. Je n'y ai pas touché.

LUI

La réponse tombe comme un couperet. Claire, limpide. N'appelant aucune discussion, aucune négociation. Son regard est franc, elle ne cille pas. Pendant deux secondes qui ressemblent à une éternité, je reste planté là, hagard. Bien propre dans mon uniforme à feuilles de chêne, mes chaussures bien cirées, ma chemise repassée et ma fierté chiffonnée.

Je cherche son regard, mais elle a déjà tourné la tête. Ses yeux sont résolus à ne plus se porter sur moi. Sans dire un mot, je tourne les talons et ferme la porte du bureau. Dans le couloir, je m'adosse contre le mur, sonné. Comme un boxeur qui reçoit un violent coup dans le ventre. Je ferme les yeux. J'aurais voulu que cela se passe autrement. Lui dire que je me fous qu'elle ne veuille pas me voir. Que ce gamin a l'âge d'être le mien, qu'il a été enlevé et que, s'il m'était arrivé de donner la vie à un mioche, j'aurais aimé en être averti. Ça m'aurait peut-être permis de rebondir. Savoir qu'un petit être compte sur moi m'aurait donné une raison d'avancer fièrement. Aujourd'hui, la seule personne qui attende quoi que ce soit d'Arsène Galien, c'est ce bon vieux Ripeur à qui je donne des croquettes à l'odeur indescriptible deux fois par jour, et qui se fait parfois l'oreille attentive de mes angoisses. Alors, oui, un môme, Pauline, ça m'aurait peut-être permis de ne pas devenir ce que je suis. J'aurais voulu qu'il soit fier de son père, mon fils. Je sens ma gorge se serrer et les larmes qui me montent aux yeux. Putain de poussière. Je tente de me ressaisir.

En levant les yeux, j'aperçois Dédé, assis sur une chaise dans le couloir. Il m'attendait. Ce vieux renard se doutait de ce qui allait m'arriver. Ce n'est pas à un vieux major qu'on apprend à faire la grimace. Je me dirige vers lui, un demi-sourire aux lèvres.

— Pas trop difficile, Lupin ?

— Je ne te cache pas que ça met un coup dans la gueule.

— J'ai une bouteille d'Aberlour dans mon bureau, tu veux un verre ?

J'hésite. J'ai bien envie d'un remontant. Mais ce serait abandonner.

— T'es gentil, Dédé, mais non merci. Je vais y aller. Embrasse les autres.

— Comme tu veux, mon gamin. On est là si t'as besoin de quoi que ce soit.

— S'il y a du nouveau, tu pourras m'envoyer un pigeon voyageur ?

— Tu sais bien que je n'ai pas le droit…

— Tu seras une source sûre et à protéger.

— Je compte sur toi pour la boucler, Arsène.

— T'en fais pas, je dirai que j'ai eu une prémonition.

Dans l'ascenseur, j'hésite encore à faire la plus grosse connerie de ma carrière. Enfin, la seconde plus grosse. Je suis abattu, mais il me reste quand même un microgramme de fierté. Je ne vais pas rester le cul posé dans mon fauteuil pendant qu'un gamin, peut-être le mien, est entre les mains de je-ne-sais-qui. Devant le bâtiment, adossé à ma voiture, je compose le seul numéro qui me donne encore une once d'espoir.

— Comment il va, le commissaire tignasse ?

— Et toi, Van Damme ?

— Van Damme ? T'es sérieux, mec ? Tu m'appelles pour notre rencard de ce soir ? Tu m'as trouvé une remplaçante, c'est ça ?

— Non, non, Chuck. Tu sais très bien pourquoi je t'appelle…

— T'as une voix de merde, encore plus que d'habitude, je veux dire. Qu'est-ce qu'il t'arrive ?

— Arrête de me charrier, mec. Je suis pas d'humeur.

— Sur la tête de mes abdos, je ne sais pas de quoi tu me parles.

— Tu as entendu parler de l'enlèvement en plein Paris ?

— Oui, on a reçu le TG*. Je l'ai sous les yeux, le groupe de permanence se prépare à intervenir en cas de souci, et on est de renfort si ça pète grave. Mais en quoi ça te concerne ?

— Tu as lu le TG ?

— Tu me prends pour un tas de muscles sans cervelle ? Bien sûr que je l'ai lu.

* TG : télégramme en jargon policier.

— Pour répondre à ta question, oui, un peu. Allez, je te donne un indice. Relis le TG avec tes lunettes de quinquagénaire, et concentre-toi sur le nom du gamin.

— Putain, Lupin…

— Oui, c'est le fils de Pauline.

— Et il a dix ans… Ça veut dire que…

— Je te félicite pour ton esprit de déduction, camarade. Il m'a fallu deux heures de crise de nerfs pour arriver à la même conclusion.

— Tu es où, là, Arsène ?

— Au Bastion… J'ai voulu aller voir Pauline, elle est en audition à la Crim'.

— Et alors ?

— Ah, ben elle m'a sauté dans les bras, elle a laissé tomber son soutif et on se marie la semaine prochaine, t'es dispo pour faire la sécu ?

— OK, je vois. Et tu m'appelles pour quoi, au juste ? S'il se passe quelque chose, tu seras informé en même temps que moi, voire même avant, vu ton poste.

— Je peux pas rester sans rien faire, Chuck. Tu te souviens que tu me dois un service ?

— Arsène, tu m'as aidé à déménager et j'ai dû porter la machine à laver tout seul parce que tu t'étais froissé un ongle. On parle pas du même genre de service, là.

— Chuck, s'il te plaît !

— OK, on se retrouve dans une heure au pub canadien. On ira bouffer, et bouffer du solide, Lupin. Au mieux, je t'autorise une eau gazeuse.

— À tout à l'heure, camarade.

Je me sens grisé par ma conversation avec Chuck. Il fait partie de ces rares amis avec qui la légèreté de ton est de mise dans toutes les situations. Il a toujours réussi à me faire rire. Pendant les enterrements comme pendant les mariages. Pour la première fois depuis quinze ans, je comprends ce qui en fait un si bon flic. Il est rassurant. À ses côtés, on sait qu'il ne peut rien arriver. Il est de ces hommes qui savent ne pas montrer leurs faiblesses. Pendant les cinq ans où nous avons fait équipe, je n'ai jamais douté que les choses s'arrangeraient s'il était à mes côtés. Et, pour la première fois, j'ai l'impression d'être une victime qu'il rassure. Simplement, sans fioritures. Après dix ans, notre binôme renaît de ses cendres. Et je me sens moins seul…

J'allume une cigarette et fume nonchalamment contre le capot de ma voiture. Je me surprends à penser que si Pauline me voit comme ça, elle retrouvera celui qu'elle a connu. La première consumée, j'en allume une seconde. Au bout de trente minutes, je décide de rentrer dans le bâtiment pour boire un café. J'avais oublié à quel point les auditions étaient longues, à la Crim'.

Une heure maintenant que je suis en train de faire le pied de grue devant le 36, rue du Bastion, comme un con. Les quelques collègues qui s'occupent des caméras de surveillance doivent s'amuser de voir un taulier faire les cent pas devant sa caisse. Je pense au temps précieux que je perds à ne pas être sur les traces des ordures qui ont kidnappé le gosse. Mon gosse ? Je ne sais pas. Comment s'appelle-t-il, au fait ? Je ne connais même pas son prénom. En plus, si ça se trouve, c'est un sale gamin. Non, j'en suis persuadé, ce môme est adorable. Et même si c'était un petit dictateur en herbe, je l'aimerais.

Parce qu'il est de Pauline. Cet enfant porte en lui le sang de la femme que j'aime. Putain, Raumann ! Dix ans que tu m'as lourdé et tu arrives encore à me filer la chair de poule. Tu m'emmerdes.

Comme si elle m'entendait la houspiller gentiment, Pauline sort à ce moment-là du bâtiment. Elle s'approche de moi. Le visage fermé et les yeux plantés dans les miens, elle attend d'être en face de moi avant de m'adresser la parole.

— T'as vieilli. Mais t'es toujours aussi têtu. Je n'ai pas besoin de toi, Arsène.

— Je ne suis pas têtu. Et je suis encore pas mal, pour mon âge. Je m'inquiète pour toi, Pauline.

J'allume ma cigarette en la serrant entre mes dents, la tête penchée sur le côté dans l'espoir que ma mèche tombe sur mon œil à demi clos. En gros, je mets toutes mes chances de mon côté. Je souffle la fumée et reprends.

— Tu en veux une ?

— Non, j'ai arrêté. Qu'est-ce que tu fous encore là ?

— Toi ? Tu as arrêté de cloper ? Mais tu respires comment ? Dans mon souvenir, tu étais en apnée quand tu n'avais pas de la fumée dans les poumons.

— Les gens changent et évoluent, parfois, Arsène. Et parfois, aussi, ils répondent aux questions. Pourquoi tu es encore là ?

— Ils en sont où, à la Crim' ?

— Nulle part pour l'instant. Ils ont la plaque de la camionnette, mais ça ne ressort pas dans leurs fichiers. Donc ils sont en train de s'intéresser à mes proches. Ils veulent entendre mon mari.

— Connerie.

— Quoi, connerie ?

— Ben déjà c'est une connerie que tu sois mariée, et en plus c'est une connerie de chercher dans ton environnement. C'est du travail de pro, ça. Les mecs sont hyperorganisés. Et vu ton look, tu m'as plus l'air de fréquenter les soirées du Rotary que les troquets d'Aubervilliers. Par conséquent, excuse-moi de surfer sur le cliché de la bourgeoise du 16ᵉ, mais je ne pense pas que tu aies des mecs fichés au grand banditisme dans ton club de gym suédoise.

Pour la première fois depuis qu'elle a planté ses yeux dans les miens, Pauline sourit.

— C'est du yoga que je fais. Et c'est exactement ce que j'ai dit à la flic qui m'a interrogée. Elle m'a répondu qu'elle savait quoi faire. Donc, je lui fais confiance. Et surtout, tu restes en dehors de ça.

— Tu lui fais confiance ? Non mais tu plaisantes ? Elle va droit dans le mur avec ses théories fumeuses. Tiens, je te parie qu'elle a reçu un coup de téléphone pendant ton audition et qu'ils ont retrouvé la camionnette carbonisée en rase campagne près d'une sortie de l'A13. Au hasard, je dirais dans la forêt de Marly.

— Comment tu sais ça ?

— Parce qu'il n'y a pas marqué Danone sur mon uniforme, et aussi parce que c'est des méthodes de voyou, et que si j'avais fait un coup comme ça, je serais allé pleine balle sur l'autoroute, donc porte de Passy puis A13, et que j'aurais pris une sortie où je suis sûr de ne pas avoir de caméras pour aller me planquer dans une végétation dense où les hélicos m'auraient perdu. Bref, Marly-le-Roi c'est la forêt la plus proche, et ça tient debout. Et à cette heure-ci, ton fils, il doit être dans une autre bagnole, shooté aux somnifères avec de préférence une femme au volant qui le ramène vers une planque. Et les trois enculés. Pardon, les trois auteurs des faits se sont changés et sont repartis dans une caisse clean vers la gare la plus proche. Mais c'est trop tard pour monter des barrages, parce que la Crim' a cru que c'était un enlèvement familial.

Les yeux de Pauline se remplissent de larmes. J'y suis peut-être allé un peu fort dans ma démonstration. Arsène Galien, psychologue aux gros sabots, à votre service.

— Pauline, je ne veux même pas imaginer ce que tu peux ressentir. Mais je t'assure que si je suis là, c'est parce que je pense que je peux t'aider. Comment il s'appelle, ton fils ?

— Gabriel.

Je sens une brèche pour avoir des infos.

— Gabriel comment ?

— Gabriel Raumann. Comment veux-tu qu'il s'appelle ?

— Je sais pas, il pourrait avoir le nom de son père.

Putain, ce qu'ils sont lourds à porter, ces sabots…

— Il n'a pas de père. Et il ne veut pas en avoir. Qu'est-ce que vous avez tous avec ça, bordel ?!

— OK, OK. Calme-toi, Pauline. Je vais essayer de voir ce que je peux faire, OK ?

— Arsène…

— Quoi ?

— Fais ce que tu veux, mais reste en dehors de ma vie, s'il te plaît.

— Je retrouve Chuck à 14 heures au Great Canadian, en face du 36. Si tu veux passer…

— En face du 36, tu es nostalgique ?
— Non, je bosse à côté. À la préfecture.
— C'est pour ça que t'es déguisé comme ça ?
— Je suis devenu commissaire. Mais c'est pas le problème, là, si ?
— Non, tu as raison. C'est juste que le blouson de cuir t'allait mieux…

À ce moment-là, une Merco noir arrive rue du Bastion par la passerelle qui passe au-dessus des Maréchaux. Elle s'arrête devant nous. Pauline se retourne. Sa respiration s'accélère. Je la regarde.
— Tu connais ?
— C'est mon mari.

J'ai l'impression d'être l'amant dans une pièce de boulevard. Pas de placard où me cacher. La vérité me pète au visage. Je n'ai rien à faire là. Pauline m'a quitté il y a dix ans, je devrais leur foutre la paix. Tout simplement. C'est plus fort que moi. Je ne peux pas rester sans rien faire. Quand je vois la lueur d'espoir dans les yeux de Pauline, je comprends. Cet homme est devenu ce que j'étais. Son phare, son oxygène. C'est son rôle à lui de la protéger. Elle ne viendra pas s'attabler avec deux vieux flics au pub canadien. Si je veux jouer aux barbouzes avec Chuck, je vais devoir le faire tout seul.

Le type qui sort est petit, costaud. Il porte un costume tellement bien taillé qu'il doit être sur mesure. Son regard se plante dans le mien. Je le soutiens. Je le sens perturbé. Comme s'il n'avait pas l'habitude que le bas peuple ose ne pas ciller devant sa feuille d'impôts. Le genre de connard persuadé que le fric est *la* solution ultime. Elle s'approche de lui. Il n'a pas besoin de me toucher pour me mettre le pire des uppercuts. Il serre dans ses bras la femme que j'aime. Lui dit que ça ira, que tout va s'arranger. C'est ma réplique. Dans un monde bien rangé, ce mec serait en train de jouer au golf à Sanary-sur-Mer. Mes bras seraient en train de serrer Pauline. Je lui murmurerais à l'oreille que je suis là. Que je ne dormirai pas tant que Gabriel ne sera pas dans son lit.

Il s'approche de moi. Ses yeux ne quittent pas les miens. Son regard est déterminé. Les deux mètres qu'il parcourt me semblent interminables. Je ne vais quand même pas me battre avec lui en uniforme devant le siège de la PJ. Surtout que mes cours de boxe sont loin derrière moi. Il semble largement plus en forme. Je vais me faire péter la gueule devant le 36. Là, maintenant, ça serait pas mal que Chuck soit là. Il est à cinquante centimètres de moi. Je monte discrètement mes mains au niveau de ma ceinture. Attitude professionnelle de vigilance. Il tend sa main droite, et sur son visage se dessine un sourire carnassier.

— Bonjour, Lionel Yachvili. Enchanté. Vous êtes le commissaire chargé de l'enquête ?

Yachvili, comme le rugbyman ? Allez Arsène, il est aimable jusqu'ici. Alors tu te tiens bien.

— Euh, non, pas vraiment. Arsène Galien. Enchanté.

Il lève vers moi un sourcil interrogateur. Il doit regarder son caddie de la même façon quand on lui propose un 12 au lieu d'un 10 au neuvième trou.

— Ah, vous êtes le fameux Arsène. Je comprends bien que vous soyez venu. D'après ce que m'a dit Pauline, vous êtes un peu une légende au 36. À votre place, j'aurais fait pareil. Et vous êtes commissaire où ?

Mais c'est qu'il est charmant, en plus, l'enfoiré. Je me force à sourire. J'essaie d'être le moins sensible possible à la flagornerie.

— Je suis chef de salle à l'état-major de la sécurité publique parisienne.

— Ah, la DSPAP. Vous travaillez sous les ordres de Julie Bancillon ?

— Exactement. Comment le savez-vous ?

— J'ai fait son portrait pour le journal il y a quelques années, quand elle était la plus jeune commissaire divisionnaire de France.

— Eh bien je suis son adjoint. Et pas encore divisionnaire, malheureusement.

— Je suis sûr que ça ne tardera pas. Vous pourriez vous joindre à nous la prochaine fois que j'irai dîner avec le préfet.

Pauline me fusille du regard. J'ai bien compris que les salamalecs de son mari n'étaient pas de son goût. Je botte en touche.

— Pourquoi pas. Mais je suis persuadé que Pauline et vous avez d'autres chats à fouetter. Je dois retourner au boulot. Vous savez ce que c'est, Lionel. À très bientôt. Pauline, bon courage à toi. Appelle-moi, si tu as besoin.

— Vous avez raison. En plus, on m'attend dans vos anciens quartiers. Bonne journée monsieur Galien.

Je griffonne mon numéro de portable sur une de mes cartes de visite, serre la main à Mister ISF et tourne les talons. En démarrant la voiture, je le vois dans le rétroviseur. Il ne me quitte pas du regard jusqu'à ce que je tourne à droite vers les Maréchaux. Ce type a réussi à me faire comprendre en trois phrases que, si je marche sur ses plates-bandes, il est en mesure de me pourrir la vie.

ELLE

Je n'écoute plus Arsène. La berline vient de s'arrêter devant l'entrée du parking, moteur allumé. Pendant quelques secondes, je la regarde ronronner en attendant de voir Lionel en sortir. Mais rien ne se passe. Combien de fois ai-je vécu cette scène ? La voiture qui arrive, puis ce moment suspendu. Quelques longues secondes, une, parfois plusieurs minutes durant lesquelles mon mari termine les affaires du jour avant d'ouvrir la portière pour venir me rejoindre. À mille reprises je suis restée immobile et impatiente devant cette même Mercedes, à imaginer ce qui se passait dans l'habitacle. Un coup de fil qui s'éternise, un mail à terminer, puis Lionel qui rassemble ses dossiers, salue son chauffeur, échange peut-être avec lui quelques banalités et, enfin, émerge de la voiture. Combien de fois me suis-je détestée de tendre l'oreille en entendant le bruit du moteur, de guetter par la fenêtre le moment où il claquerait la portière pour aller me poster dans l'entrée, toutes affaires cessantes, pour l'accueillir comme le ferait un chien de compagnie ?

Les secondes s'étirent rue du Bastion. À travers les vitres teintées, j'essaie en vain de distinguer le visage de Lionel. Enfin, la portière arrière s'ouvre. Alors qu'apparaît sa silhouette trapue, ma gorge se serre soudainement. Comme si quelque chose venait de changer pour toujours. Il marche d'un pas rapide pour me rejoindre. Ses yeux sont plongés dans les miens, sa mâchoire tordue dans un rictus d'inquiétude et de douleur. À mesure qu'il s'approche, prêt à me serrer dans ses bras, la tristesse m'envahit. « Ma chérie ! Oh, ma chérie... », souffle-t-il. Sous les yeux d'Arsène qui s'est écarté d'un pas, il m'attrape et me presse fort contre lui. Au contact de sa peau, de fines larmes se remettent à couler le long de mes joues. Ce n'est plus à Gabriel que je pense. Le visage collé au torse de Lionel, je sanglote. Il a suffi de presque rien. Un bref moment d'attente avant de le voir sortir de la voiture. Dix secondes, quinze tout au plus. Et pourtant je viens de comprendre que plus rien ne serait jamais pareil.

Jusqu'ici, je m'étais toujours dit que Lionel était simplement pris par son travail. Je ne lui en avais jamais voulu. Je savais que mon mari était un homme brillant, hyperactif, insatiable, et je m'étais résignée à passer au second plan. J'appartenais à un pan de sa vie qui ne pourrait jamais lui suffire. Et ce n'était pas grave. Parce que si Lionel n'était pas généreux de son temps, il n'en restait pas moins un homme profondément bon, dévoué et attentionné. Au fond, je m'étais toujours dit que Gabriel et moi étions sa priorité absolue. Qu'il n'hésiterait pas une seconde à tout laisser en plan pour voler à notre secours. C'est ce que je croyais jusqu'à aujourd'hui.

Jusqu'à ces sonneries dans le vide, ce répondeur, ce temps qu'il a mis avant de me rappeler, celui qu'il a encore fallu avant qu'il n'arrive… Et puis le coup de grâce : les quelques secondes d'attente odieuse qu'il m'a imposées avant de sortir de sa voiture. Les mêmes secondes que d'habitude, tout simplement. Mais à un moment qui les rend impardonnables.

Pendant que j'essuie discrètement mes larmes, Arsène et lui échangent quelques mots. Étrange face-à-face. Jamais je n'aurais imaginé les avoir au même moment dans mon champ de vision. Et encore moins dans ma vie. C'est comme si une faille spatio-temporelle avait propulsé le passé dans le présent, et que les deux entraient en collision sans faire de bruit. Silencieuse, j'observe ces hommes que tout oppose. À ma droite, Lionel, en pleine démonstration de sa capacité à faire bonne impression. Alors qu'Arsène arbore des feuilles de chêne, lui possède une autorité naturelle. Solide de corps et de caractère, il est un de ces *self-made men* que j'exécrais autrefois, mais qui forcent le respect. Parti de rien pour gravir l'échelle sociale à la force de ses bras, il n'est pas de ceux qui considèrent que tout leur est dû. C'est un homme intransigeant, mais il fait preuve d'une étonnante capacité à toujours s'adapter parfaitement à son interlocuteur, ce qui en fait à la fois un excellent partenaire de conversation et un mari quelque peu complexant pour quelqu'un d'aussi socialement inadapté que moi.

Et à ma gauche, Arsène. Toujours à fleur de peau. Arsène, perpétuellement secoué de doutes, qui pérore ou qui ironise pour donner le change. Charismatique, diablement intelligent, et encore plus agaçant. Arsène qui ne peut s'empêcher de se demander si son charme opère toujours, mais qui a dû remballer son petit sourire en coin à l'arrivée de Lionel. Arsène qui n'a jamais su cacher sa jalousie. Pourtant, malgré les apparences, je sais pertinemment que Lionel est le plus jaloux des deux. Parce que même s'il réussit à être aimable au point d'en devenir presque lèche-bottes, je n'ai pas oublié qu'il fut un temps où la simple mention du nom d'Arsène le mettait en rogne. Il avait bien tenté de m'expliquer que l'idée qu'un goujat ait pu me faire du mal lui était insupportable, mais je n'étais pas dupe. Je savais qu'il s'agissait d'une sorte de rivalité instinctive, et mon ego s'en sentait flatté. J'imagine qu'avec le temps il a appris à ne plus considérer Arsène comme une menace sérieuse. Du moins c'est ce que je me dis en voyant l'élégance avec laquelle il participe à l'inévitable jeu de celui qui pisse le plus loin.

Nous laissons Arsène sur le trottoir pour remonter vers les locaux de la Crim'. En patientant devant la porte fermée du bureau de Nora Mansouri, nous n'échangeons ni un mot ni un regard. Trop choqués pour parler, trop inquiets pour nous asseoir, nous nous tenons debout l'un à côté de l'autre, immobiles et raides comme des piquets dans ce couloir gris. Il me tient la main, la serre fort. Cette maigre tentative de réconfort ne fait que créer un étau qui écrase mes doigts encore endoloris par leur vaine lutte contre la poigne de fer de mon agresseur. La porte s'ouvre. Immédiatement, Lionel lâche ma main pour tendre la sienne au commandant Mansouri. Avant qu'elle ait pu prononcer un seul mot, il prend la parole.

— Bonjour madame, Lionel Yachvili. Je suis le mari de Pauline, le beau-père de Gabriel. Où en êtes-vous dans votre enquête ?

— Commandant Mansouri. Elle suit son cours, monsieur Yachvili.

— Un enlèvement comme ça, en plein jour ! Est-ce que vous avez retrouvé le véhicule ? La camionnette, vous avez sa plaque ? Vous avez identifié son propriétaire ?

— Pas encore, mais nous y travaillons. Si vous voulez bien…

Lionel ne lui laisse pas le temps de finir sa phrase.

— Combien de temps avant que vous obteniez des résultats ?

— Nous…

— J'entends bien que ce n'est pas une science exacte, mais avez-vous au moins une piste à exploiter, quelque chose ?

Il me saisit par l'épaule et me presse contre lui.

— Ma femme et moi sommes morts d'inquiétude. J'espère que vous aurez très vite une bonne nouvelle à nous annoncer…

Ne sachant pas où me mettre, je dégage timidement son bras quand la cheffe de groupe le coupe.

— Écoutez, monsieur. J'entends bien votre inquiétude et, croyez-moi, nous sommes en train de faire notre travail. Maintenant, si vous voulez bien entrer pour répondre à nos questions…

Lionel se crispe légèrement et ravale sa salive. Il n'est pas habitué à ce qu'on lui coupe la parole. Déformation professionnelle. Se reprenant, il adresse son plus large sourire à Nora Mansouri, qui ajoute :

— Vos réponses pourraient nous permettre d'avancer plus vite dans nos investigations.

D'un geste ample, Lionel me cède le passage. Cinq ans que je me tue à lui dire que sa galanterie ne sert qu'à nous faire perdre du temps au moment de passer les portes. Et, accessoirement, à m'agacer. Je ne suis pas une femme à qui on porte sa valise, et je me fiche éperdument de rentrer en premier, en deuxième ou en douzième dans l'ascenseur. Le commandant Mansouri observe le bras poliment écarté de Lionel et me jette un regard entendu. Pendant une seconde, j'ai l'impression qu'elle a lu dans mes pensées et qu'elle me comprend. Après tout, me dis-je, une femme dans la police, c'est un partenaire qui a pu vous sauver la vie le matin en neutralisant un forcené à la matraque téléscopique, vider deux chargeurs à côté de vous au stand de tir l'après-midi, mais à qui on cède quand même galamment la dernière chaise au briefing de 6 heures. J'imagine qu'elle aussi a déjà dû lever les yeux au ciel devant ces égards de pure forme. Comme pour me prouver à quel point je suis à côté de la plaque, l'enquêtrice plante ses yeux dans les miens et m'assène :

— Si vous voulez bien patienter en salle d'attente, madame Raumann. Nous aimerions entendre votre mari seul.

— Ah… Oui, bien sûr.

Je reste comme deux ronds de flan pendant que Mansouri fait entrer mon mari dans le bureau. La porte claque derrière eux. Seule dans le couloir, je me mets à gamberger. En y réfléchissant, il n'y a rien dans le comportement de Lionel qui justifie l'agacement qu'il provoque chez moi depuis qu'il est arrivé devant le 36. Et pourtant, tout ce qu'il fait, tout ce qu'il dit me hérisse le poil. Alors que sa présence à mes côtés devrait être réconfortante, c'est comme si, au contraire, elle me rendait cette journée encore plus difficile. Habituellement, je m'en serais voulu de penser cela mais, aujourd'hui, rien d'autre n'a d'importance que Gabriel. Le vide que crée son absence est comme un trou noir qui se creuse à l'intérieur de moi, absorbant tout autour de lui. C'est une sensation indescriptible pour qui ne l'a pas vécue. Soudain, je comprends pourquoi la présence de Lionel m'est insupportable : il ne partage pas ma douleur. De la peine, de l'inquiétude, de la colère certainement. Mais cette déchirure de parent, il ne la ressent pas. Il n'est pas le père de Gabriel. Et plus il essaiera de faire comme si c'était le cas, plus j'aurai envie de m'en éloigner pour ne pas céder à l'envie de le poignarder pour ne plus le voir souffrir moins que moi.

Balayant ces pensées, je me dirige d'un pas lent vers la salle d'attente au fond du couloir. Pour me changer les idées, j'essaie d'imaginer ce qui est en train de se passer dans le bureau de Nora Mansouri. « Veuillez nous laisser seuls », cette phrase veut tout dire. Tout ce que Lionel peut affirmer en ma présence, il peut aussi le faire sans moi. Mais c'est justement ce qu'il n'oserait pas dire devant moi qui pourrait les intéresser. Fouillant les coins les plus reculés de ma mémoire, je recherche les quelques souvenirs des affaires d'enlèvements d'enfants qui étaient tombées entre les mains d'Arsène et son groupe. Une à une, les résolutions de toutes ces lointaines enquêtes viennent parasiter mon esprit. Tous les scénarios me passent par la tête.

— Monsieur Yachvili, auriez-vous par hasard une maîtresse jalouse et psychologiquement instable qui aurait pu décider de kidnapper, puis de massacrer le fils de votre femme dans un instant de folie revancharde ?

— Monsieur Yachvili, avez-vous noyé le fils de votre femme pour devenir son seul et unique héritier ? Et prévoyiez-vous d'empoisonner cette dernière ?

— Monsieur Yachvili, avez-vous remarqué chez votre femme quelque chose qui pourrait laisser suspecter qu'elle doit une importante somme d'argent à un impitoyable baron de la drogue ?

— Monsieur Yachvili, votre femme et vous-même auriez-vous mis en scène l'enlèvement de Gabriel pour vous partager une rançon payée par un membre fortuné de votre famille ?

Épuisée et à bout de nerfs, je m'écroule sur une chaise. Puis, l'attente. Le temps est infini. Depuis que la porte de la camionnette s'est refermée sur le visage terrifié de Gabriel, je suis comme en apnée. Tant que l'incertitude me ronge, c'est comme si tout mon être se retenait de vivre. Mes poumons ne se remplissent plus qu'à moitié. Ma vision est trouble, mes muscles comme atrophiés. Mon cœur bat si lentement que j'ai l'impression d'être en hibernation. Mon corps rationne son existence pour me donner l'énergie de lutter, de tenir le temps de retrouver mon fils. Je ne suis que minuterie.

Soudain, une silhouette pressée apparaît de l'autre côté du couloir. La jeune femme, air sérieux et godillots de cuir, me dépasse sans me regarder. Le claquement de ses talons s'arrête devant la porte du bureau où est entré Lionel. Décidée, elle frappe trois coups sur la porte et passe sa tête par l'embrasure.

— Nora, on a identifié le propriétaire du véhicule.

LUI

De grands yeux noirs et une tignasse impossible. Ce gamin a vraiment une bonne tête. Les yeux rivés sur mon téléphone, je détaille la photo de Gabriel Raumann. Dix ans, un regard malicieux, un sourire timide. Ce gamin doit être le genre à aimer aller à l'école pour réciter des poésies et faire des exposés de sciences naturelles. Je me souviens qu'à son âge, je n'étais pas si différent. Évidemment, les exposés ne se faisaient pas sur tablettes tactiles, et je recopiais les poésies au tableau sans vidéoprojecteur, mais, petit, j'adorais l'école. Puis, ça m'est resté. J'ai adoré le lycée, et je me suis bien amusé à la fac. L'école des commissaires de police a été pour moi un camp de vacances. Finalement, c'est quand j'arrête d'apprendre et que je commence à faire que les choses se gâtent pour moi.

— Je vous sers quelque chose, monsieur ?

Absorbé par la photo de Gabriel, je n'ai pas vu le serveur qui se tenait devant moi. T-shirt à la mode, tatouage et boucle d'oreilles. Pas de doutes, ce type bosse au pub canadien.

— Je vais vous prendre un Coca light avec des glaçons.

Le serveur reluque mon portable.

— Sale histoire, ce gamin enlevé, vous ne trouvez pas ?

Je m'abstiens de répondre. Aucune envie de faire la conversation. « Ah, ça oui, mon bon monsieur. Il n'y a plus de saison, dites-moi ! Je me souviens que j'ai caché mon uniforme sous un sweat à capuche. Le serveur, derrière le bar, me regarde avec insistance. Il est peut-être persuadé que j'ai quelque chose à cacher, que mon comportement est suspect. Après tout, il m'a surpris en train de reluquer la photo d'un gamin qui a été enlevé il y a cinq heures. Il n'en faudrait pas plus pour qu'il compose le numéro de l'Alerte-Enlèvement. Je regarde ma montre : 14 h 15. Chuck est à la bourre.

Je lève le nez de mon écran et observe les voitures qui filent sur le quai des Grands-Augustins au rythme des feux rouges désynchronisés de la place Saint-Michel. Face à moi se dresse, comme pour me narguer, le 36, quai des Orfèvres. Sa tour pointue, comme une vigie qui guette en permanence le moindre danger, sa lourde porte couleur ocre, les fenêtres hors d'âge qui n'ont jamais pu être remplacées parce que le bâtiment est classé, les fourgons de gendarmerie garés en épi devant la façade : le 36 n'a pas changé depuis que j'y ai mis les pieds pour la première fois en sortant de l'École de police. Des souvenirs remontent peu à peu dans ma mémoire, comme les bulles du verre de Coca light que j'attends toujours. Ma première grosse affaire, celle qui m'a fait descendre doucement vers les abysses. Le jour où j'ai découvert que derrière la plus digne des façades peut se cacher l'âme la plus sinistre, en passant les menottes à mon chef de groupe. Ma rencontre avec Pauline, mes fous rires avec Chuck, la cuite que l'on s'est prise pour se remettre de la mort de Roxanne. Toutes ces émotions ont eu pour décor un périmètre situé entre le 36 et la terrasse de ce pub où je suis installé, attendant mon Coca light, habillé de chaussures de cérémonie et d'un vieux sweat élimé tout en regardant la photo d'un gamin disparu qui est peut-être mon fils. Putain, il est où ce Coca light ?

Au moment où je m'apprête à râler, Chuck passe la porte. Chaussures hautes, treillis beige, T-shirt noir et veste en cuir. Même en civil, il n'a jamais eu peur de ressembler à un flic. Du haut de son mètre cube, il m'adresse un sourire triste, comme celui que je me suis entraîné à donner aux familles de victimes. Ce genre de sourire m'énerve parce que je sais qu'il est fait pour cacher l'impuissance des enquêteurs dans un dossier qui n'avance pas d'un iota. Je refuse qu'on me le serve aujourd'hui. Je suis de l'autre côté du miroir, comme si je matais la parade de Disneyland après avoir passé quinze ans à me maquiller en prince charmant dans une loge cradingue. Il retire sa veste. À sa ceinture, son Glock me fait de l'œil. Un vrai mec de la BRI. Toujours prêt à ce que ça canarde, même pendant qu'il se tape un faux-filet. Mon arme à moi est bien rangée au fond de mon sac. Commissaire et commandant, l'administratif et le terrain. Deux mondes, deux polices. Alors que mon pote est prêt à décrocher deux pruneaux de 9 mm entre les yeux du premier terroriste venu, je suis en mesure de recracher par cœur l'évolution des vols portière dans la capitale depuis l'arrivée de l'automobile. Seigneur, que suis-je devenu ? Me voyant dans la lune, Chuck brise la glace.

— Alors play-boy, tu tiens le coup ? J'aime beaucoup ton vieux préservatif.
— De quoi tu me parles ?
— De ton sweat, tête de nœud. T'as ton uniforme en dessous, non ?
— Ben ouais.
— Eh ben, c'est ce qui sert à cacher tes glands.
— C'est des feuilles de chêne, ducon.
— Relis tes fiches de l'École de police, commissaire. Sur tes galons, entre les feuilles de chêne, il y a des glands. Et plus t'as de glands, plus t'es gradé. Ça s'invente pas ! Tu vois ? Donc, du coup, eh ben ton pull, c'est un préservatif. Parce que ça cache tes glands. Enfin bref, la blague est bien moins drôle quand on l'explique.
— Tu fais des vannes vachement tirées par les cheveux, pour un chauve.

Au moment où arrivent nos hamburgers, nous sommes en train de faire le point sur l'affaire. J'ai raconté à Chuck mon entrevue avec Pauline, lui ai exposé ma théorie sur la fuite des malfaiteurs et, surtout, le pedigree que je leur imagine. Toujours plein de bon sens, mon culturiste préféré me dit que mener une enquête parallèle serait une mauvaise idée. D'autant que la mère de la victime, mon ex, soit dit en passant, m'a expressément demandé de rester en dehors de ça. Mais, si Chuck a toujours eu dans notre duo le rôle du mec raisonnable, j'ai toujours eu celui du mec convaincant. Alors, quand apparaissent dans notre champ de vision les buns au sésame et les frites, nous sommes en train de noter frénétiquement toutes les informations utiles sur un carnet.

Le serveur, en s'approchant, regarde la hanche droite de mon ancien-nouveau binôme avec insistance. Le genre à se mêler de ce qui ne le regarde pas. Devenir barman à Saint-Michel a été la meilleure idée de sa vie. Un type aussi indiscret n'aurait pas long feu dans la mafia. Au moment où il s'apprête à déposer nos assiettes sur la table, nos couverts se mettent à bouger tout seuls dans un vacarme aussi pénible que des ongles sur un tableau noir. Nos téléphones ont vibré en même temps. On se regarde en chiens de faïence pendant deux secondes.

— Chuck, c'est Bancillon qui m'appelle. Et toi ?

— C'est mon taulier.

— Tu crois qu'ils sont au courant pour notre liaison ?

Je me lève pour décrocher et téléphoner à l'extérieur. Réflexe logique. Ce qu'un flic raconte au téléphone ne concerne pas le quidam qui se fait un tartare à la table d'à côté. Chuck fait la même chose, laissant le serveur en plan avec ses deux burgers.

— Allô ? Je pensais que tu me laissais ma journée, Julie.

— Arsène, ils ont remonté la plaque de la camionnette.

— Comment t'as eu l'info avant moi ?

— Tu peux pas t'empêcher de faire le coq ! Tu veux savoir ?

— Oui, oui, pardon.

— Le véhicule appartient à un certain Marc Paumard, un pédo qui vient de sortir de quinze ans de réclusion pour enlèvement, séquestration, viol et meurtre.

— Je me souviens de l'histoire, oui. Mais ça ne colle pas du tout avec l'enlèvement de Gabriel. Je vois mal un mec comme ça recruter des pros du braquage pour enlever un gosse.

— Il a peut-être rencontré des types en prison.

— J'y crois moyennement. Je vais quand même aller faire un tour vers chez lui. Tu peux me trouver son adresse ? Si le FIJAIS* est à jour, ça ne prendra que deux minutes. Ça m'évitera de passer au bureau.

— Si tu veux pas te faire humilier devant tes anciens collègues, je te conseille d'attendre. La Crim' est en train d'aller le chercher avec la BRI.

— OK, je rentre au bureau.

— À tout de suite.

— Au fait, Julie, pour tout à l'heure, ce que je t'ai proposé…

Elle a déjà raccroché. J'attends que Chuck termine son coup de fil. Il me regarde et je comprends.

— Tu vas sur l'interpel de Paumard ?

— Mon groupe est de renfort, et le patron veut rien laisser au hasard.

— Je peux venir avec toi ?

— Arsène, laisse tomber. Mon taulier voudra jamais. T'es trop impliqué.

— Je viens et je ferme ma gueule.

---

* Fichier judiciaire automatisé des auteurs d'infractions sexuelles ou violentes.

— Ça marchera pas, tu penses que personne ne se posera de question ? Et même si je te prêtais une cagoule et que je te déguisais en mec de la BRI, tu ne ferais jamais illusion avec ton corps de lâche. Allez, je te tiens au courant en temps réel.

— Je vais tout suivre depuis la salle de commandement, t'inquiète.

En sortant, je m'adresse au serveur, planté au milieu de la terrasse depuis cinq minutes avec ses burgers froids. « Désolé, on doit y aller, dis au patron de mettre ça sur notre note. Si tu nous décris, il verra bien qui on est. On se prenait des cuites ici quand tu passais ton brevet. Allez ciao. »

Je cours jusqu'à la préfecture de police, à quatre cents mètres du restaurant. J'arrive devant la porte, essoufflé. Une fois dans la salle de commandement, tous les écrans sur la droite sont braqués sur la rue Eugène-Sue, dans le 18e arrondissement. Julie me rejoint. Elle passe sa main sur mon épaule. Sa caresse ne m'apaise pas. Au contraire, elle me hérisse le poil. Je ne pense plus qu'à Pauline. Son drame, son gosse. Je ne dis rien et scrute les écrans en silence.

Pour l'instant, la rue est calme. Une épicerie, une pharmacie, des badauds pressés qui ne savent pas que dans l'immeuble situé au numéro 8 réside une ordure de la pire espèce. Un assassin violeur d'enfants. Un type dont Pierre Bellemare aurait pu raconter l'histoire. À l'angle de la rue de Clignancourt, trois voitures grises se garent discrètement, suivies par trois monospaces et une camionnette. Dans la première voiture, je vois descendre la petite brune qui entendait Pauline. Elle donne des instructions aux six collègues en civil qui viennent de mettre pied à terre. Un GI Joe de la BRI, cagoule remontée sur le front, s'approche pour discuter avec elle. Chuck est également là, en deuxième position. Pas de doute, c'est la cheffe de groupe. Je demande à l'un des jeunes flicards présents dans la salle d'aller me chercher une radio branchée sur la fréquence de l'état-major PJ. En suivant en direct le trafic radio et en regardant les caméras, j'aurai le meilleur aperçu possible de la scène. La colonne d'assaut se forme en bas du numéro 8 de la rue. J'imagine la cage d'escalier de l'immeuble. Les pas feutrés d'une armée de flics prêts à s'abattre sur un enfoiré qui retient chez lui un gosse de dix ans pour lui faire je ne sais quelles saloperies. Je vois la détermination dans les regards, sous les cagoules, les mains crispées sur les armes. Chacun des flics se préparant mentalement à faire feu.

À cette idée, je commence à manquer d'air. Mon ventre se tord. Faire fuir les démons. Vite. Je respire lentement, en vagues. J'arrive à me calmer. L'adrénaline prend le dessus. La radio grésille.

— Topaze 31 de Cristal 61.

La cheffe de groupe de la Crim' appelle le chef de groupe de la BRI.

— Transmettez.

— L'objectif réside au troisième étage gauche. Prêts pour l'assaut ?

— Bien reçu pour Topaze. Topaze 31 prêts pour l'assaut.

Une décharge d'adrénaline, des souvenirs ineffaçables remontent dans ma mémoire. Chaque seconde compte. La surprise doit être totale. La radio crépite à nouveau.

— Topaze 41 de Topaze 31.

— Transmets 31.

Je reconnais la voix de Chuck, chef du groupe de renfort.

— 41, tu peux placer un trinôme sous les fenêtres pour prévenir d'une fuite ?

— Bien pris, un trinôme Topaze côté rue, un autre côté cour.

— C'est bien reçu. Topaze 31 prêts pour l'assaut. Progression au niveau du deuxième étage.

— Trinôme rue en place, à couvert.

— Topaze 31 de Topaze 42.

— Transmets 42.

— Trinôme côté cour en place sous le porche, invisible depuis les fenêtres.

— Bien reçu, 42. Progression de la colonne d'assaut.

Dans la salle, tout le monde retient sa respiration. Dans la rue, les collègues de la Crim' ont bloqué les passants et les voitures, espérant un maximum de discrétion. Je passe en revue tous les scénarios possibles. Toutes les raisons pour que ça foire. Ce con est peut-être allé s'acheter des Pim's et va se retrouver bloqué par un ripeur de la Crim' qui va mettre une seconde de trop à le reconnaître. Peut-être qu'il n'est pas chez lui. Peut-être qu'il a détronché mes collègues et qu'il les attend de l'autre côté de la porte avec un calibre, prêt à artiller. Peut-être que Gabriel n'est pas dans l'appart, que l'autre timbré va se faire dessouder et qu'on ne retrouvera jamais le petit. Je spécule trop. Je dois retourner à la réalité. M'accrocher à du concret.

Je regarde la fiche de Paumard. Un visage ordinaire, à peine marqué par la détention. Si je l'avais croisé dans un couloir du 36, j'aurais pu le prendre pour un flic. Il a les traits fins, blond aux yeux bleus. Un regard doux. Limite beau mec. Il passe partout, ce traîne-lattes.

Je ferme les yeux, j'ai l'impression d'y être. Le silence de la radio est pesant. J'imagine la BRI monter les dernières marches. Sur les caméras, les collègues de la Crim' qui attendent en bas sont stressés. Dans ma tête, je gravis les escaliers qui me séparent de la porte de cette enflure. J'ai envie de retrouver Gabriel vivant et de le ramener à sa mère. Même si la théorie ne tient que moyennement debout, je m'accroche à cet infime espoir. Je suis pris d'une peur que je n'avais jamais ressentie avant, comme si ce qui se jouait dépassait les limites de ma propre existence, comme si les enjeux étaient infinis. Mes sentiments me dépassent, et une larme naît au coin de mon œil. Le taulier qui pleure, ça fait mauvais genre. Tout tourne autour de moi. Plus rien n'existe vraiment.

Une marche, puis l'autre. La BRI est dans le couloir. J'imagine les faisceaux des lampes torches qui éclairent chaque porte. La colonne d'assaut, bouclier en tête et, derrière, les superflics qui ne font plus qu'un. Un bras sur l'épaule du collègue de devant, et on avance. Ses pas sont mes pas, sa respiration, la mienne. Je ne devrais pas, mais je m'y vois. Et pourtant, je suis loin d'être un superflic. Ma concentration est au maximum. La radio émet toujours ce léger crissement continu qui prolonge un peu plus l'attente. Sur la caméra, plus rien ne bouge. Chacun est figé. Julie ne décolle pas les yeux de l'écran. Elle semble avoir enlevé sa casquette de cheffe, comme si elle savait ce qui se jouait pour moi. D'un coup, la radio émet un râle :

« À tous de Topaze 31. Priorité. Assaut suspendu. Dispositif explosif sur la porte. Évacuation de l'immeuble demandée. Assistance des SP et des équipes de déminage requise. »

ELLE

Paris défile au ralenti par la fenêtre. Affalée sur le siège passager, j'ai laissé mon front s'écraser contre la vitre. Mes yeux se perdent, ne s'accrochant à rien. Les bourgeons bourgeonnent, les passants passent. Pour eux, c'est un jour comme les autres. La carlingue de la Mercedes confine la catastrophe à l'intérieur de la voiture. Étanche. Dehors, la ville est insouciante. Lionel conduit lentement. Quand nous sommes redescendus rue du Bastion, il a donné congé à Khalid. Dans un moment pareil, l'intimité est un plus grand luxe que celui d'avoir un chauffeur. Alors mon mari a pris le volant pour nous ramener à la maison. Je suis un peu surprise qu'il sache encore manier une boîte de vitesses, mais j'imagine qu'il y a des choses qui ne s'oublient pas. Nous roulons en silence, prenant le plus de détours possible. Je crois que Lionel n'a pas plus envie que moi de rentrer chez nous. À chaque chemin de traverse qu'il emprunte, à chaque feu orange où il ralentit au lieu d'accélérer, je lui suis un peu plus reconnaissante. Seconde après seconde, nous grappillons du temps. Quand nous avons quitté le 36, le groupe Mansouri partait en trombe vers le domicile du propriétaire de la camionnette. Avec un peu de chance, nous pourrons jouer la montre assez longtemps pour recevoir une bonne nouvelle avant de pénétrer dans notre appartement. Avant que je ne m'écroule en tremblant dans la chambre vide de Gabriel.

Quelques minutes plus tard, nous renonçons à ce maigre espoir. Lionel arrête la voiture devant le large portail en fer forgé, et émet un long soupir. Toujours prostrée contre la portière, je ne bouge pas. Après quelques secondes de silence, il pose doucement la paume de sa main sur mon bras et murmure :

— Tu veux que je reste, ma chérie ?

Je me tourne vers lui et plante mes yeux dans les siens, attendant qu'il trouve lui-même la réponse à cette question absurde. Est-ce que je veux qu'il reste ? Y a-t-il une autre option ? Je jette un coup d'œil à son attaché-case, soigneusement posé sur la banquette arrière. Un kidnapping n'est-il vraiment pas un motif valable pour poser ne serait-ce qu'une demi-journée de congé ? Sans même devoir lui parler, je peux lire dans ses yeux son raisonnement. Désespérément pragmatique. Il a fait ce que l'on attendait de lui. Il a répondu aux questions de la Crim', est venu me tenir la main entre midi et deux, et maintenant il ne reste rien qu'il puisse faire pour nous ramener Gabriel. Alors quitte à être inutile ici, autant aller se rendre utile ailleurs. S'il rate les importantes réunions de cet après-midi, il paralysera le journal pour la journée. Une seconde, je laisse mon regard désemparé peser sur lui, puis capitule.

— Non, vas-y. Ça ne servirait à rien de toute façon… Et puis j'ai besoin d'être seule.

En passant le portail, j'écoute sans me retourner le bruit du moteur qui s'éloigne. Je tape le digicode, pousse la lourde porte ornée de vitraux Art déco, pénètre dans le hall de l'immeuble et m'arrête net. Une fraction de seconde, j'ai cru voir le reflet de Gabriel à côté du mien dans le miroir qui me fait face. Je me colle une baffe et prends une grande inspiration. Dans la cage d'escalier, des pas se font entendre. Plutôt me pendre que de faire la conversation à un voisin, aujourd'hui. Fébrile, je me réfugie dans l'ascenseur et me laisse glisser au sol. Assise sur le carrelage dans cette cage lambrissée d'un mètre carré, je reste immobile pendant de longues minutes. Une vibration me sort de ma torpeur. Mon téléphone portable. Quand les flics me l'ont rendu, je l'ai fourré au fond de mon sac à main sans y jeter un seul coup d'œil. L'écran affiche douze messages et quinze appels en absence. Putain d'Alerte-Enlèvement. La terre entière vient m'interroger sur l'avancée de l'enquête et sur mon état de pauvre mère d'enfant kidnappé. Je n'ouvre pas les messages. Qu'est-ce que vous voulez que je vous dise ?

J'appuie sur le bouton de l'ascenseur et me hisse péniblement à la verticale. Alors que les portes s'ouvrent sur le couloir du sixième étage, mon téléphone se met de nouveau à vibrer. Ma mère. Je ne décroche pas, éteins mon portable et le balance sans ménagement dans mon sac.

— Je leur avais bien dit que tu ne répondrais pas au téléphone.

Je sursaute. Devant ma porte se tient une silhouette familière. Il porte un jean délavé, un blouson de cuir élimé et des baskets crades qui dénotent dans le couloir immaculé de cet immeuble bourgeois. À la main, il tient un sac en papier de la boulangerie du coin de la rue. Ses yeux clairs me sondent tandis que sa bouche, perdue au milieu d'un bouc d'un goût douteux, tente un semblant de sourire.

— Arnaud !

Je me jette dans ses bras.

— J'ai appris pour Gabriel. Je suis désolé, Pauline... Toujours pas de nouvelles ?

— Non. Mais... Qu'est-ce que tu fais à Paris ?

Il desserre son étreinte et, du pouce, essuie une larme qui coule le long de ma joue.

— J'ai fait la route, tiens. Tu ne crois quand même pas que j'allais te laisser toute seule avec... tout ça.

Le cœur serré, je lui souris.

— Tu aurais pu m'appeler, tu sais.

— Et tu m'aurais répondu comme tu as répondu à Charlotte et à Maman, je suppose ?

Je réprime un sourire et le serre à nouveau dans mes bras.

— C'est ça la famille, petite sœur. C'est des gens qui se pointent avec des croissants même quand tu crois que tu ne veux pas les voir.

— T'aurais pu raser cette ignominie que t'as sur le menton, tant qu'à faire.

Mon frère sourit. Je laisse passer quelques secondes, et murmure :

— Merci...

— Allez, rentre. Je vais te faire un café.

Quelques minutes plus tard, je suis échouée sur la table de la cuisine, la tête entre les mains, tandis qu'Arnaud s'active. Il pose devant moi un gigantesque mug de café bouillant et deux croissants.

— T'as mangé, ce midi ?

— Pas eu le temps.

Ouvrant les tiroirs les uns après les autres, il finit par trouver un couteau, attrape sur le comptoir un avocat et une tranche de pain rassi, et entreprend de me concocter une tartine. Je le regarde avec affection. Ses gestes sont maladroits, mais il refuse de se laisser gagner par l'émotion. Pourtant, je sais à quel point il doit être bouleversé, lui aussi.

À quarante-cinq ans, Arnaud n'a jamais eu d'enfant. Quand j'en avais treize, il a quitté la maison pour aller rejoindre la régie d'une troupe de cirque qui tournait dans toute la France. L'année d'après, il se mariait – trop jeune, dirait-il plus tard – à une trapéziste. Leur idylle a duré sept ans, ce qui n'est déjà pas mal pour un couple qui se marie avant la vingtaine. Quatre ans plus tard, il passait la bague au doigt d'une dresseuse de lions. Cette histoire-là a été beaucoup plus brève, sa seconde épouse ne supportant pas qu'Arnaud lui donne plus de fil à retordre que ses félins. Depuis, il ne s'est plus marié. Il a bien eu quelques amourettes par-ci par-là, mais rien de sérieux. Au grand désarroi de notre mère qui comptait sur son aîné pour lui apporter ses premiers petits-enfants. Pour voir son souhait exaucé, elle a dû attendre la naissance de Gabriel, suivie de près par celles de Coline et Zoé, les filles de notre sœur Charlotte, que l'on appelle généralement « les jumelles ». Notre frère n'a jamais exprimé de regret de n'avoir pas procréé, mais il aime ses nièces et son neveu comme s'ils étaient ses propres enfants.

Avec les gestes surjoués d'un chef étoilé, Arnaud saupoudre le toast à l'avocat de gomasio, et me tend l'assiette en s'exclamant :

— Et voilà !

Pour lui faire plaisir, j'en prends une bouchée, mais mon estomac noué m'empêche d'en avaler plus. Face à moi, mon frère essaie encore de faire bonne figure. Laissant retomber ma tête dans mes mains, je me remets à sangloter. De l'autre côté de la table, Arnaud, démuni, me regarde avec tendresse.

— Ne pleure pas, je…

Sa voix se brise. Il fait le tour de la table et vient me serrer dans ses bras. Blottis l'un contre l'autre, nous pleurons ensemble. Longtemps.

Lorsque nous nous lâchons enfin, l'épaisse couche d'avocat a noirci sur sa tranche de pain à peine entamée. D'un œil dégoûté, Arnaud avise la tartine brunâtre et, du bout des doigts, la fait glisser de l'autre côté de la table comme pour m'en protéger. Au mur, une photo de Lionel et moi en voyage de noces à Bali trône dans un cadre en bois gravé. Mon frère pointe sur l'image de mon mari un doigt accusateur et, se tournant vers moi, demande :

— Où est Lionel ?

— Il a dû retourner au travail.

J'ai prononcé ces mots sur un ton aussi neutre que possible. Depuis le jour où ils se sont rencontrés, les deux hommes ne peuvent pas se sentir. Et si Lionel parvient sans peine à faire bonne figure, Arnaud a beaucoup plus de mal à cacher son animosité envers son beau-frère. Je n'ai jamais compris ce qu'il lui reprochait précisément, en dehors d'être – selon ses mots – une espèce de vieux bourge hypocrite. Quoi qu'il en soit, je préfère éviter de mettre de l'huile sur le feu en m'étendant sur la façon dont mon mari m'a lâchement abandonnée en cette journée terrible. Pas dupe, Arnaud lève les yeux au ciel.

— Tu plaisantes ?

— Il m'a rejointe au 36, et il m'a raccompagnée à la maison.

— Et il s'est tiré comme un voleur !

Je baisse les yeux et prends une profonde inspiration.

— Qu'est-ce que tu voulais qu'il fasse ? Attendre des nouvelles qui ne viennent pas ? Tourner en rond avec moi ?

— Avec toi, oui. Attendre, taper du pied, récurer les chiottes… N'importe quoi, mais avec toi !

Il s'est levé d'un coup.

— J'arrive pas à le croire… Comment il a pu te laisser toute seule ?

Silencieuse, je garde les yeux rivés sur les aspérités du bois de la table à manger.

— Et toi, tu ne dis rien ? Ça ne te dérange pas d'être mariée à un putain d'égoïste ?

— Arnaud, s'il te plaît…

— Un putain d'égoïste ! Ouvre les yeux, Pauline. Si tu ne peux pas compter sur lui aujourd'hui, quand est-ce que tu pourras compter sur lui ?

— Arrête, tu ne le connais pas.

En relevant la tête, mon regard croise le sien. Il se tient immobile, poings appuyés sur la table. Tous ses muscles sont tendus. Ses sourcils sont froncés et son menton tremble de rage. La dernière fois que je l'ai vu ainsi remonte à près de vingt ans. Avant la mort de notre père, avec qui il se disputait parfois si violemment qu'ils semblaient à deux doigts de se battre. Doucement, Arnaud ouvre la bouche. À la mine qu'il fait, je sais ce qui se prépare. Je le connais par cœur. C'est maintenant que le coup de massue va tomber.

— Je vais te dire : Gabriel pourrait crever, il s'en foutrait.

Furieuse, je me lève en faisant valdinguer la chaise derrière moi.

— Mais qu'est-ce que tu crois ? Que ça fait la moindre différence qu'il soit ici ou là-bas ? On n'a aucune idée d'où se trouve Gabriel, de qui l'a kidnappé, pourquoi... On ne sait même pas s'il est toujours vivant. Mets-toi ça dans la tête ! Ton neveu est peut-être déjà mort. Alors qu'est-ce que ça peut foutre qu'on soit ici à l'attendre, qu'on aille bosser ou qu'on se fasse faire une pédicure ?!

Sans reprendre mon souffle, je renchéris.

— C'est pas en se tenant la main, tous en rond, qu'on le fera revenir. Tu te pointes ici, tu mets une tartine sur la table et tu crois que tu vaux mieux que lui. Mais on n'attend pas le Père Noël, Arnaud ! Retrouver un enfant kidnappé, ça ne marche pas au mérite. Il n'y a qu'à espérer. Prier pour que les flics le retrouvent à temps. Pour qu'on ait beaucoup, beaucoup de chance. Moi, c'est tout ce que je fais : j'espère. Et Lionel aussi. Alors si tu es venu pour remuer la merde, laisse-moi juste espérer toute seule. La porte est là.

Arnaud s'écroule sur sa chaise, abattu. Un instant, je crois qu'il va se lever et partir. Au lieu de cela, il lève les yeux vers moi et, très calmement, réplique :

— Je ne te reconnais plus, Pauline. On dirait que tu as déjà renoncé. À une époque, tu aurais déplacé des montagnes pour le retrouver, ton gosse. Tu aurais cherché des heures la moindre piste, tu aurais passé mille coups de fil, tu aurais traversé l'Atlantique à la nage pour aller interroger des sources dans une prison cubaine, s'il l'avait fallu…

— Excuse-moi de ne plus me bercer d'illusions.

— Je ne te parle pas d'illusions, je te parle d'action. Rester là à ne rien faire, ça ne te ressemble pas.

Son regard parcourt l'appartement qui nous entoure pour venir se poser une nouvelle fois sur la photo de Lionel.

— C'est lui qui t'a fait ça. Regarde. Regarde ce que tu es devenue. Une bourgeoise qui attend son mari à la maison sans rien faire. T'étais vivante avant de le rencontrer !

— Je n'allais pas bien avant de le rencontrer. J'étais névrosée, je fumais clope sur clope, je bossais comme une malade… Je rentrais tous les jours crevée dans un appart miteux pour m'occuper d'un môme que j'élevais toute seule et, les rares fois où on me proposait encore de sortir, je tapais de la coke pour ne pas tomber de sommeil.

— Je me souviens surtout que tu avais de la conversation. Que tu avais des projets, des envies, de l'énergie… Tu avais de la force et du répondant. Tu ne t'avouais jamais vaincue. J'ai l'impression qu'il t'a éteinte.

Je ne réponds pas.

— Tu t'emmerdes, Pauline. Je le vois, que tu t'emmerdes. Même Maman et Charlotte l'ont remarqué. Encore deux ans et tu vas te mettre à faire des napperons en macramé.

— Plus personne n'utilise de napperons…

— Deux ans, je te dis.

Perdue dans mes pensées, je fixe sans le vouloir la photo de notre voyage de noces à Bali. Le sourire sur nos visages est si sincère qu'il en est presque douloureux. À cette époque, nous étions encore fous l'un de l'autre. Je me souviens que le simple fait de sentir sa main dans la mienne me faisait frissonner de bonheur. Nous nous étions rencontrés sur un reportage en Indonésie un an auparavant. Il était beau, célibataire, sans enfant, et j'avais immédiatement succombé à son charme. Ce qui devait au départ n'être qu'une histoire sans suite s'était vite transformé en une relation sérieuse quand j'avais constaté l'intérêt que Lionel portait à Gabriel, et réciproquement. Six mois plus tard, il prenait la tête du journal et, pour fêter ça, me demandait en mariage. Après les noces, nous avions décidé de retourner à Bali pour retrouver le cadre idyllique de notre rencontre. J'ignore à quel moment les choses ont commencé à se détériorer. C'est un changement subtil, imperceptible et pourtant fondamental. Comme un glissement de terrain. Des plaques tectoniques qui se déplacent peu à peu, creusant un fossé que d'abord on ne voit pas, et qui un jour nous apparaît comme infranchissable.

Face à moi, Arnaud n'a toujours pas cillé.

— Tout ce que je te dis, c'est de te demander si ça vaut le coup. D'accord, tu dors avec un beau mec, mais où est-ce qu'il est quand tu as besoin de lui ? Tu vis dans un bel appartement, tu peux partir en vacances aux quatre coins du monde, tu as la belle vie... Mais tu n'es pas heureuse, et tu le sais.

Décidément, mon frère a toujours eu un talent pour aborder le mauvais sujet au mauvais moment.

Comme s'il lisait dans mes pensées, il ajoute :

— Et quand Gabriel sera de retour...

J'étouffe un soupir.

— Demande-toi si c'est vraiment de tout ça qu'il a besoin.

LUI

Dans la salle de commandement, tout le monde retient son souffle. Plus un bruit. Pendant une poignée de secondes, tous les yeux sont rivés vers l'écran. À l'image, personne ne bouge non plus. Les collègues de la Crim' restent pétrifiés. Un moment hors du temps, palpable, pendant lequel une situation ordinaire bascule. Puis, la réalité reprend le dessus. Tous les téléphones sonnent en même temps. Dans la rue Eugène-Sue, les collègues de la Crim' gesticulent pour éloigner les passants, évacuent les boutiques. Je les vois s'agiter sur le trottoir depuis mon écran de contrôle qui ne transmet aucun son. Une scène digne d'un film de Chaplin.

Julie décroche un téléphone, note des informations sur un bout de papier. Pas besoin de se dire quoi que ce soit. Chacun connaît son rôle. J'appelle immédiatement le commissariat du 18e afin qu'ils dressent un périmètre de sécurité. Julie contacte le laboratoire central pour qu'ils envoient une équipe de démineurs. Mon portable vibre. Un SMS. Chuck : « C'est la chienlit, Lupin. » Je sais, bordel ! Dans quelques minutes, une horde de policiers va bloquer le quartier à 150 mètres à la ronde, et paralyser une partie de la circulation dans l'un des coins les plus animés et populaires de la capitale. Des effectifs d'autres commissariats vont se rapprocher pour prêter main-forte aux collègues du 18e. Un commissariat entier ne suffira pas à calmer le flot enragé des automobilistes. Un Parisien pressé refuse de faire un détour de cinq minutes sur son précieux trajet si on ne lui en expose pas en détail les raisons. Et pendant ce temps, je suis bien au chaud dans la salle d'état-major, en train de me demander si un pédophile de la pire espèce retient Gabriel, et s'il compte se faire exploser avec lui dans l'appartement à l'arrivée de la cavalerie. Le visage de Pauline me revient en flash. Je n'ai pas le droit de lui faire ça. Ça ne doit pas se passer comme ça. Je prends Julie à part…

— Eh, Julie, ça serait pas mal qu'il y ait une autorité pour gérer tout ce merdier, non ? Par exemple, un chef de salle…

— N'y pense même pas.

— En dehors de toute implication personnelle, tu sais pertinemment que c'est ce qu'on doit faire. Tu restes ici pour faire la liaison avec le cabinet du préfet, comme ça tu es à la droite du bon Dieu, ce qui te va très bien, soit dit en passant… Et ton adjoint aux cheveux hirsutes va sur le terrain, loin du regard désapprobateur des petits roquets sortis de l'ENA qui entourent le sacro-saint préfet de police de Paris…

Julie me sonde d'un œil mauvais, puis annonce à la radio l'arrivée d'une autorité pour encadrer le dispositif.

Je dévale les escaliers quatre à quatre et saute dans ma Golf. Je n'ai jamais traversé Paris aussi vite. Lorsque j'arrive sur les lieux, une horde de badauds est déjà agglutinée autour des rubans en plastique destinés à contenir la foule. En sortant de ma voiture, je regarde l'immeuble dans lequel habite Marc Paumard. Sur le trottoir, une quinzaine de policiers de la BRI attendent, en cercle, d'en savoir plus sur cette foutue porte piégée. Malgré sa cagoule et son uniforme, je ne mets pas longtemps à reconnaître Chuck, que je vois absorbé par son écran de téléphone. Mon portable vibre dans ma poche. C'est lui : « Que tu es sexy dans ton uniforme de sapin de Noël. Passe me voir. » Je souris malgré moi, et décide d'aller d'abord prendre les commandes des opérations.

En m'attendant, le commissaire du 18e arrondissement a déployé ses effectifs et gère les manœuvres. Je vais devoir lui piquer le bébé sous le nez, et je pense qu'il ne sera pas sensible à mon charme, légendaire bien qu'un peu rouillé. Il va falloir user de diplomatie. Autre quartier, autres mœurs. Il n'a rien à voir avec son homologue de la rue de Passy. Il fait un mètre quatre-vingt-dix, mince, nerveux, taillé à la serpe. Nous nous sommes déjà croisés à plusieurs reprises dans des réunions interminables sans pour autant sympathiser. Je le vois mener ses troupes d'une main de fer dans un gant de plomb. Lui et moi n'avons pas le même sens du management. Ce n'est clairement pas le genre de taulier à faire des mamours aux intellectuels sortis de l'École de police. Je m'approche de lui d'un air aussi assuré que possible.

— Salut. Galien, de l'état-major. Je suis venu t'aider à coordonner ce merdier.

— Merci, mais je ne comprends pas pourquoi on t'a envoyé ici. Ce n'est pas le premier dispositif que je gère dans le quartier, et on s'est toujours démerdés tout seuls.

— J'en doute pas, mais là c'est un dossier hypersensible. Il y a d'autres services sur place, donc ils ont voulu quelqu'un qui coordonne la totalité des opérations. C'est comme ça.

Il me scrute pendant trois longues secondes. Comme un animal qui cherche la peur dans les yeux de sa proie. Je pense à Gabriel. Ce carriériste insipide cherche à jouer à qui a la plus grosse alors que la vie d'un gosse est en danger. J'ai envie de sortir de mes gonds, mais je me contiens et soutiens son regard. Enfin, il soupire :

— J'ai pas l'habitude de discuter les ordres. Tu veux quoi ?

— Dis à tes effectifs de garder la foule à distance. Montre-leur la trombine du suspect, on ne sait jamais, s'ils le reconnaissent dans tout ce merdier… Moi, je vais aller prendre contact avec la BRI pour faire le relais. Si tu as besoin de gars en plus, dis-moi.

— Reçu.

Il tourne les talons d'une façon quasi militaire et part se défouler en aboyant des ordres au commandant qui l'accompagne. Je pense à Chuck et souris en me disant que celui-là n'a pas volé ses glands. Voyant la cheffe de groupe de la Crim' qui raccroche son téléphone, je décide de briser la glace.

— On s'est aperçus tout à l'heure. Je n'ai pas eu le temps de me présenter. Arsène Galien, de l'état-major DSPAP.

— Nora Mansouri. Qu'est-ce que vous faites ici, commissaire ?

— Je viens pour assurer la liaison avec l'état-major et le cabinet du préfet de police. N'ayez crainte, commandant, je ne viens pas marcher sur vos plates-bandes. Mais vous aurez bien compris que ce dossier a pour moi des résonances personnelles. Aussi, si je ne veux pas vous empêcher de bosser, j'apprécierais que vous me teniez au courant de ce que vous trouvez.

Je joins à ma phrase un sourire que je veux charmeur, persuadé que cela m'attirera les faveurs de Mansouri.

— Je vous dirai ce que l'on me dira de vous dire, commissaire. Pas plus, pas moins. Maintenant, je dois aller rendre compte à ma hiérarchie. Excusez-moi…

Raté pour le coup de charme. Au moment où je me dirige vers Chuck, la camionnette des démineurs se gare en trombe à l'entrée de la rue. Les deux hommes mettent pied à terre et viennent à ma rencontre :

— Bonjour, c'est vous notre contact à l'état-major ?

— Oui, je vous fais un point rapide, mais je pense qu'il faut que vous discutiez avec le chef de groupe de la BRI. C'est lui qui pourra le mieux vous décrire le mécanisme.

Pendant que je raconte au chef des démineurs l'enchaînement d'emmerdes qui nous a fait atterrir rue Eugène-Sue en cet après-midi pluvieux, Julie m'appelle. Je prends congé du démineur que je laisse entre les mains de la BRI.

— Arsène, je suis avec le directeur de cabinet du préfet, tu peux nous faire un point rapide ?

Je m'applique donc à réaliser l'exercice que tout bon fonctionnaire de police doit maîtriser : rendre compte à ma hiérarchie. J'omets volontairement mon entrevue glaciale avec Mansouri qui semble ne pas vouloir me donner ne serait-ce qu'un bout d'os à ronger, et rassure les hautes autorités quant à ma parfaite maîtrise des opérations. Au moment où je raccroche, le démineur s'approche de moi.

— Commissaire, je viens de m'entretenir avec le chef de groupe de la BRI. J'ai l'impression que l'on va pouvoir s'en sortir avec le robot.

Je pense à Pauline. Je vais peut-être pouvoir lui annoncer une bonne nouvelle.

— Vous pouvez m'expliquer la façon dont vous allez procéder ?

— En gros, nous allons envoyer un robot devant la porte. Avec ses caméras, on va pouvoir analyser le dispositif et, peut-être, le désamorcer à distance. Si on n'y arrive pas comme ça, j'irai moi-même. Mais je vous avoue que j'aimerais bien éviter.

— Je vous comprends. Et, à tout hasard, avez-vous la possibilité de retransmettre les images du robot sur une des caméras de la salle de commandement ? Ça m'éviterait de rester pendu au téléphone avec ma cheffe.

— Bien sûr. Je les contacte tout de suite pour me mettre en liaison.

— Parfait.

Quelques minutes plus tard, le robot se lance à l'assaut des escaliers. Dans la camionnette des démineurs, je suis sa progression en silence. Il est devant la porte. Ses caméras se promènent sur le dispositif électrique. L'un des deux techniciens commente :

— Je vois bien des fils, un dispositif de mise à feu, mais les capteurs du robot ne détectent pas d'explosifs. Le système a l'air d'être construit pour péter à la gueule du premier qui ouvrira la porte. Seulement, pour ça, il faudrait de la matière explosive dans le chambranle.

— Comment vous pouvez être sûr qu'il n'y en a pas ?

— Pour vous la faire courte, la matière explosive reste de la matière. Notre robot a des capteurs ultraperfectionnés qui sont capables de détecter un bout de gomme dans une malle blindée. Et là, à travers la porte en bois, il ne trouve rien. Je vais faire passer une caméra en dessous, pour voir si les fils ne vont pas se connecter à de la matière dans une autre pièce.

Le technicien s'exécute. Il fixe son collègue d'un air grave puis, sans un mot, enfile sa combinaison. Il ne m'adresse plus un regard. Son binôme et lui se comprennent sans parler. Il sort de la camionnette et se dirige vers l'immeuble. Je ne pense plus comme un flic. L'affect prend le dessus. Et si le dispositif explosif était relié à la pièce dans laquelle est retenu Gabriel ? Cet enfoiré de Paumard se retrancherait avec le gosse, et dès l'arrivée de la BRI…

Les minutes s'étirent, je retiens mon souffle. Il y a quelques instants, je me voyais sonner chez Pauline avec son fils dans les bras, elle qui me saute au cou et son mari les bras ballants qui nous regarde abasourdi du haut de son mépris de nouveau riche. Maintenant, j'imagine le pire. Je me vois lui annoncer la nouvelle, être celui qui ouvrira en elle une plaie béante, plus grande et plus douloureuse que toutes les autres.

Le bruit de la portière de la camionnette me sort de mes pensées. Le démineur entre dans son costume d'astronaute. Le verdict tombe.

— Commissaire, il y a autant de bombe dans cet appart que de beurre en branche. Il est bidon, votre dispositif. À mon avis, votre pédo, il a voulu vous enfumer.

Mon sang ne fait qu'un tour. Je bondis hors de la camionnette et cours vers Nora Mansouri.

— C'est bidon ! Il faut taper l'appart maintenant ! Il n'y a pas de bombe.

Elle me regarde un instant, abasourdie. Elle s'apprête à me dire que je n'ai pas d'ordre à lui donner, que la décision lui appartient. Puis, elle court vers le chef de groupe de la BRI.

— On tape, la bombe est bidon.

Elle a pris la bonne décision. D'un coup, une nuée d'hommes en noir se rue, bélier en avant, dans l'immeuble de Marc Paumard. La Crim', arme au poing, les suit. D'instinct, je m'élance vers le bâtiment. Mansouri m'arrête.

— Commissaire, vous n'avez rien à faire ici.

Elle a raison. Mais, depuis le début de la journée, je n'écoute pas les gens qui ont raison.

— Commandant, je suis les yeux et les oreilles du préfet, et je pense qu'il aimerait savoir comment s'est déroulée l'interpellation. Donc, je vous suis. On n'a pas le temps de jouer au plus musclé, là.

— OK, mais vous restez derrière.

Je suis le mouvement. Les escaliers sont remplis de flics, armes aux poings. Me voilà dernier de la file, dans mon uniforme de commissaire, mon flingue à la main. La dernière fois que je me suis retrouvé dans cette position, j'ai ôté une vie. Comment ne pas repenser à ce moment quand la vie d'un gosse est entre mes mains ? Comment ne pas me dire que je risque de faire la même erreur ? Rester derrière. À tout prix. Ne pas me retrouver dans une posture où je devrais prendre une décision. Je ne me fais plus confiance, mon arme tremble et je la serre plus fort encore pour ne pas le montrer. Tous les flics ont leurs secrets, leurs zones d'ombre. Certains aiment trop les filles, d'autres la poudre. Mon secret à moi, c'est que je sors sur le terrain sans chambrer ma cartouche. Mes collègues ne le savent pas, mais je suis à une seconde de plus qu'eux d'être opérationnel. Aujourd'hui, ma vie compte moins que mon erreur, et je préfère me faire trouer la peau plutôt que de la reproduire.

La BRI est sur le point de faire valser la porte. Pour la première fois, je ne suis pas aux premières loges. Je ne vois pas ce qu'il se passe. J'entends le fracas du bois qui cède, puis : « POLICE !! Clair... Clair... Clair... »

Deux minutes plus tard, ils nous font signe de monter. Je comprends vite qu'il n'y a personne. Un sentiment de désespoir m'envahit. Je pénètre dans l'antre de Paumard.

L'appartement est propre, mais il s'en dégage une atmosphère malsaine. La lumière ne rentre pas dans le salon, comme si elle refusait d'éclairer la collection de boîtes de DVD vides de toute inscription qui s'accumule sur une étagère. Sur la table, deux écrans d'ordinateurs et une dizaine de disques durs externes. Une télévision d'un autre âge trône au milieu de la pièce. Sur les murs, aucune photo, aucune affiche. Comme si cette ordure ne vivait que pour son vice. La Crim' commence la perquisition. Chaque recoin de l'appartement est fouillé de façon méthodique. Rien n'est laissé au hasard. Un jeune flic, que je soupçonne d'être le dernier de groupe, s'attaque aux ordinateurs. Pas besoin d'être devin pour savoir ce qui se cache dans ces machines. Les pires des vices, toutes les déviances de Paumard sont là, bien rangés et transformés en gigaoctets de l'horreur. Je regarde le jeune fixer l'écran d'un air terrifié, cherchant des images de Gabriel. Je détourne le regard. S'il y en a, je ne veux pas les voir.

Un cri déchire le silence pesant qui régnait dans l'appartement. C'est Mansouri qui hurle : « MACCHABÉE ! SCÈNE DE CRIME ! PERSONNE NE TOUCHE PLUS À RIEN. »

Plus rien ne bouge autour de moi. Je reste figé. Paralysé par la peur. Une envie de pleurer m'envahit. J'ai échoué. Ce matin encore, je menais tranquillement ma vie de loser, et maintenant, je m'apprête à me retrouver face à l'horreur. Ma tête tourne, je n'entends plus qu'un bourdonnement assourdissant. Je m'engage dans le couloir.

Mansouri est là, debout, face à un placard, elle tient devant son nez un mouchoir. Je m'approche d'elle. Elle tourne la tête d'un air écœuré. Elle est face au cadavre de Marc Paumard, dans un état de putréfaction avancé. Mon cerveau relie facilement les informations. Non seulement Gabriel est vivant, mais en plus, Paumard est mort. Il est assis comme un sac au fond d'un placard, en caleçon, un bâillon dans la bouche, recouvert d'ecchymoses, et un impact de balle entre les deux yeux. Vu l'état de décomposition du corps, il est mort depuis au moins trois jours. Donc, il n'a rien à voir avec l'enlèvement. On repart à zéro.

Tout est figé en attendant l'identité judiciaire. À leur arrivée, le photographe prend la scène de crime sous tous les angles, et les dactylotechniciens relèvent toutes les empreintes de l'appartement. Par chance, tous les flics qui ont touché quelque chose dans ce cloaque portaient des gants. Une fois les clichés terminés, Nora Mansouri, qui a revêtu pour l'occasion sa plus belle combinaison blanche, s'approche du cadavre de Paumard et commence à le manipuler. Elle retire de la bouche le bâillon recouvert des dernières régurgitations du pédophile. Le poing droit du cadavre, serré, laisse entrevoir un morceau de papier blanc. Mansouri tente tant bien que mal de faire bouger les doigts, fortement contractés par la rigidité cadavérique. Elle finit par les briser et en tire une feuille de papier, pliée en quatre. En lisant le message par-dessus son épaule, je comprends que la partie ne fait que commencer : «J'ESPÈRE QUE VOUS AVEZ BIEN REGARDÉ LA COLLECTION DE VIDÉOS DE CETTE ORDURE. SI VOUS NE VOULEZ

PAS QU'IL ARRIVE LA MÊME CHOSE À GABRIEL, PRÉPAREZ UN MILLION D'EUROS EN LIQUIDE. NOUS VOUS CONTACTERONS.»

ELLE

Une bouteille de vin rouge gît sur la table basse. Vide. Affalé sur le grand fauteuil en cuir du salon, Arnaud s'applique à ne pas sauter à la gorge de Lionel, qui m'a fait la grâce de rentrer du travail plus tôt que d'habitude. L'appartement est silencieux. L'épais tapis sur lequel je suis assise absorbe le bruit des semelles qui tapent. Le menton posé sur les genoux et l'esprit ailleurs, je regarde avec indifférence le pied de mon verre marquer la surface du bois d'un cercle rouge qui ne disparaîtra jamais. Brisant le silence, mon frère se lève et bredouille qu'il va racheter du vin. Une fois seuls, Lionel et moi échangeons un regard. Pendant une seconde, je crois qu'il s'apprête à me dire quelque chose, puis il se ravise. Les mots ne sont d'aucune utilité. Délicatement, il pose sa main sur mon épaule et soupire. Je descends d'un trait le fond de mon verre et me lève. « Je reviens. » Je n'ai jamais supporté la solitude à plusieurs.

Négligemment balancé sur le buffet de l'entrée, le blouson d'Arnaud me fait de l'œil. Vérifiant discrètement que Lionel ne peut pas me voir, je glisse la main dans sa poche intérieure. Sous mes doigts, une boîte d'allumettes et un paquet de cigarettes. J'en saisis une de chaque et, sans un bruit, me dirige vers la chambre de Gabriel. La porte est restée entrouverte depuis ce matin. Mon fils ne la ferme que lorsqu'il ne veut pas qu'on le dérange. Je me faufile par l'embrasure et la claque doucement derrière moi. Déjà, la pièce est plongée dans la pénombre. Quelle heure est-il ? Je ne sais pas. Mes yeux mettent quelques secondes à s'habituer à l'obscurité. Au mur, quelques visages de stars hollywoodiennes m'aguichent depuis leurs posters. Sur le petit bureau, cahiers, stylos et cartes de jeu sont éparpillés. La porte du placard et les tiroirs sont ouverts. Le panier à linge sale dégueule quelques vêtements froissés. Le lit est défait. J'esquisse un sourire. Pour une fois, je vais mettre cette pagaille sur le compte de la perquisition, Gabriel. Tu t'en sors bien.

Enjambant une manette de console de jeux et quelques chaussettes, je traverse la chambre, ouvre la fenêtre et m'assois sur le rebord. En allumant la cigarette que je tiens entre mes doigts, je ne pense même pas que je n'ai plus fait ce geste depuis ma grossesse. Le regard perdu sur les toits de Paris, je retrouve avec délice le souffle râpeux du goudron sur mes bronches. Une fois mon mégot balancé par la fenêtre, je décide de faire le lit pour m'occuper les mains. Au contact des draps, l'épuisement me frappe. Le soleil n'est pas encore couché, et pourtant c'est comme si cette journée avait commencé il y a dix ans. Prise de vertige, je me laisse tomber sur le matelas et me roule en boule. Le visage enfoui dans l'oreiller, je prends une profonde inspiration dans l'espoir d'y trouver l'odeur de Gabriel, mais ne sens que les effluves de lessive des draps propres. Stupides pins des Alpes. Au plafond, les étoiles phosphorescentes commencent à briller. J'ai le cœur serré, la bouche pâteuse et les paupières lourdes.

Soudain, des vibrations se font sentir dans la poche de mon jean. Fébrile, j'en sors mon téléphone portable. L'écran brisé affiche un numéro masqué. Remplissant mes poumons pour me donner du courage, je décroche et réponds d'une voix basse.

— Allô ?

— Madame Raumann, ici le commandant Mansouri.

Comme montée sur ressorts, je saute sur mes pieds. Mon cœur bat la chamade.

— Vous avez retrouvé Gabriel ?

— Pas encore, malheureusement.

J'émets un gémissement. L'ascenseur émotionnel a beaucoup d'étages.

— Nous nous sommes rendus au domicile du propriétaire de la camionnette dans laquelle votre fils a été transporté. Gabriel n'était pas sur les lieux.

Silencieuse, je lutte pour ravaler les larmes qui me montent aux yeux. Bon sang, combien de litres les glandes lacrymales peuvent-elles produire en une seule journée ? La main crispée sur mon téléphone, je suis suspendue à la voix de Nora Mansouri.

— Nous avons des raisons de penser qu'il n'y a pas été amené… Et qu'il est bien en vie.

Je refuse d'entendre la formulation précautionneuse de sa phrase. Une seule pensée m'envahit : mon fils est vivant. L'espace d'une seconde, je ressens un infini soulagement. Puis l'angoisse reprend le dessus. L'enquêtrice embraye.

— Nous continuons de suivre cette piste pour identifier l'endroit où ses ravisseurs le retiennent…

À l'intonation de sa voix, je sens qu'elle ne me dit pas tout. Un bref silence s'installe et, comme pour me donner raison, elle finit par lâcher :

— Il y a autre chose que vous devriez savoir.

— Quoi ?

— Une demande de rançon nous a été communiquée.

— À vous ?

— Disons qu'elle a été laissée de manière à ce qu'on la trouve…

Je ne suis pas en état de tourner autour du pot. Je la coupe.

— Combien ils demandent ?

— Je dois vous dire que nous déconseillons vivement de…

— Combien ?!

Mansouri me répond à contrecœur.

— Un million d'euros. Cependant…

— Un million !

Les méninges carburant à toute vitesse, je passe mentalement en revue mes relevés de compte. Je crois pouvoir affirmer qu'il n'existe pas au monde un seul pigiste qui soit assis sur un million d'euros. Puis je pense à Arnaud, à ce qu'il m'a dit tout à l'heure, sa haine viscérale pour son beau-frère fortuné, et j'ai envie de lui coller une baffe. Où en serait-on maintenant, frérot, sans le patrimoine de ce « vieux bourge hypocrite » comme filet de sauvetage ? Du regard, je balaie l'appartement qui m'entoure. Spacieux trois pièces au dernier étage d'un immeuble Art déco de standing. 16e arrondissement. Quartier calme et résidentiel. Parquet et moulures d'époque. Entièrement rénové. Pour retrouver Gabriel, je n'hésiterais pas une milliseconde à renoncer à tout cela. Qu'on oublie le balcon plein sud, la cheminée en marbre, la vaisselle antique, le robot-aspirateur, la voiture avec chauffeur et qu'on aille vivre avec une couverture polaire sous un pont qui pue la pisse, peu m'importe. Du moment qu'on me rend mon fils.

Sans hésiter, je m'exclame :

— On va s'arranger, ce n'est pas un problème ! On va…

D'un ton ferme, Nora Mansouri me coupe dans mon élan.

— Madame Raumann, écoutez-moi. Il n'est pas question de payer de rançon pour l'instant…

— Comment ça ?

— Dans un premier temps, il s'agit pour nous d'identifier les ravisseurs, de suivre leur trace pour trouver où ils détiennent votre fils, et de vous le ramener *sans* avoir à payer de rançon. Comprenez-moi bien : une remise de rançon surveillée reste un ultime recours si et seulement si nos investigations nous menaient à une impasse, mais…

Je l'interromps.

— Non, vous, comprenez-moi bien ! Votre boulot, c'est de retrouver mon fils, pas de faire de l'optimisation financière. Je refuse de laisser Gabriel entre les mains de ces fumiers une seule minute de plus que nécessaire. Et encore moins dans l'espoir de peut-être économiser de l'argent !

— Madame…

— Mon enfant a été kidnappé sous mes yeux ! Je ne suis pas en position d'essayer de tirer le meilleur parti de la situation. Vous me dites que Gabriel est toujours vivant, mais je ne sais pas pour combien de temps encore. Alors on va payer la rançon avant qu'ils ne lui fassent du mal !

Après m'avoir écoutée, la cheffe de groupe marque une pause. L'espace d'un instant, je me dis qu'elle a entendu raison, et qu'elle s'apprête à me donner les modalités de remise de la rançon. Lorsqu'elle reprend la parole, sa voix est froide, mais légèrement chevrotante.

— Pauline Raumann, vous me disiez aujourd'hui avoir vécu plusieurs années avec un policier.

Je me tais, me demandant où elle veut en venir.

— Un certain Galien, devenu depuis commissaire de police. Si je ne m'abuse, il était en groupe opérationnel à la brigade criminelle à l'époque où vous vous fréquentiez…

— C'est exact.

— Alors je pense que vous serez en mesure de comprendre ce que je vais vous dire, si vous me laissez reformuler.

Comme si je m'apprêtais à recevoir un uppercut, je retiens mon souffle pour me préparer à l'impact.

— Je ne suis pas en train d'essayer de vous faire économiser de l'argent, madame Raumann. Votre fils a été kidnappé pour des motifs que nous savons maintenant être financiers, d'où la demande de rançon. Jusqu'ici, il y a équilibre des moyens de pression.

Je fronce les sourcils, circonspecte. Comme si elle pouvait voir l'incompréhension sur mon visage, l'enquêtrice développe.

— Je m'explique. D'un côté, les ravisseurs ont ce que vous voulez, c'est-à-dire Gabriel. Et de l'autre, vous avez quelque chose qu'ils veulent : de l'argent. En clair, tant qu'ils n'ont pas reçu l'argent, ils ont tout intérêt à ne pas se… débarrasser de votre fils.

Je commence à comprendre. Mansouri continue.

— S'il y a bien quelque chose que mes vingt ans de police m'ont appris, c'est qu'il ne faut jamais croire un criminel sur parole. Si vous décidez de payer la rançon… À partir du moment où ils auront reçu l'argent qu'ils demandent, votre fils ne leur sera plus d'aucune *utilité*. Est-ce que vous comprenez ce que je suis en train de vous dire… ?

D'un coup, mes jambes me lâchent et je m'écroule sur le lit de Gabriel. À ces mots, des souvenirs d'une enquête du groupe d'Arsène me reviennent en mémoire. Une enquête que j'avais jusqu'ici oubliée. Dont je n'avais pas voulu me souvenir. Alors que mes pensées me ramènent treize ans en arrière, je revois maintenant la scène aussi distinctement que si j'y étais. Moi qui rentre du travail et qui trouve mon futur ex affalé dans le canapé, un verre de scotch à la main, muré dans un silence terrifiant. Il avait passé près de quatre jours sur une affaire sans rentrer à la maison. À sa présence, j'avais su que l'enquête était terminée, et à sa mine déconfite, j'avais compris que l'issue avait été dramatique. Sans bouger ni même lever les yeux, il s'était lancé dans une logorrhée, crachant pêle-mêle son désespoir et ses frustrations. Je me souviens à présent de quoi il retournait.

Un enfant kidnappé, une demande de rançon. Des parents morts de trouille, incapables d'entendre les arguments d'Arsène et ses collègues. Ils n'avaient rien voulu savoir, et avaient payé la rançon. Leur môme avait été retrouvé six heures plus tard dans un fossé en rase campagne, le crâne explosé par une balle de fusil à pompe. Je me rappelle être restée debout, immobile et abasourdie dans la pénombre du salon, pendant qu'Arsène vociférait. Comme possédé, il répétait encore et encore que pour comprendre le mal, il fallait se mettre à sa place. Les enjeux étaient simples pour qui ne fait pas état de la vie d'un gosse : rendre l'enfant vivant comportait plus de risques que de l'abattre sur le bas-côté comme un chien galeux. Le pour et le contre, rien de plus.

— Madame Raumann ?
— J'ai compris. Vous avez raison.

Alors que je raccroche, mon téléphone se remet tout de suite à vibrer. Un SMS. Sur l'écran, c'est le numéro d'Arsène qui s'affiche. J'ai beau l'avoir effacé de mon répertoire il y a dix ans, force est de constater qu'il est resté gravé dans ma mémoire. J'ouvre le message et lis : « Ne fais pas ça. » Les nouvelles vont vite dans la police. J'imagine qu'il a déjà dû être mis au courant de la demande de rançon. Ne te fatigue pas, Arsène, ta collègue de la Crim' a fait le boulot de persuasion à ta place.

Les jambes flageolantes, je retourne dans le salon et m'écroule dans les bras de Lionel. À son regard, je sais qu'il brûle d'envie de me demander ce qui se passe, mais il se tait et me serre simplement dans ses bras. Je lui en suis reconnaissante. Jetant un bref coup d'œil autour de moi, je demande :

— Arnaud est rentré ?

— Pas encore.

— Nadia Mansouri a appelé.

— Ils ont retrouvé… ?

Je le coupe, incapable d'entendre encore une fois prononcer le nom de mon fils.

— Non. Personne sur les lieux.

— Personne ?

— Juste une demande de rançon.

Il bondit.

— Combien ?

— Ils veulent un million d'euros, mais…

— Ce n'est pas un problème, je vais…

— Lionel…

Je baisse les yeux. Le fait qu'il ait exactement la même réaction que moi deux minutes auparavant m'attendrit. Prenant ma tête entre ses mains, il me caresse le visage et les cheveux en murmurant :

— Je vais m'en occuper. Ce n'est pas un problème, je te dis. Mon amour… On va leur donner leur putain de rançon, et on va retrouver Gabriel. C'est aussi simple que ça. Ça va aller, ma chérie. Ça va aller…

— Lionel, écoute-moi…

Dans un souffle, je lui ressors l'argumentaire de Mansouri et l'expérience d'Arsène. D'ordinaire bien plus pragmatique que moi, Lionel refuse pourtant de se laisser convaincre. Je tâche tant bien que mal de lui faire entendre raison mais me heurte encore et toujours à la plus solide des résistances : la peur. En le regardant se débattre contre l'idée qu'on puisse froidement abattre Gabriel, je réalise combien il est attaché à ce gosse. Soudain, le cliquètement des clefs se fait entendre dans l'entrée, nous faisant tous les deux sursauter. Bouteille à la main, Arnaud reste interdit alors que nous lui résumons la situation. Puis le débat reprend de plus belle entre Lionel et moi. Au bout de quelques minutes, mon frère sort enfin de son silence. Me regardant droit dans les yeux, il déclare :

— Je crois qu'il faut payer la rançon, Pauline.

Je n'en reviens pas. Pour la première fois depuis qu'ils se connaissent, Lionel et Arnaud sont d'accord sur quelque chose. Et ils ont tort.

LUI

Chuck pose sa bière sur la table. Le serveur, comme pour nous rappeler qu'il ne faut surtout pas que l'on prenne le volant, a laissé autour de nous les trois verres à whisky et les deux pintes vides. Depuis deux longues heures, nous sommes assis dans un coin de la terrasse d'un bar du canal Saint-Martin. Nos cerveaux fatiguent. Le paquet de cigarettes que j'ai fumé en trois heures me fait tourner la tête. Chuck, quant à lui, doit sûrement ressentir un manque atroce de protéines en poudre. Pris dans la frénésie de nos investigations, nous cherchons à dépasser nos limites. Chacun un bloc-notes sous le nez, nous griffonnons toutes les idées qui nous viennent concernant la disparition de Gabriel et la demande de rançon que la Crim' vient de recevoir. Sous les lumières tamisées, j'essaie de relire les conclusions que nous avons réussi à tirer.

Chuck, comme la Crim', est convaincu qu'il s'agit d'un réseau d'enlèvement d'enfants qui sévit à travers le monde ces dernières années. Par un de ses contacts à la brigade de protection des mineurs, mon binôme a obtenu la note de synthèse rédigée par Interpol sur le sujet :

L'organisation criminelle, baptisée Charon, est un réseau de trafic d'êtres humains spécialisé dans la traite des mineurs. Ce groupe, dont le motif n'est autre que l'obtention de fortes sommes d'argent, agit sur des parents fortunés par des moyens de pression psychologiques, notamment liés à la pédophilie. Dans les 24 heures suivant le rapt, les ravisseurs font parvenir aux familles des vidéos pédophiles mettant en scène des mineurs dont l'âge et les caractéristiques physiques se rapprochent de celles de la victime. Il est alors demandé aux parents de remettre une somme située, selon leurs finances, entre un et six millions de dollars, afin que leur enfant ne soit pas exploité pour le tournage de films pédopornographiques. Il est à noter que la victimologie ne souffre d'aucune exception. Sur 50 enlèvements dénombrés partout dans le monde, chacun des mineurs était issu d'une famille dont le patrimoine dépasse les quinze millions d'euros. Toutes les rançons ont été payées, et les victimes sont rentrées chez elles saines et sauves. Les signalements aux forces de l'ordre n'ont été faits qu'après les événements. Aucun des enfants n'a déclaré avoir subi de violences physiques ou sexuelles pendant sa période de captivité qui n'a jamais excédé quatre jours. Il est aujourd'hui impossible d'estimer le nombre de membres qui composent le réseau Charon, ni même de lui reconnaître une nationalité, les enlèvements ayant eu lieu à un rythme régulier dans plus de vingt pays à travers le globe.

Je lève les yeux de la feuille :

— Ça ne colle pas, Chuck.

— Bien sûr que ça colle, Arsène. Le coup des vidéos pédophiles, le gosse enlevé, la demande de rançon. Tout colle. Et en plus, tu as bien lu, ça sent plutôt bon. Si la rançon est payée, le gamin reviendra sain et sauf.

— Pauline n'a pas une thune…

— Tu m'as bien dit que son mec roulait sur l'or, non ? C'est peut-être lui qui est visé.

— OK. Et le coup de Paumard qu'on retrouve claqué dans son cloaque ?

— Belle allitération, Lupin…

J'ai envie de relever l'usage du mot allitération qui, dans la bouche de Chuck, me semble aussi à sa place que Lino Ventura dans un cours de ballet aquatique. Je me retiens et le laisse poursuivre…

— Peut-être que ce taré faisait partie du réseau et qu'ils l'ont crevé. C'est pas parce que ça ne colle pas en tout point que ça ne peut pas être ça.

Je m'emporte.

— Mais pourquoi ils auraient mis la demande de rançon sur le macchab', Chuck ? Ils savaient que ça serait des flics qui la trouveraient. En cinquante enlèvements, ils ont réussi à éviter qu'on vienne fourrer notre nez dans leurs affaires, et là, comme par enchantement, ils font en sorte que ce soit la Crim' qui trouve le papelard… Ça colle pas, je suis désolé.

— Il y a quand même deux points qui sont indéniables : le chantage aux vidéos pédophiles et la famille friquée.

Mon estomac se serre, je vois rouge. Je bois mon whisky d'un trait.

— Il n'a pas une famille friquée. C'est pas son père, tu comprends. Yachvili n'est pas le père de Gabriel.

Chuck soutient mon regard. Calmement, il me met une main sur l'épaule.

— Tu veux pas qu'on discute de ça, plutôt, Arsène ?

Mon regard se brouille, les trois whiskys que je viens de m'enfiler me rendent triste. Je me mets à chialer. En plein milieu d'une terrasse bondée, en uniforme sous mon sweat élimé. La scène doit être pathétique. Tous les fantômes de ma vie réapparaissent devant moi. Mon ancien chef de groupe, Pauline, cette putain d'interpellation. J'essaie de me trouver des raisons de pleurer… Il n'y en a qu'une. J'ai soigneusement évité le sujet toute la journée. Je me suis battu, persuadé de faire ça comme un flic. Mais Chuck a visé juste, je ne pense pas en flic. Au fond de moi, j'ai envie de raisonner en père. J'ai l'impression de me battre pour mon fils, qu'elle le veuille ou non. Depuis dix ans, je ne sais plus ce que c'est que de lutter pour autre chose que ma survie. À vrai dire, je ne sais pas ce qui m'a retenu d'abandonner. Je n'osais l'avouer à personne, encore moins à moi-même, mais j'ai toujours gardé une forme d'espoir. Je me disais qu'un jour, elle reviendrait dans ma vie, d'une façon ou d'une autre. Que ce jour-là, j'arriverai, dans un ultime sursaut d'énergie, à recoller les morceaux et à me construire une vie digne de ce nom. Parce qu'à quarante ans, ce n'est pas trop tard. Depuis ce matin, elle semble avoir tenu ses promesses. Elle est revenue, accompagnée de son mari à tête de con, et m'a fait comprendre qu'il serait impossible pour nous de repartir de zéro. Elle est réapparue dans le sillage d'un gamin qui me ressemble comme deux gouttes d'eau et qui n'a pas de père. Chuck, comme à son habitude, a mis un énorme coup de rangers dans le tas de mensonges que je me racontais depuis le début de la journée. J'ai pleuré, devant mon meilleur ami. Malgré mes yeux embués, maintenant, j'y vois beaucoup plus clair.

— Chuck, je suis persuadé que c'est le mien. Je vais aller voir Pauline et lui demander des explications.

— T'en as eu des mauvaises idées depuis que je te connais, Lupin, mais celle-là, elle dépasse tout. OK, t'es peut-être papa, et tu l'as peut-être appris de la pire des façons, mais ne va pas te mettre au centre du truc. Pour l'instant, au mieux, t'es un satellite. Elle, c'est une mère qui a élevé son gamin toute seule et à qui on l'a arraché en pleine rue. La dernière chose dont elle a besoin, c'est son ex qui débarque la gueule enfarinée et la mèche au vent pour lui dire « Au fait, ça me concerne aussi, et je veux des explications ».

— Je ne peux pas rester sans rien faire.

— Et ben on va faire ce qu'on sait faire de mieux. On va enquêter et on va retrouver ce gamin. De notre côté.

— On va se faire souffler dans les bronches par la Crim'.

— Tu en as quelque chose à foutre de ta carrière, toi, maintenant ?

— Et toi ?

— Moi, je préfère mes amis. Cette Mansouri, je la connais pas. Elle est peut-être très bien, mais c'est peut-être une branque. Alors on ne va pas laisser ça au hasard. Si elle retrouve Gabriel, tant mieux. On n'est pas là pour leur piquer la couverture, juste pour s'assurer que tout sera fait pour retrouver le petit.

— Il va nous falloir un bureau, et des ordinateurs.

— On pourra accéder aux fichiers depuis nos portables de fonction. Pour le reste, rassure-moi, tu es coupé du monde, mais tu as un ordi portable ?

— Comment tu crois que je commande mes caisses de whisky ?

— Parfait, et pour les locaux, j'ai appelé Hans. Comme on est ses meilleurs clients, il a accepté de nous prêter les vieux bureaux qui sont au-dessus du pub canadien sans poser de questions.

— C'est dangereux de bosser au-dessus d'un pub…

— Hans nous ravitaillera en Perrier et en Coca autant qu'on veut. Mais s'il te sert ne serait-ce qu'une bière avant 20 heures, je lui ai promis une balayette.

— OK, c'est parti. On va se mettre au boulot.

— Doucement, chevalier sans peur et sans reproche. Il est 1 heure du matin, on va plutôt rentrer se coucher, et on se retrouve demain à 8 heures sur le pont. J'ai aussi eu l'adresse d'une famille de victimes du réseau Charon à Paris. On va aller les voir.

— Et moi, je vais aller nourrir Ripeur. Vu l'heure, je peux être sûr qu'il va me faire la gueule et qu'il va aller dormir à l'autre bout de l'appart cette nuit.

— Pareil pour ma femme.

— Quelle classe, commandant Souni…

Une demi-heure plus tard, j'ouvre ma porte d'entrée et une masse poilue me saute dessus en glapissant. Ripeur a faim. Et il doit avoir envie d'une promenade. Je le laisse déposer l'équivalent de quatre moutons de poils sur mon pantalon de cérémonie et lui sers une gamelle de croquettes. Puis je pose mon arme sur la desserte de l'entrée. Dix ans que je n'ai pas fait ce geste. Je me sens redevenir flic. J'enlève enfin mon uniforme que je troque pour un jean brut, une paire de Stan Smith, un pull gris à col roulé et mon caban noir. Ripeur a englouti sa dose de croquettes et gémit en me regardant. À peine le temps de me changer, et je suis ressorti, la laisse de mon chien autour du cou, lui qui mène la balade, trois mètres devant moi. Il est bientôt 2 heures du matin, et le canal Saint-Martin est presque désert. Les halos des réverbères se reflètent sur l'eau calme qui s'étale à un mètre de moi. « Ripeur, reviens ! » Autour, les bars et les restaurants semblent dormir, épuisés par les milliers de jeunes gens branchés venus écluser des bières en avalant des burgers. Je me rends compte que je n'ai pas mangé de la journée. Je me sens surexcité. Inquiet, mais mû par une insatiable envie d'avancer et de retrouver Gabriel.

Arrivé au niveau de la rue de la Fontaine-au-Roi, je décide de rebrousser chemin. Ripeur est toujours devant. À cinquante mètres de chez moi, il se met à courir en remuant la queue. Devant ma porte, une silhouette féminine, adossée entre deux réverbères. La nuit, noire, m'empêche de la distinguer. Je ne vois que des formes fines serrées dans ce qui semble être un trench-coat. Je m'arrête net. Et si c'était elle ? Et si c'était le moment où tout recommençait ? J'avance prudemment, jusqu'à distinguer de longs cheveux bruns, un nez en trompette et des yeux noisette dans lesquels je ne retrouve que la détermination que je lui connais. Julie Bancillon est devant ma porte.

— Salut, Arsène.

— J'ai oublié de signer ma feuille de congés ?

— S'il te plaît...

— Excuse-moi, tu veux monter prendre un verre ?

— Ouais...

Une heure plus tard, sur ma table basse, une bouteille de whisky trône, encore fermée. Dans les deux verres, les glaçons ont fondu. Julie est nue, allongée sur mon canapé, la tête posée sur mon torse. J'allume une cigarette. Je la regarde. Elle est belle, intelligente, drôle, on fait le même métier. Dans une autre vie, j'aurais pu tomber amoureux d'elle. Nous aurions acheté une très belle maison en banlieue, aurions fait de beaux enfants et réussi une jolie carrière. Mais je suis incapable d'avancer correctement. Comme si un caillou pointu dans ma chaussure rendait ma démarche claudicante. Ce caillou s'appelle Pauline Raumann, et c'est peut-être la mère de mon fils. Julie interrompit le fil de mes pensées.

— Tu penses à quoi ?

— À ton avis ?

Elle se redresse, tire une bouffée de ma cigarette.

— C'est ton ex, c'est ça ?

— C'est surtout le gosse, Julie.

— Tu comptes faire quoi ?

— Je ne suis pas sûr que ce soit bon pour ta carrière de le savoir.

Elle s'assied en tailleur sur le canapé. Je regarde son corps, sa taille fine, ses seins, sur lesquels tombent de longs cheveux bruns, ses yeux noisette… Tout chez elle respire le bonheur. Et pourtant, je ne ressens rien.

— Je suis à poil dans ton canapé, on vient de faire l'amour pendant une heure. Arsène, je ne sais pas si tu as compris, mais là, je n'ai pas vraiment ma casquette de commissaire divisionnaire…

Je souris.

— J'aimerais bien que tu la portes, un jour, pendant qu'on…

— Arrête de botter en touche, qu'est-ce que tu vas faire ?

— Chuck et moi, on va s'installer dans les bureaux au-dessus du pub canadien, et on va bosser en off. T'es contente ?

— J'aurais fait pareil, Arsène. Je te couvrirai, t'inquiète.

— Au fait, tu connais un type qui s'appelle Lionel Yachvili ?

Je la vois chercher dans ses souvenirs. Pendant ce temps, je remplis deux verres de Nikka. Elle porte le sien à ses lèvres.

— Un journaliste, plutôt beau gosse. Il avait fait mon portrait pour son canard il y a quelques années. Je crois bien qu'il en est devenu le patron, maintenant. Je crois aussi que c'est un pote du préfet, genre loge de franc-mac et tout le toutim...

Je me tends.

— Il n'est pas si beau gosse que ça...

— T'es jaloux, Galien ?

— C'est le nouveau mari de mon ex...

Elle se met à rire, en tirant une nouvelle latte de ma cigarette.

— Je me disais déjà qu'elle avait du goût, je n'en doute plus, maintenant...

— Tu dis beaucoup de conneries, pour une cheffe d'état-major...

— Et toi, je trouve que tu ne m'obéis pas assez pour un adjoint... Embrasse-moi.

Je m'exécute, et vois Ripeur qui se lève et va se coucher dans la cuisine... Comme s'il ne voulait pas me voir avec une femme. Mon chien est fidèle, mais possessif.

Julie dort sur le canapé, je me lève pour fumer une cigarette. Je regarde mon téléphone. Il est 4 heures du matin, et j'ai six appels en absence de Pauline Raumann. Le dernier date d'il y a vingt minutes. Je la rappelle. Mon cœur se met à battre la chamade au fil des sonneries. Elle décroche au bout de quelques secondes. Ma bouche est sèche. J'ai l'impression d'être un collégien qui va demander à une de ses copines de classe de sortir avec lui.

— Il était temps que tu me rappelles.

— Je te réveille ?

— Tu parles, j'ai pas fermé l'œil de la nuit. Arsène, Lionel va prendre l'avion pour le Monténégro. Il va payer la rançon. Il est persuadé que c'est un coup d'un réseau criminel…

— Oui, je sais, Charon. Tu lui as dit de ne pas faire ça, Pauline ?

— Je lui ai dit, Mansouri lui a dit, mais il me jure que c'est la seule solution. Tu as entendu parler de Charon, alors ?

— Forcément, oui, on s'est penchés dessus avec Chuck. Il y croit dur comme fer, moi pas.

— Arsène, je ne sais plus quoi faire… J'ai besoin d'agir, tu comprends ? Je ne peux pas rester les bras croisés en attendant que la Crim' me ramène mon fils, vivant ou…

Sa voix se brise, elle n'arrive plus à finir sa phrase. Je l'entends sangloter à l'autre bout de la ligne.

— Pauline… Tu es où ?

— Je suis chez moi, dans la chambre de Gabriel.

— Et ton mari ?

— Il dort, là. Arnaud est là, aussi. Il ne dort pas, je le vois. Il est en train de fumer des clopes à la fenêtre du salon.

— Sors de la chambre de Gabriel, Pauline. Tu es en train de te faire du mal. Il part quand pour son paradis fiscal, ton mari ?

— Tout à l'heure, son avion décolle à 6 heures. Et c'est pas un paradis fiscal, c'est juste que… Pff, à quoi bon…

Je réfléchis. Yachvili est un proche du préfet. Il ne doit pas savoir que j'enquête hors procédure, sinon, Chuck et moi allons nous retrouver dans une galère impossible.

— Pauline, tu vas m'écouter et me promettre de ne rien dire à personne, OK ?

— OK…

Elle est réellement au bout du rouleau. Pendant cinq ans de vie commune, je n'ai jamais réussi à lui faire promettre quoi que ce soit sans qu'elle en connaisse tous les tenants et aboutissants.

— Demain matin, tu vas venir à 8 heures au pub canadien. Tu vois où c'est ?

— Tu te fous de moi ? C'est ton QG depuis quinze ans… Je te rappelle que c'est là-bas que tu as rencontré… Bref. Et Arnaud, j'en fais quoi ?

— Tu lui dis que tu es convoquée par la Crim'. Personne ne doit savoir ce que l'on fait…

— Arsène…

Sa voix résonne de tout le désespoir d'une mère qui n'a plus rien à quoi se raccrocher. Je m'attends à tout. Je vais peut-être enfin entendre de sa bouche que je suis le père de Gabriel. Je réponds, timidement.

— Oui ?

— Rien. Merci d'être là.

Je raccroche le téléphone et allume une nouvelle cigarette en regardant Julie Bancillon endormie sous un plaid sur mon canapé. Je retrouve cet étrange sentiment de culpabilité. Le même qui m'a détruit il y a dix ans…

ELLE

Le débat a duré longtemps, très longtemps. D'un côté, mon mari et mon frère, plaidant comme un seul homme en faveur du paiement de la rançon, et de l'autre, moi, ma trouille et tout ce qu'il me reste de bon sens, essayant désespérément de les convaincre de leur erreur. C'est quand Lionel a abattu la carte de Charon que j'ai capitulé. Voix chevrotante et coupures de presse à l'appui, il m'a dévoilé la triste histoire d'une bande de salopards qui extorquent des rançons faramineuses à des familles terrorisées par un ignoble chantage aux vidéos pédophiles. Je n'ai pas voulu y croire jusqu'à ce qu'il passe sous mes yeux un coup de fil au préfet, qui lui a confirmé ce que Nora Mansouri avait volontairement omis de me dire : que l'homme chez lequel la demande de rançon avait été retrouvée ce soir était bien connu pour des faits de pédophilie. À partir de là, je n'ai plus eu la force d'argumenter. Persuadé que c'était le seul moyen de sauver Gabriel, Lionel a immédiatement pris ses dispositions pour amasser un million en liquide. Assaillie de doutes, je n'ai pu que lui faire promettre que l'on ne faisait que se préparer au pire, et que cette rançon n'était rien d'autre qu'un ultime recours.

Une situation de crise peut vous faire apprendre des choses insoupçonnées à propos des gens que vous croyiez connaître le mieux au monde. Cette nuit a amené son lot de surprises. La première, c'est que mon grand frère est capable de faire la route depuis Le Mans pour venir prêter main-forte à un beau-frère qu'il déteste. La seconde, c'est que l'homme avec qui je partage ma vie a planqué plus d'un million d'euros sur un compte en banque dont j'ignorais l'existence, domicilié dans un paradis fiscal. Dans mon esprit, deux sentiments s'affrontent. La mère que je suis est soulagée que Lionel n'ait qu'à prendre un avion pour revenir avec une mallette de billets de banque qui pourrait bien sauver la vie de mon fils. Pas de question, pas de délai. Bonjour monsieur, au revoir monsieur. Et pourtant, je peine à étouffer le mépris que m'inspire ce genre de magouille financière. Il y a encore dix ans, avant que l'investigation ne devienne pour moi un lointain souvenir, je me targuais de faire partie de ces journalistes opiniâtres et intransigeants qui faisaient régulièrement éclater des affaires de fraude fiscale scandaleuses de la part de grands industriels et politiques de ce pays. Et ce soir, me voilà mariée à un homme que j'aurais pu épingler il y a quelques années, bien contente de pouvoir compter sur cet atout qu'il cachait dans sa manche.

Mais ce qui me surprend encore plus que tout cela, c'est ce que je découvre sur moi-même. À savoir qu'en cet instant, malgré le temps passé, malgré les rancœurs et malgré mes cinq ans de mariage, la seule présence qui puisse me rassurer est celle d'Arsène. Et bien que je me refuse à admettre pourquoi, j'accueille cette étrangeté sans résistance. Six fois j'ai failli raccrocher avant que la sonnerie de son téléphone ne se déclenche. Par fierté, par peur d'être surprise par Lionel dont le sommeil est plus léger encore que le mien, ou par crainte de remuer le couteau dans une plaie jamais refermée. Six fois, pourtant, le visage de Gabriel m'est apparu, me forçant à ravaler mes états d'âme. Et six fois je suis tombée sur son répondeur. Froid, triste. Peut-être l'est-il devenu… Peut-être que moi aussi.

Incapable de fermer l'œil, j'ai mis à sac la chambre de mon fils à la recherche d'une piste. Un élément, n'importe lequel, un détail, une impression qui sorte de l'ordinaire. Rien. Plus je fouille les affaires désespérément normales de mon petit garçon, moins j'arrive à croire que quelqu'un l'ait choisi, lui, personnellement. J'ai beau avoir cette tendance de mère juive à m'extasier sur le caractère absolument formidable de mon fils lors des brunchs entre amis, je n'en ai pas moins conscience, au fond, que Gabriel est simplement un môme comme les autres. Alors pourquoi lui ? Malchance ? J'en doute. Les ravisseurs m'ont semblé beaucoup trop bien organisés pour laisser quoi que ce soit au hasard, encore moins le choix du gosse. Charon, alors ? Les mains tremblantes, je saisis un petit cadre en bois et observe l'image de mon fils. La photo date d'il y a six mois. Fier comme un pape, Gabriel pose sur la seconde marche d'un podium en carton-pâte à la piscine municipale. Autour de son cou, une lourde médaille vient d'être déposée par l'adjoint au maire du 16e arrondissement. Avec dégoût, j'essaie de me mettre dans la tête d'un pédophile. Tout juste sortis de leur bonnet de bain, ses cheveux de jais ruissellent d'eau chlorée. Son petit corps est pâle, laiteux, mais musclé par un an et demi de natation. Soudain, je suis prise de violentes nausées. Je repose le cadre comme s'il me brûlait les doigts, et vomis dans la corbeille à papier.

Doucement, je reprends ma respiration puis me cogne trois fois la tête contre le bureau pour en chasser les images ignobles qui l'envahissent. Alors que mon téléphone se met à vibrer, affichant le numéro d'Arsène, je me jure intérieurement que si qui que ce soit s'avise de poser la main sur mon fils, je lui trancherai la gorge sans l'ombre d'un scrupule.

— Allô ?

À l'autre bout du fil, la voix d'Arsène se fait entendre. Rauque et pourtant douce. Tandis que nous échangeons quelques bribes d'information, je me rends compte que le temps n'a pas eu de prise sur le timbre de sa voix. À l'entendre prononcer mon nom dans le combiné, je jurerais qu'il ne s'est rien passé depuis l'époque où nous vivions ensemble. Pas de cris, pas de larmes, pas d'adieux déchirants. Pas non plus de Lionel, pas de Gabriel et encore moins d'enlèvement. Dix ans réduits à néant. Affalée sur la petite chaise de bureau de mon fils, je ferme les yeux et retrouve l'impression d'être la femme que j'étais il y a dix ans. Celle qui luttait contre le sommeil en espérant voir enfin arriver son flic de mec. Et lui rentrait tard, ou bien il ne rentrait pas. De temps en temps, il me passait un coup de fil. Retenu au bureau. En intervention. En planque. Disait-il… C'est presque avec amusement que je me rends compte qu'il parle tout bas. Comme à l'époque. Et je sais ce que ça cache. Une blonde qu'il s'applique à ne pas réveiller. Une brune, peut-être. Doucement, je soupire. Le temps de la jalousie est révolu. Je rouvre les yeux et retombe dans le présent.

— Demain matin, tu vas venir à 8 heures au pub canadien. Tu vois où c'est ?

— Tu te fous de moi ?

Quinze ans que le 36 a déménagé aux portes de Paris, et quinze ans que tous les gars de la PJ continuent de se retrouver dans ce rade qui fait face à leurs anciens quartiers. À croire que les quelques civils qui y picolent se sont trouvés là par hasard. Il paraît qu'un vendredi soir, un Marseillais éméché et pas très renseigné sur la capitale a voulu repartir avec la caisse. La rumeur dit que le barman s'est pissé dessus de rire en voyant le pauvre bougre brandir un revolver, et se faire immédiatement sauter dessus par huit armoires à glace en fin de service. Après l'avoir désarmé, les gars, qui n'en étaient pas à leur première pinte, l'ont soulevé et escorté vers la sortie à bout de bras par-dessus la foule. Puis ils ont traversé le pont en chantant en chœur, toujours avec le bandit d'opérette au-dessus de leurs têtes, jusqu'à aller le déposer directement au 36, quai des Orfèvres, en gueulant : « Et voilà, un braqueur, c'est cadeau ! » Je me demande comment Arsène peut espérer faire sortir quoi que ce soit de sérieux du pub canadien. Mais ne trouvant pas l'énergie de protester sur les locaux, j'acquiesce. Vu mon état de nerfs, me rapprocher d'un débit de boissons ne me semble pas être une mauvaise idée de toute façon.

Après avoir raccroché, je reste encore quelques minutes au bureau de Gabriel, les yeux rivés sur son image dans le petit cadre en bois, le cœur et les paupières lourds. Parmi les mille pensées qui m'assaillent, l'une en particulier me taraude. Pour ce que j'ai pu en comprendre, Charon n'est pas un réel réseau pédophile : ils se servent simplement de l'*idée* de la pédophilie comme moyen de pression auprès des familles pour arriver à leurs fins. Au mieux, cela signifierait qu'ils entretiennent des liens avec un ou plusieurs réseaux pédophiles qui leur fournissent des images contre un pourcentage du butin ou contre – mon cœur se serre – le droit de les *débarrasser* des enfants pour qui la rançon n'aurait pas été versée. Mais est-ce seulement arrivé ? Comme montée sur ressorts, je me lève et vais chercher les coupures de presse que Lionel a laissées sur la table du salon. À toute vitesse, je les parcours du regard. C'est bien ce que je pensais. La rançon demandée semble avoir été payée chaque fois. Tous les enfants kidnappés par Charon étaient issus de familles fortunées. Les parents ayant accepté de témoigner l'ont fait de manière anonyme, ou sous pseudonyme, ce qui ne devrait pas me faciliter la tâche. Un point, cependant, ne laisse pas place au doute : avocats d'affaires, hommes politiques, patrons du CAC 40 ; il semblerait que les ordures de Charon ne choisissent pas leurs cibles au hasard, loin s'en faut.

Que vient faire Gabriel Raumann dans cette histoire ? Visiblement, ce n'est pas à ma maigre fortune que l'on essaye de s'en prendre, mais à celle de Lionel. Je ne vois pas d'autre explication. Plusieurs questions me viennent.

Est-il possible que les ravisseurs aient cru que Gabriel était son fils ? Cela me semble peu probable. Avec un minimum de recherches, à commencer par son patronyme, il est facile de constater que ce n'est pas le cas. Alors pourquoi prendre le risque de kidnapper le fils de sa femme en misant sur le fait qu'il y soit assez attaché pour cracher une rançon ? Mon esprit bouillonne. Une rançon… Comment ces salauds pouvaient-ils savoir que mon mari était en mesure d'allonger un million d'euros alors que, moi-même, je l'ignorais jusqu'à ce soir ? J'étale devant moi les coupures de presse et les scanne des yeux. Quelque chose ne colle pas. Certes, Lionel n'est pas à plaindre financièrement, mais il est loin de faire partie des plus grandes fortunes de France. Du moins, à ce que je sache… Alors soit mon mari est beaucoup plus riche que ce qu'il a bien voulu me dire, soit il est visé personnellement par le réseau Charon pour une raison qui m'échappe.

Je me lève, traverse le salon à grands pas sous l'œil inquiet d'Arnaud, et entre en trombe dans la chambre. La porte qui claque réveille Lionel en sursaut. Il se redresse d'un coup sur le lit, l'œil embué et les cheveux ébouriffés.

— Qu'est-ce qui se passe, ma chérie ?

— Pourquoi toi ?

— Pourquoi moi quoi ?

Pour une oreille non aguerrie, Lionel parle le français sans le moindre accent. Ce n'est que lorsqu'il est fatigué que j'arrive à percevoir une légère difficulté à prononcer une poignée de sonorités typiquement françaises. Sa question est sortie de façon un peu laborieuse, butant sur le R de « Pourquoi ». D'ordinaire, ces pointes presque imperceptibles d'exotisme me font totalement craquer, mais je ne suis pas d'humeur à m'attendrir.

— Charon. Pourquoi est-ce qu'ils t'ont choisi, toi ?

— Je ne comprends pas.

Dans un souffle, je lui déroule le fil de mon raisonnement. D'argument en argument, je vois ses poings se crisper et son visage se décomposer. Alors que je boucle ma démonstration, il reste silencieux pendant quelques secondes, le temps de remettre ses idées en ordre, puis murmure :

— Putain, tu as raison…

Sa réponse me surprend presque, comme si, au fond, je m'attendais à ce qu'il refuse de prendre sa part de responsabilité. Totalement réveillé à présent, Lionel se lève et commence à faire les cent pas dans la pièce en maugréant.

— Tu as raison, c'est évident maintenant. Ils m'en veulent personnellement. Comment est-ce que j'ai pu ne pas le voir ? On ne colle pas au profil des parents… *Je* ne colle pas au profil.

— Qu'est-ce que tu sais des autres parents ?

— Plus que tu ne le penses…

— Comment ça ?

— Ils ont tenu à rester anonymes, mais…

Tout à coup, je comprends.

— C'est pas vrai ! L'enquête sur Charon pour le *Courrier*. Ne me dis pas que…

— C'était moi, bien sûr que c'était moi !

— Putain, Lionel…

— Le papier n'est pas signé, rien. J'ai été prudent, j'ai tout fait comme il fallait !

— Visiblement pas !

— Ces salopards ont dû faire pression sur mes sources pour avoir mon nom. Tu sais qu'ils ont réussi à démanteler une branche du réseau en Bolivie grâce à des révélations que j'ai obtenues d'une source en Amérique latine ? Et maintenant, ils veulent me le faire payer.

De rage, il donne un coup de poing dans une porte de placard. Puis il se tourne vers moi. À la lueur de la lune qui filtre entre les stores, des larmes scintillent dans ses yeux grands ouverts. Je voudrais pouvoir lui dire qu'il n'a rien fait de mal, que sa seule erreur a été de bien faire son travail. Mais l'image de Gabriel, enfermé dans une cave sombre, m'empêche de prononcer un seul mot. Je ne pense qu'à une chose : s'il s'agit d'une revanche personnelle, rien ne dit que les ravisseurs se contentent de s'en tenir à leur mode opératoire. L'argent a ses règles, la colère beaucoup moins. Sentant mes jambes défaillir, je m'écroule sur le lit.

— Ils vont le tuer, Lionel… Ils vont le tuer…

Il me serre dans ses bras.

— C'est hors de question, tu m'entends ? Écoute-moi, Pauline. Ça fait plus de huit ans que ces connards sévissent à travers le monde. Ils ont enlevé des dizaines de gosses, et ils n'en ont pas tué un seul. Pas un seul !

Entre deux sanglots, j'articule :

— Et si c'était différent cette fois-ci ? S'ils voulaient juste se venger ?

— Si c'était le cas, ils n'auraient pas demandé de rançon. Ces types ne pensent qu'au fric. C'est ça qu'ils veulent et je vais leur donner, c'est tout. Me faire peur à moi, c'est juste la cerise sur le gâteau pour eux.

De toutes mes forces, j'essaie de le croire.

Une heure plus tard, il part pour l'aéroport. Depuis la table de la cuisine, Arnaud me balance un regard étrange par-dessus son bol de céréales. D'un pas lent, je viens m'installer en face de lui, résignée à recevoir en pleine figure l'une de ses vérités incontestables dont il a le secret.

— Ton mari ne te dit pas tout, Pauline.

Pour une fois, je ne peux pas lui donner tort.

— Je vais te dire ce que je pense.

— C'est pas comme si je pouvais t'en empêcher de toute façon… murmuré-je dans ma barbe.

— Je pense qu'il a beaucoup plus que ce million sur son compte de planqué, ton bonhomme. Et je pense que ça, les types de Charon le savent très bien. S'ils veulent trouver des gosses de très très riches, ils ont l'embarras du choix. Et là ils peuvent aller taper dans les trois, quatre millions de rançon. Dix, pourquoi pas. Si tu veux mon avis, ils se foutent bien de récupérer l'argent pour Gabriel. Ce qu'ils veulent, c'est faire sortir Lionel de son trou pour dévoiler ses comptes dans les paradis fiscaux. Soit pour le foutre dans la merde en rendant ça public, soit pour le faire chanter…

Encore une fois, je suis forcée d'admettre que son raisonnement tient la route.

— Et je vais te dire une chose : ce n'est pas moi qui vais l'empêcher de courir au Monténégro mettre le doigt dans l'engrenage. Qu'il nous ramène de quoi récupérer Gabriel, c'est tout ce qui compte. Et après, il se démerde.

Arnaud, encore et toujours catégorique. Je prends ma tête dans mes mains et ne réponds rien. La fatigue m'empêche d'y voir clair. Je me ressers un café et, voyant que mon frère a l'air d'attendre que je me lance dans un débat, je décide de trouver une porte de sortie.

— Il faut que j'y aille, je suis convoquée par la Crim'.

— Encore ?

— Encore.

Je me passe un coup d'eau fraîche sur le visage, enfile ce qui me tombe sous la main et claque la porte. Deux heures à tuer avant le rendez-vous avec Arsène et Chuck au pub canadien. Marcher me fera du bien. Dehors, le jour n'est pas encore levé. Privé de la chaleur du soleil, l'air de la nuit me cisaille les joues. Il s'engouffre dans le col de mon imper et me fait frissonner. Un instant, je songe à remonter chercher une écharpe, mais me ravise. Je préfère ne pas laisser à Arnaud le loisir de me balancer un nouveau discours désapprobateur.

J'ignore pourquoi notre relation a toujours manqué de simplicité. Certains frères vous laissent vivre, d'autres veulent jouer au père ; je n'ai ni l'un ni l'autre. Aussi loin que je me souvienne, Arnaud a toujours eu un rôle à part dans ma vie, et moi dans la sienne. J'ai grandi avec l'idée un peu illusoire que la façon dont il avait réussi à s'émanciper des dogmes de notre famille tenait de l'héroïsme. J'ai voulu l'imiter et, de loin, avec l'air de ne pas y toucher, il m'y a aidée. Puis les années ont passé, et j'ai commencé à comprendre qu'il avait surtout voulu se créer une place à part, un peu en retrait mais surtout en hauteur par rapport à nous, comme sur une estrade.

Il y est si bien parvenu que dans les affaires de famille, il a fini par devenir juge plutôt que partie. Ou plus exactement une sorte de consultant : il apparaît, profère des conseils, puis disparaît. C'est ainsi qu'il a trouvé sa place dans l'éloignement. Quant à moi, je suis restée une *outsider*. Je ne suis pas celle vers qui l'on se tourne quand tout va mal, je suis celle qu'on ne voit jamais, et pour qui l'on s'inquiète.

Aujourd'hui, tout est en ordre. Je traverse Paris à pied à la lueur des réverbères, seule à la recherche de mon fils disparu. Et Arnaud, clope au bec et portable en haut-parleur, doit s'apprêter à faire un compte rendu de la situation à notre mère et à notre sœur qui n'osent plus m'appeler. Sortant mon téléphone de ma poche, j'ouvre mon répertoire et reste quelques secondes le pouce suspendu au-dessus du numéro de ma mère. Une larme coule sur ma joue tandis que je me ravise. À quarante ans, je me dis qu'il est déjà trop tard pour redistribuer les cartes. Au loin, j'aperçois la façade du pub canadien. Devant, deux silhouettes se tournent vers moi.

LUI

Gueule de bois. J'ouvre les yeux, avec l'impression que je viens tout juste de les fermer. Julie est dans ma chambre, sous les draps. Je suis habillé dans le canapé, un verre posé à côté de la bouteille à demi vide. Si le soleil ne s'était pas levé entre-temps, j'aurais juré avoir bu ma dernière gorgée il y a deux minutes. Mes pensées sont chassées par Ripeur qui me saute dessus, moins pour dire bonjour à son maître que pour quémander sa gamelle du matin. Cela me rappelle que je n'ai pas mangé depuis vingt-quatre heures. Je me lève pour aller nourrir ma boule de poils et me faire couler un espresso avec deux Guronsan. Mon frigo se révèle aussi peu rempli que mes placards. Il est 7 heures du matin, et la faim me tord l'estomac. J'ouvre le congélateur et y trouve une barquette de poulet au curry surgelée. J'hésite, puis la mets au micro-ondes. Par la fenêtre, le canal Saint-Martin est bercé de lumière, un type traverse la rue pour rentrer dans une boulangerie. Bien sûr, je pourrais être ce type-là, celui qui va chercher les croissants à 7 heures du matin quand une jolie femme a encore le bon goût de partager son lit. Je pourrais même presser des oranges, mettre les viennoiseries et le verre sur un plateau avec du café fumant. Je pourrais, mais je ne veux pas. Au lieu de ça, je griffonne un mot « claque la porte derrière toi », avale mon brunch spécial Arsène Galien et attrape mes clefs pour promener mon chien.

Trois quarts d'heure plus tard, je me gare devant le pub canadien. Les rives de la Seine sont presque vides. Au loin, quelques péniches semblent faire une paisible sieste sur l'eau. Quelques voitures filent sur l'asphalte, le bus 24 s'arrête et laisse descendre une poignée de touristes matinaux. Je m'allume une cigarette en regardant le 36. Je ne vois plus le Pont-Neuf au loin, ni le pont Saint-Michel à ma droite. Tout ce que je vois, c'est la lourde porte du bâtiment, chargé d'histoire, qui s'étend sur plusieurs centaines de mètres. Ma vie d'avant. Entre elle et moi, la Seine, calme. On la croirait franchissable à pied. Pourtant, sous les flots endormis, le courant emporterait les nageurs les plus aguerris. Un bruit de moteur fend l'air. Le vent fouette mon visage fatigué. Sur ma droite, *Cronos*, la vedette de la brigade fluviale, fonce, gyrophare allumé, sous le pont Saint-Michel en direction de l'ouest. Je la regarde passer, fasciné par les hommes-grenouilles assis sur le rebord. Sûrement un cadavre à repêcher. Un pauvre bougre tombé dans la Seine parce qu'il a trop bu, ou alors… Une décharge électrique me paralyse la colonne vertébrale. Je jette ma cigarette à moitié consumée et me dirige vers le pub canadien. Gabriel. Pendant deux minutes, j'ai oublié Gabriel.

Je me dirige vers l'entrée du pub. Le rideau est tiré, la terrasse intérieure rangée, les chaises et tables enchaînées. Chuck arrive au moment où je traverse.

— Alors, playboy, bien dormi ?

— Pas assez. Pauline m'a appelé hier. Son Rothschild veut payer la rançon.

— Et ? Tu lui as dit que c'était une connerie ?

— Elle le sait très bien, et apparemment, elle lui a fait partager notre fine analyse. Mais il est têtu…

— Et donc ?

— Et donc elle arrive, Chuck. Je lui ai dit d'arriver à 8 heures.

— Attends, je rêve ! Tu me fous de mauvaise humeur de bon matin, là. Tu penses vraiment qu'on va bosser efficacement avec la mère de la victime dans les pattes ? Qui est aussi accessoirement ton ex, et avec qui, te connaissant, il existe encore et toujours une tension plus ou moins sexuelle, puisque tu as toujours été incapable de te débarrasser d'un sentiment qui t'a animé pendant une seconde, une semaine ou cinq ans…

Le couplet de Chuck est interrompu par le rideau de fer qui se lève. Hans est à l'heure. Pour le moment, seule Pauline manque à l'appel. Comme assez souvent depuis dix ans, mon partenaire vise juste. Pauline va revenir dans ma vie d'une façon brusque. Comme si, depuis notre rupture, nos vies se dessinaient en deux chemins parallèles qui, un jour ou l'autre, prendraient chacun un virage à 90 degrés pour se rejoindre en une collision brutale. Ce virage, c'est Gabriel. Et la collision, c'est maintenant. Le long du quai des Grands-Augustins, Pauline avance, la taille serrée dans son éternel trench-coat. La tête baissée, elle marche nerveusement, comme si chacun de ses pas était le résultat d'une impulsion électrique. Elle est à dix mètres, maintenant. Je la regarde. Mon caban est ouvert. Instinctivement, je rentre le ventre pour que mon pull en dessous paraisse plat. Ridicule élan de coquetterie. Comme si quelques kilos maladroitement dissimulés par une respiration retenue étaient capables de camoufler mes traits tirés, mes cheveux gris, mes yeux cernés et ma barbe mal entretenue. Comme si, en me voyant, elle allait se dire « Ouf, il n'a pas pris cinq kilos, je peux donc quitter mon millionnaire, me jeter dans ses bras et démarrer une nouvelle vie ». Comme si elle en avait quelque chose à faire d'Arsène Galien, alors qu'en réalité, elle ne pense qu'à retrouver son fils. Elle est en face de moi. Impact dans une seconde.

— Salut Pauline.

Dans une savante chorégraphie que seuls deux ex-amoureux maîtrisent, nous nous claquons une bise maladroite.

— Salut. Merci de m'aider, Arsène.

Ses yeux. La détresse de ses yeux. Je me souviens que lorsqu'on vivait ensemble et que je lui faisais de la peine, ses iris bleu azur luisant de tristesse suffisaient à calmer la plus ardente de mes colères. Putain de regard de cocker…

— De rien, c'est normal. Tu as pu dormir, un peu ?

— Non, impossible. Je retombe dans mes vieux travers.

Je ne peux m'empêcher de penser que l'un de ses vieux travers, c'est moi.

— Si tu as besoin, il y a un canapé là-haut, tu pourras y dormir si tu ne tiens plus le coup. Enfin, je veux dire… T'inquiète pas… Enfin…

Tel un preux chevalier sorti d'une forêt sombre, mon coéquipier se racle la gorge pour me sortir de cette situation gênante qui a eu le bon goût d'attendre dix-sept secondes avant de pointer le bout de son nez. Chuck et Pauline se retrouvent comme de vieux copains, sans gêne, avec même l'ombre d'un sourire. Elle le remercie de l'aider, lui demande des nouvelles de sa femme. Je me surprends à être jaloux de leur relation si naturelle. Finalement, lorsque la vie nous éloigne, l'amour et le bien-être sont liés. Plus on a aimé quelqu'un, moins on se sent à l'aise en sa présence. Lorsque l'on a été potes, simplement potes, on se retrouve comme si c'était hier. Chuck me tire de mes pensées.

— On bouge, Arsène ?

Hans nous attend à l'intérieur du pub. Après nous avoir préparé des cafés, il nous dirige vers nos nouveaux bureaux improvisés. On empile des caisses de bière pour se fabriquer des étagères, deux bureaux sont déjà installés, avec quelques chaises et un vieux canapé en cuir. On branche nos ordinateurs, et Chuck, naturellement, mène un briefing improvisé.

Quelques minutes plus tard, Pauline est devant son ordinateur portable, ses doigts dansent frénétiquement sur son clavier. Elle cherche un maximum d'informations sur Charon. Tout son être est à la tâche. Elle a beau ne pas avoir fait d'investigation depuis des années, ses vieux réflexes reviennent vite, et lorsque nous sortons, avec Chuck, elle est déjà pendue au téléphone avec l'un de ses anciens collègues. Mon esprit est ailleurs. Hier, je n'étais qu'une boule de nerfs en quête de

Depuis ce matin, j'ai comme l'impression que le temps s'écoule plus lentement. Le fait de m'autoriser un peu de sommeil a éteint le feu qui brûlait en moi hier. Lorsque chaque seconde nous est comptée, beaucoup imaginent que les enquêteurs et les parents ne voient pas passer les heures, que tout paraît toujours plus court au fil des minutes. La réalité est différente. La disparition d'un proche, ce sont aussi ces interminables moments d'attente, des matinées entières où l'on se sent incapable d'agir, comme si la cruauté du monde nous frappait de plein fouet. Passer son temps sur les nerfs est éreintant, et je sens sur mes épaules le poids d'une fatigue jusqu'ici inconnue. En regardant Pauline, pendue au téléphone, qui donne des instructions fermes à un type à qui elle n'a pas adressé la parole depuis dix ans, je comprends pourquoi elle a toujours été celle qui portait notre couple. Cette fille, d'une apparente fragilité, est une force de la nature. On dit qu'une mère est capable de tout pour son enfant, je pense surtout que Pauline Raumann a une prédisposition rare à la frénésie intellectuelle. Mon acolyte, quant à lui, est un infatigable chien de chasse. Un frisson me parcourt l'échine.

Chuck chambre une cartouche dans le canon de son arme. Nous partons en direction du 7e arrondissement pour interroger l'une des familles victimes du réseau Charon. Je mets mon Sig-Sauer dans mon holster. Il me regarde d'un œil interrogateur. «Je ne chambre plus, mec, maintenant, je travaille non chambré, comme les Israéliens.» Il sourit. Je sais qu'il n'est pas dupe. Si je ne fais plus ce geste technique, c'est tout simplement par peur d'ôter une nouvelle vie humaine, de prendre cette décision une seconde trop tôt. Comme si le fait de tirer ma culasse en arrière face à un danger allait me donner l'ultime seconde de réflexion qui renforcera mon discernement et évitera une balle perdue. Tout du moins, ça m'empêchera sûrement de tirer le premier.

Le chemin se fait en silence, ce qui n'est pas dans nos habitudes. Chuck regarde défiler le paysage, pensif. Je n'ai pas envie de discuter. Aller me confronter à des victimes de ce réseau pédophile m'angoisse. J'ai peur de visualiser Gabriel dans le récit de l'horreur qui fut la leur. Nous nous garons en bas du 123, rue de Grenelle. Un immeuble cossu, juste en face d'un ministère ou d'une ambassade quelconque. J'appuie sur le bouton de l'ascenseur. Chuck me met un coup d'épaule en souriant.

— Dis donc, Monsieur le commissaire, tu as oublié qu'il ne fallait jamais prendre l'ascenseur ?

— Eh, mec, ils habitent au sixième.

— Et ? Tu vas me dire que tu n'as pas besoin d'exercice ? Allez, sac à vin, fais marcher tes cuisses.

Sans même me laisser le temps d'une repartie, Chuck se met à trottiner de marche en marche. Je le suis tant bien que mal. Une fois au sixième, nous nous trouvons devant une double porte qui aurait pu laisser passer ma voiture. Au-dessus de la sonnette, une plaque gravée « De Fougerac ». Je prends une grande inspiration et sonne. Comme s'il lisait dans mes pensées, Chuck me presse l'épaule. Sans pouvoir expliquer pourquoi, ce geste me soulage. Je sais qu'il est là, que notre duo est et restera le même. Que ce n'est pas parce que j'ai peur d'appuyer sur la détente de mon flingue qu'il ne me fait plus confiance. Ce geste, simple, anodin et pourtant si fort me fait du bien. La porte s'ouvre sur une femme d'une quarantaine d'années, mais qui donne pourtant l'air d'avoir traversé cent ans d'existence. Si la vie n'est faite que de nuances, il faut savoir reconnaître ces moments de grâce où le destin vous offre un parfait cliché. D'une brève œillade, Chuck me confirme qu'il s'agit bien de l'un de ces instants sacrés. Elle est petite et fluette, habillée d'un tailleur et d'un gilet en cachemire. Sa coupe de cheveux stricte sied parfaitement à son regard hautain et à ses lèvres pincées. En voyant un grand chauve tout en muscles et un brun hirsute et mal rasé, ses yeux trahissent un certain dégoût mêlé d'une crainte de l'inconnu. Je décide donc d'abréger ses souffrances.

— Bonjour madame, police judiciaire, on peut vous poser quelques questions ?

Joignant le geste à la parole, je lui présente ma carte tricolore, espérant que la broderie du grade de commissaire sur mon portefeuille la rassurera. J'ai pu constater ces dix dernières années que les broderies dorées ont un effet apaisant sur les gens de sérail. Bingo. Son visage semble se détendre, et les spasmes qui agitaient la commissure de ses lèvres se calment. Enfin.

Assis dans un fauteuil Louis XV, nous regardons fumer les tasses de thé que nous a offertes Mme de Fougerac. En apprenant la raison de notre visite, une lueur d'humanité s'est allumée dans son regard. Nous l'écoutons nous raconter la façon dont sa fille, Domitille, alors âgée de neuf ans, a été enlevée et séquestrée pendant plusieurs jours par le réseau Charon. Au fil de son récit, mon esprit trébuche sur de nombreux détails, comme s'il avançait dans une rue aux pavés inégaux.

— Donc, si je résume, madame de Fougerac, dit Chuck, votre fille a été enlevée sur une plage de La Baule, durant le mois d'août. Vous vous en êtes aperçue quelques minutes après. Ensuite, vous avez appelé votre mari qui était resté à Paris pour travailler. Au bout de combien de temps avez-vous reçu une demande de rançon ?

— Le lendemain. Ils nous ont envoyé des photos ignobles et ils menaçaient de faire la même chose à Domi si…

Mme de Fougerac éclate en sanglots sans finir sa phrase. Pour une fois, l'audition n'a rien d'officiel. Pas la peine de la forcer à reformuler pour obtenir une déclaration. Chuck décide de reprendre la main.

— Que s'est-il passé ensuite, madame ?

— Eh bien, Francis est allé chercher la somme qu'ils demandaient dans une banque à l'étranger, et nous avons immédiatement payé la rançon.

— Comment s'est passée la remise ?

La mère de famille répond, toujours en sanglotant.

— Ils nous ont demandé de laisser l'argent dans un égout du 11e arrondissement. Ensuite, ils déposeraient Domitille quelque part. On a fait ce qu'ils ont dit, et un quart d'heure après, on est allés chercher notre fille sur le parking d'un centre commercial en Seine-Saint-Denis.

— Ils vous ont contactés comment ?

— Par téléphone, depuis un numéro de portable. Vos collègues ont identifié qu'il s'agissait d'un téléphone prépayé qui ne menait nulle part.

— Et la rançon ? Vous l'avez payée en petites coupures ?

— Oui, les billets devaient provenir de séries différentes, mon mari m'a dit que ça avait été un véritable casse-tête quand il était au Luxembourg… enfin…

Chuck sort son plus beau sourire Colgate.

— Ne vous inquiétez pas, madame, nous ne sommes pas de la brigade financière, ce qui nous intéresse, c'est l'enlèvement de votre fille. Vous a-t-elle dit si elle avait été maltraitée ?

— Non, ils l'ont emmenée dans une jolie maison. Elle avait une chambre dont elle ne pouvait pas sortir, mais elle avait des jouets, et ils la nourrissaient bien. Ils l'ont même laissée prendre un bain.

Ses mots me rassurent. D'un coup, j'ai envie que Gabriel soit une victime de Charon, que ce gros con de Yachvili paye la rançon, et que Pauline retrouve son fils sain et sauf. Je pose une ultime question.

— Madame, ces photos, cette lettre qu'ils vous ont envoyées, vous les avez gardées ?

— Non, vos collègues les ont récupérées pour les verser au dossier. Mais vous le savez, non ?

Retomber sur ses pattes. Vite.

— Pardon, je veux dire, vous en avez gardé une copie ?

Elle semble gênée, comme prise en faute.

— Il ne fallait pas ?

— Il va nous falloir ces documents.

Chuck me met un coup de rangers discrètement.

— Ou, du moins, une copie.

— Bien sûr, attendez, je vais aller les chercher.

Elle se lève. Stressée, elle se met à fouiller dans un bureau Empire. Elle en sort des dizaines de feuilles volantes, de dossiers. Et, enfin, une fine chemise.

— Je vous fais la photocopie dans le bureau de mon mari et j'arrive.

Un instant plus tard, Mme de Fougerac revient avec les précieux papiers.

Sur le chemin du retour, Chuck décide de faire un détour par la rue du Bastion.

— J'ai un pote à la brigade des mineurs qui me doit un service. Je l'ai appelé hier soir, et il va nous filer une copie de ce qu'ils ont sur Charon. On verra si on déterre quelque chose.

— Comment tu as obtenu ça ? La BPM est hyperradin avec ses dossiers, je les ai jamais vus partager une info.

— Tu vas rire… Un pote de la salle de muscu que j'ai aidé un jour alors qu'il était prisonnier d'une barre de développé-couché.

L'anecdote m'amuse, mais ce qui me fascine le plus, c'est le relationnel de mon collègue. Il arrive toujours à se faire des amis au bon endroit et au bon moment. À la Crim', c'était pareil. Chaque fois qu'il interrogeait un témoin, c'était dans la poche. Moi, la seule témoin avec qui j'ai noué une quelconque relation a fini par vivre avec moi, être cocue et avoir un môme qui s'est fait enlever hier matin. Y a mieux comme palmarès de réseautage…

Alors que j'attends dans la voiture en bas de cet immeuble que j'ai décidément trop vu, Chuck ressort avec, sous le bras, un dossier épais comme ses cuisses. Il monte à la place du passager.

— Roule, ma poule, on a du boulot pour éplucher tout ça. J'ai un peu parlé à mon pote.

Voyant mon regard inquiet, il me rassure.

— T'inquiète, Arsène, je lui ai pas parlé de Gabriel, ni de toi, je suis pas con…

— Enfin, s'il ne l'est pas, il va vite faire le lien. Bref, on s'en fout. Qu'est-ce qu'il t'a dit ?

— Lui n'a pas bossé sur l'affaire à proprement parler, mais il m'a dit que la Crim' était à fond dessus. Pour eux, c'est le réseau Charon qui a fait le coup. S'ils ont raison, c'est plutôt une bonne nouvelle. Ça veut dire que Gabriel n'est pas en danger si la thune est versée dans les temps.

En entendant Chuck tenter de me rassurer, le sang me monte aux tempes. Je pile au milieu de la voie de bus du boulevard des Maréchaux, provoquant le Klaxon grondeur d'un bus derrière moi. Chuck me regarde, éberlué.

— T'es pas bien, Arsène ? Faut te calmer, là.

Les voitures klaxonnent pendant qu'il me parle. Je colle le gyrophare sur le toit pour les faire taire. Plus un bruit. Je tape sur le volant.

— Et si c'est pas le cas, on perd du temps inutilement, et les ordures qui ont enlevé mon gosse avec des armes automatiques vont s'en tirer. Tu comprends, Chuck ?

— *Ton* gosse, Arsène ?

ELLE

Quand Arsène et Chuck reviennent de leur excursion rue de Grenelle, je décèle une étrange tension entre eux. Durant les années où je les ai connus collègues, ils avaient une relation quasi fraternelle, alternant complicité potache et moments de désaccord explosifs, généralement causés par une divergence de points de vue sur une affaire. Quoi qu'il en soit, être en présence de ces deux-là m'a toujours épuisée. Aussi, si l'ambiance n'est pas joviale, je dois admettre que l'inhabituel silence qui accompagne leurs mines renfrognées a au moins le mérite d'être reposant. Après trente heures sans sommeil, je ne m'en plains pas. C'est donc sans un mot que nous nous remettons au travail chacun de notre côté, échangeant parfois de brefs coups d'œil entre deux raclements de gorge.

Même si je veille à n'en rien laisser paraître, depuis que le jour s'est levé sur ma nuit blanche, je ne suis plus vraiment là. C'est comme si mon esprit s'était dissocié de mon corps et flottait, apathique, quelques mètres au-dessus de lui, le regardant ramer avec indifférence. Pauline fouine, passe des coups de fil, compile les informations.

Pauline craque, tremble, tape du pied. Pauline quitte la pièce, se tape la tête contre les murs, et reprend tout depuis le début. J'observe ce manège sans y croire, mais ne trouve pas la force de m'arrêter. Toute mon énergie est consacrée à ne pas écouter la voix qui me souffle que rien de tout cela ne me ramènera mon fils, que son sort n'est pas entre mes mains, qu'à tout moment on peut décider de l'abattre ou bien de l'épargner, indépendamment des heures que j'aurai passées ici à remuer ciel et terre en désespoir de cause. Guidée par une sorte d'instinct de survie par procuration, je refuse de me laisser penser à tout cela et, minutieusement, brasse du vent avec l'espoir que cela maintiendra la tête de Gabriel hors de l'eau.

Alors que je raccroche une énième fois le téléphone, mon regard se fraie un passage à travers la poussière en suspension pour aller se poser sur Arsène. De l'autre côté de la pièce exiguë, il épluche des centaines de pages de dossier, stabilo à la main et mine plus concentrée que jamais. Sous ses yeux sombres, des cernes violacés lui donnent dix ans de plus que son âge. Le temps a eu raison du visage poupin du jeune homme dont je suis tombée amoureuse il y a quinze ans. Des traits fins qui, à l'époque, semblaient résister sans problème aux longues journées de travail et aux nuits trop courtes. Une gueule de play-boy qui énervait les anciens et faisait minauder les femmes autour de lui. Et puis, le métier a commencé à laisser ses marques, chaque coup dur imprimant dans la chair une ride indélébile. En l'observant attentivement, je pourrais presque dénombrer ces événements qui, les uns après les autres, l'ont fait vieillir brusquement. Les affaires qui tournent mal, les collègues partis trop tôt, les erreurs irréparables… Et sans doute, quelque part sur ce visage, moi qui fais mes valises et qui claque la porte il y a dix ans. En fermant les yeux, je revois encore distinctement la scène.

Elle s'est pointée un matin de printemps dans une robe verte. Je me rappelle m'être dit qu'elle me ressemblait un peu. Ses cheveux étaient longs, cuivrés, et ses chaussures rouges. Elle avait de grands yeux verts qui brillaient d'une lueur dont j'aurais dû me méfier. Elle m'a dit qu'elle s'appelait Avril et j'ai pensé que ça lui allait bien. Sur le pas de la porte de notre appartement, il y a eu un bref silence, puis elle a pris une profonde inspiration et s'est mise à piétiner mon cœur avec ses escarpins de connasse. Cela faisait quatre mois qu'elle couchait régulièrement avec Arsène. Seulement, la veille au soir, il l'avait éconduite. « C'est fini, ces conneries », avait-il dit. Mais Avril ne l'entendait pas de cette oreille. Moue boudeuse face à ma mine déconfite, le sac à main blotti dans la rondeur de ses hanches, elle m'a servi le couplet des femmes qui doivent se serrer les coudes. Si elle était à ma place, sifflait-elle, elle préférerait savoir que son mec est un salaud. Interdite, je n'ai pas eu la présence d'esprit de lui coller une baffe en lui faisant savoir que j'étais moins stupide que j'en avais l'air, et qu'elle pouvait bien remballer son hypocrite charité féministe parce que je savais pertinemment que si Arsène ne s'était pas lassé de ses fesses, elle se serait bien gardée de venir me raconter tout ça. Quel culot fallait-il pour prétendre vouloir me rendre service alors que je n'étais que l'instrument de sa vengeance. Au lieu de cela, je crois avoir bredouillé deux ou trois mots pour tenter de garder une contenance, puis elle est partie. J'ai regardé sa silhouette s'éloigner dans le couloir et je l'ai imaginée nue, se levant pour aller chercher à boire en tortillant de la croupe pendant qu'Arsène, allongé dans un lit la clope au bec, la couvait d'un regard concupiscent.

Bizarrement, je n'ai rien dit de cette entrevue à Arsène. Passé le choc, j'ai fait mine de rien mais, pendant les semaines qui ont suivi, je l'ai surveillé comme une sentinelle. En y repensant aujourd'hui, j'ai encore du mal à comprendre pourquoi. Peut-être ai-je cru qu'Avril serait l'unique faiblesse d'Arsène, et qu'il me suffirait de l'enfouir sous le tapis pour sauver mon couple. Ou bien suis-je rentrée dans un délire masochiste, à espionner l'homme que j'aimais en prenant méticuleusement des notes tandis qu'il me trompait à tour de bras. Dans un carnet, l'un après l'autre, je notais les noms des femmes qu'il fréquentait, ou à défaut ce que je savais d'elles. Avril en haut de la liste, puis la serveuse de ce bar de la rue de Clichy, la nouvelle des Stups, la blonde dont j'ignorais l'identité et que j'avais nommée « pétasse au Shalimar »... De jour en jour, je scrutais ses faits et gestes d'une façon de moins en moins discrète, espérant sans doute qu'il remarque quelque chose d'anormal dans mon comportement. Mais il ne me remarquait plus. Plusieurs fois, je l'ai regardé dans les yeux sans rien dire alors qu'il me mentait avec une facilité désarmante. Pendant ces longues semaines, il n'a pas soupçonné une seule seconde ce qui se tramait. Il n'a pas senti que notre amour était en train de se déconstruire peu à peu, boulon par boulon.

Le second choc est venu d'ailleurs, et je crois que c'est celui-là qui m'a décidée à partir. Une chaude soirée d'août, la Crim' avait organisé un apéro où, chose rare, les « femmes » étaient conviées. Par « femmes » on entend les conjoints officiels des membres du groupe, quel que soit leur sexe. Je n'aimais guère ces soirées où nous autres « femmes » nous accrochions au bras de notre moitié comme des moules à leur rocher en essayant de ne pas paraître trop ennuyés à nous regarder les uns les autres en chiens de faïence tandis que nos flics respectifs s'esclaffaient en évoquant quelques anecdotes de boulot dont nous étions exclus. Je crois que, d'une manière ou d'une autre, nous souffrions tous de cet étalage de la complicité qui les unissait. Elle était comme un pied de nez à celle qui s'étiolait inexorablement dans nos couples. Un sourire de convenance collé sur le visage, nous observions bêtement la « vraie vie » de ceux que l'on aimait à travers l'étroite fenêtre qui nous était ouverte le temps d'un apéro. Par orgueil, sans doute, je n'ai jamais voulu me contenter de jouer la figurante, la femme de flic. Alors pour conjurer le sort, je riais, provoquais, parlais fort ; bref je m'escrimais à ne pas faire tapisserie. Après cinq ans avec Arsène, j'avais fini par me convaincre que les membres de son groupe m'appréciaient. Si je ne pouvais pas prétendre à la fraternité réservée aux « collègues », j'avais du moins l'impression de ne pas être seulement l'anonyme copine d'Arsène à leurs yeux, qu'ils avaient pour moi du respect et même, dans le cas de Chuck, une forme d'amitié. Aussi la chute a-t-elle été particulièrement vexante.

Je me souviens que nous venions tout juste de décapsuler une nouvelle tournée de bières bon marché. À un moment de la conversation, quelqu'un a évoqué l'un des soirs de la semaine précédente, soir où je savais pertinemment qu'Arsène était allé rejoindre l'une de ses maîtresses. Alors, Chuck a descendu une bonne grosse gorgée de blonde et, avec une désinvolture qui m'a coupé le souffle, a couvert son coéquipier. « Une sacrée planque, cette nuit-là ! Hein, Arsène ? » Les deux hommes ont échangé un regard complice, presque amusé, et je suis restée comme deux ronds de flan pendant que les autres membres du groupe acquiesçaient à leur tour. C'était aussi simple que cela. Je n'étais pas seulement cocue, j'étais *la* cocue. Celle à qui il ne faut rien dire, devant laquelle il ne faut surtout pas gaffer. Celle que l'on plaint peut-être un peu, mais dont on se moque quand même. Éperdument. J'ai retenu mes larmes et ai continué de sourire. Dans ma main, les vingt-cinq centilitres qui remplissaient la bouteille de bière encore glacée m'ont fait l'effet d'un sablier qui s'écoule avec une odieuse lenteur. Boire. Boire et ne rien laisser paraître. Dans vingt, dix, cinq centilitres je pourrai partir d'ici, quitter Arsène et disparaître.

Le lendemain, je faisais mes valises. À partir du moment où je lui ai collé sous le nez la liste de ses conquêtes, Arsène n'a plus dit grand-chose. Il a simplement réussi à articuler qu'il était un con, ce en quoi je ne pouvais pas vraiment lui donner tort, et j'ai claqué la porte pour ne jamais revenir. Si j'avais été moins impulsive, j'aurais pris le temps de lui expliquer ce que, sans doute, il n'a jamais compris. Je suppose que depuis tout ce temps, il s'imagine que s'il m'a perdue, c'est parce qu'il aime trop les femmes, que je n'ai pas supporté qu'il touche quelqu'un d'autre que moi. C'était un coup dur, je l'admets, mais je crois que rien de tout cela n'aurait été impardonnable si je n'avais pas vu dans ses yeux la totale indifférence qui accompagnait ses mensonges. Dans les mois qui ont suivi notre rupture, j'ai très vite oublié l'image d'Arsène au lit avec d'autres femmes, mais je suis restée hantée par sa désinvolture alors qu'il inventait excuse après excuse. Ce mépris me faisait tellement mal que j'avais l'impression que c'était lui qui m'avait quittée. Mais je refusais de lui parler. Petit à petit, il a fini par arrêter d'essayer de m'appeler, et on ne s'est plus jamais revus. Jusqu'à hier.

Même si j'ai vite repris ma vie dissolue d'avant lui, il m'a fallu beaucoup de temps avant de digérer cette rupture. Quand j'ai appris que j'étais enceinte, je suis entrée dans une colère noire. Je n'arrivais pas à le croire. La poisse régissait ma vie, c'était évident. Deux grossesses à sept ans d'intervalle, chacune surgissant par surprise des tréfonds d'un chagrin d'amour. La première s'était soldée par une fausse couche qui m'avait laissée amère et – apparemment – stérile. Et il avait fallu que mon système reproducteur reprenne du service alors que je n'étais pas encore remise de la perte du deuxième homme de ma vie. J'y voyais une sorte d'antimiracle. Quand certaines accouchent du fils du Saint-Esprit, moi, j'étais apparemment fertilisée par les peines de cœur. Dix ans plus tard, je ne peux m'empêcher de remarquer l'abjecte ironie de la situation. En quittant ma vie, Arsène a laissé la place à

Gabriel et, maintenant que ce dernier a disparu, le voilà qui réapparaît comme par magie.

C'est drôle comme l'éloignement et le temps peuvent nous faire oublier les choses qu'on a vécues le plus intensément. Les mois puis les années ont eu raison de mon attachement au souvenir d'Arsène, puis, quand Lionel est entré dans ma vie, j'ai fini par l'oublier presque complètement. Tout au plus restait-il au fond de ma tête l'idée de cet homme que j'avais aimé et qui m'avait déçue. Qu'était-il devenu ? Je me posais de moins en moins la question, et surtout je me fichais de plus en plus de la réponse. Et puis un jour il se passe quelque chose. Un son, une odeur ou, dans le cas présent, le retour inopiné de l'ex en question. Alors les souvenirs ressurgissent de là où ils étaient enfouis, et nous font revivre avec une force incroyable des instants que l'on ne se rappelait même pas avoir oubliés.

Tandis que j'observe Arsène affairé à l'autre bout de la pièce, je me souviens combien je l'ai aimé. Plus que des souvenirs, ce sont des sensations qui reviennent. Un souffle, une caresse. La mémoire s'écrit dans la chair. Elle ne vieillit pas. En passant mon regard sur son corps, je suis aveugle aux changements opérés par le temps. Chaque angle, chaque pli m'évoque une émotion unique, presque imperceptible, depuis longtemps oubliée. Ce bras qui frotte contre la surface rêche du bureau a fait partie de mon existence. Il a tant de fois reposé sur mes côtes pendant mon sommeil que je pourrais le soupeser des yeux. Ces cheveux ne sont plus tout à fait les mêmes et pourtant mon cerveau les reconnaît. Discrètement, il envoie à l'interstice entre mes doigts le souvenir d'une sensation, ma main passée dans sa chevelure. Un à un, ma mémoire déterre les restes fossilisés de sa présence. Je détourne le regard.

Sous mes yeux, des dizaines de pages de notes s'étalent, détaillant par le menu la sauce à laquelle mon fils risque d'être mangé. J'imagine qu'Arsène et Chuck, le nez dans le dossier Charon, sont en train d'en lire une version plus crue encore. Froide, factuelle, débarrassée des fioritures sentimentales qui habillent les témoignages que j'ai reçus des personnes interrogées au téléphone. Intérieurement, je les remercie de ne m'avoir pas proposé de la lire. J'en serais incapable. Soudain, mon téléphone se met à vibrer. Arnaud. Je ne réponds pas. Quelques secondes plus tard, un SMS : « Suis à la crim. Tu n'y es pas. Qu'est-ce que tu fous, bordel ? »

LUI

L'ambiance est lourde dans nos bureaux improvisés. Je n'ai plus adressé la parole à Chuck depuis mon lapsus. Je n'ai d'ailleurs plus émis le moindre son, de peur qu'une nouvelle phrase malheureuse ne m'échappe. Pourquoi ai-je dit ça ? Pourquoi devant Chuck, à ce moment-là ? Avant que Freud, Lacan et toute leur clique ne se mettent à décrypter les méandres de l'esprit humain, mon pote m'aurait sûrement tapé sur l'épaule en me disant « Eh, t'es con, c'est pas ton môme ». Je lui aurais répondu « Ben ouais, t'as raison », et on se serait accoudés au comptoir d'une auberge avant de reprendre nos chevaux et de galoper vers des contrées lointaines. Seulement, voilà, nous sommes au XXIe siècle, ma génération a bouffé de la psychanalyse dès le biberon, donc je suis persuadé que les trois mots que j'ai prononcés sans réfléchir remettent toute ma vie en question. Comme s'ils m'avaient forcé à admettre que je rêve de retrouver Gabriel, que Pauline me saute dans les bras comme à la fin d'un téléfilm de milieu d'après-midi, qu'un test ADN confirme que je suis le géniteur de ce gamin qui ressemble quand même à un petit génie. Je déroule ce scénario dans ma tête, les yeux fermés. Assis dans un vieux fauteuil, le dossier en face de moi. Clos.

« Putain, Langlais, ne me fais pas le coup du secret des sources, file-moi le nom de ton contact. Tu me dois au moins ça, et tu le sais ! »

La voix de Pauline me fait rouvrir brusquement les yeux. Au ton qu'elle a employé, je sais qu'elle s'est, une fois de plus, transformée en rouleau compresseur. Elle raccroche le téléphone en disant « Merci, j'attends ton mail ». Raumann 1, Langlais 0. Je l'interpelle.

— Alors ?

— Mon ancien rédac chef a peut-être un tuyau sur le réseau Charon en France, mais il refusait de me le filer. J'ai un peu insisté, et il m'envoie un mail détaillé. Tu en es où, toi ?

Difficile d'avouer que je n'ai pas encore osé plonger dans l'horreur du dossier que m'a refilé la brigade de protection des mineurs.

— Je débroussaille, mais ça prend du temps, c'est pas facile.

Elle me regarde et esquisse un sourire.

— T'as pas encore ouvert la chemise qui est sur ton bureau. Qu'est-ce qui te dérange ?

Ce qui me dérange, Pauline, c'est que je t'aime encore plus qu'avant, et que je voudrais bien être le père de ton gosse, être un héros qui le sortira d'un immeuble en flammes avec de la suie sur le bout du nez. J'ai envie que tu retombes dans mes bras et que tu vires ton beau gosse plein de fric pour venir vivre dans mon deux pièces sur le canal Saint-Martin. Mon tableau électrique n'est plus aux normes et je n'ai pas de chauffe-serviettes, mais je suis d'accord pour m'éclairer à la bougie et te réchauffer moi-même jusqu'à la fin de mes jours. Voilà ce qui me dérange.

— Y a rien, Pauline. Je suis crevé, c'est tout. Je vais m'y mettre, là.

Joignant le geste à la parole, je me mets à l'œuvre et passe ma journée à décortiquer chacun des faits et gestes du réseau Charon. En face du bureau, une fenêtre donne sur le quai des Grands-Augustins. Entre deux procès-verbaux qui me glacent le sang, je lève la tête pour regarder voguer les bateaux-mouches. Mes yeux s'adaptent à la lumière du jour, qui décline au fil des heures. Une boulette de papier m'arrive sur le front. Chuck.

— Ça va, Lupin ? Tu veux pas faire une pause ?

Je m'étire sur ma chaise.

— Pourquoi pas, il est quelle heure ?

— Bientôt 17 heures. T'as pas décollé les yeux des PV de la BPM depuis qu'on est rentrés. À mon avis, tu tournes en rond. Allez, on descend prendre un café. Pauline, tu viens avec nous ?

Elle est restée pendue au téléphone toute la journée. À plusieurs reprises, je l'ai entendue sortir et sangloter derrière la porte. Elle tourne la tête vers Chuck, le regard triste.

— Ouais, OK. De toute façon, j'arrive plus à rien.

Le zinc est déjà poisseux, et de grandes tasses de café fument devant nous. J'attrape la mienne des deux mains. La sensation de chaleur qui traverse la faïence m'apaise.

En soufflant sur le liquide noir, un nuage de fumée se dresse devant mes yeux, rendant mon environnement flou pendant une fraction de seconde. Je n'entends pas ce que se disent Pauline et Chuck. Seul le mot Charon, prononcé au détour d'une phrase, émerge du brouhaha de leur conversation pour venir me percuter le cerveau. Depuis que j'ai lu le dernier procès-verbal de ce maudit dossier, j'en suis persuadé. On se plante lamentablement. Tous. La Crim', Chuck, Pauline, son connard de mari… J'ai le sentiment profond que ce réseau n'a rien à voir avec l'enlèvement de Gabriel, qu'on cherche à nous mener par le bout du nez là où les ravisseurs l'ont décidé, qu'on fonce tête baissée comme des cons. J'ouvre la bouche, mais aucun son ne sort. Pris dans le tourbillon de leur réflexion, ils ne s'aperçoivent même pas que j'ai voulu prendre la parole. Je bois une gorgée de mon café, pose la tasse sur le comptoir et, sans un mot, me dirige vers la sortie. Je ne me retourne pas et la voix de Chuck me surprend presque.

— Tu vas où, Arsène ?

— Je vais à la Crim'. C'est n'importe quoi.

Il me rattrape, soutient mon regard de ses yeux bienveillants.

— Calme-toi, mec. Pour l'instant, on bosse. On débroussaille.

Les dents serrées, je réponds d'un ton plus sec que je ne l'aurais voulu.

— On débroussaille que dalle, Yacine. On est trois connards qui se croient plus forts que tout le monde. On va tout faire foirer et ce gamin va crever à cause de nous.

— Arrête un peu tes conneries, c'est toi qui voulais bosser en sous-marin sur l'affaire. Nous, on te suit. On est tous derrière l'idée d'Arsène Galien, et encore une fois, tu fuis dès qu'il y a une possibilité que ça aboutisse. Tu fais chier, tu le sais, ça ?

Une tension s'empare de tout mon corps. Sans lui répondre, je me retourne et sors du rade. Je saute dans ma voiture et démarre en faisant crisser les pneus en direction du Bastion.

Paris s'étend sous nos pieds à travers une grande baie vitrée. Assis dans son fauteuil, Christian Hermann me fixe, les mains jointes. Tout autour de lui, des écussons de brigades prestigieuses et des médailles venant des quatre coins du monde témoignent d'une carrière impressionnante, transformant son bureau en curriculum vitae de trente mètres carrés.

— T'as l'air crevé, Galien. Qu'est-ce qui t'amène ?

— Écoute, je te connais pas, mais t'as été très réglo avec moi hier, alors ça m'embêterait un peu de te la faire à l'envers. Le dossier Raumann, je bosse dessus en off.

— Tu me prends pour un lapin de six semaines, gamin ?

Du haut de ses soixante ans, Hermann me regarde d'un œil malicieux. La dernière fois qu'un vieux flic m'a appelé gamin, ça ne s'est pas bien terminé.

— Et tu n'as pas essayé de m'arrêter ?

Il sourit.

— Pour quoi faire ? Je me suis renseigné sur toi. T'as une réputation de tête de lard. Tu es le genre de flic à t'enfermer dans un placard après une balle perdue dont t'es pas responsable. Et même si tout le monde te le répète, t'en as jamais démordu. Les autres n'ont aucune influence sur toi. Je n'allais pas perdre mon temps à essayer de te convaincre de quelque chose.

Il y a encore quinze ans, ce type m'aurait impressionné. Quand j'étais jeune flic, un compliment du taulier de la brigade criminelle m'aurait fait voir des hirondelles pendant trois semaines. Aujourd'hui, je me dis juste qu'il est loin d'être con. Il me sort de mes pensées.

— T'as trouvé quelque chose, tout seul avec ton Prozac et ton couteau ?

Je souris.

— Écoute, Christian. Je pense qu'avec l'histoire de Charon, vous vous plantez royalement.

Il s'enfonce dans son fauteuil et croise les mains sur son ventre.

— Je t'écoute.

— C'est déguisé. C'est pas leurs méthodes. Ils sont venus arracher le gamin comme des sauvages devant son école, avec armes automatiques, cagoules et tout le bordel. Ça ressemble pas du tout à leur mode opératoire...

— Et la menace à travers les vidéos pédo ? Et la rançon ? T'en fais quoi ? On peut pas se permettre de négliger cette piste alors qu'on l'a sous les yeux. Le coup des calibres, c'est peut-être parce qu'ils n'ont pas pu faire autrement. D'habitude, ils enlèvent les gamins dans des coins tranquilles, mais là, on a vérifié avec la famille, ils n'avaient pas d'autre choix.

« La famille ». Ce mot me frappe de toutes ses forces. Pauline et son mec sont « la famille » du gamin. Pauline est mère de famille, et pas de la mienne. Je me reprends.

— Et le pédo assassiné ? Ils ont jamais fait ça avant...

— Imagine que cette ordure ait bossé pour eux, et qu'il ait menacé de parler. Ou qu'ils aient changé de méthode pour qu'on ne les soupçonne pas. Et puis, tu n'es pas officiellement sur l'enquête. Il y a des choses que tu ne sais pas.

Je sens la colère m'envahir. Ce flic est bon, mais quelque chose lui échappe.

— Tu te plantes, Hermann. Je le sais. Ça sonne faux.

— Peut-être, Galien. Mais c'est mon service. Je fais comme je veux. On explore tout, tu le sais bien. On va le retrouver, ce gosse. Mais laisse-nous bosser, OK ? Je suis sympa, je ferme ma gueule et je ne vais pas voir le directeur en lui disant qu'un taulier de l'état-major marche sur mes plates-bandes et qu'il a monté une équipe de barbouzes avec un commandant de la BRI et la mère de la victime, mais n'abuse pas.

Mon sang ne fait qu'un tour. J'essaie de me contenir.

— Comment t'es au courant ?

— J'ai mes sources, Arsène. Et puis, c'est pas difficile à deviner. T'as plus beaucoup d'amis dans la boîte… Je ne veux pas mettre en doute tes talents d'enquêteur, mais t'as pas pondu un procès-verbal depuis dix piges. Alors, laisse-nous travailler comme on le veut, et si t'as besoin d'un truc, tu me demandes. Mais tu partages tes infos. La seule chose que je veux, c'est que tu ne viennes pas dans mon bureau me dire que je ne sais pas bosser.

Comme un gamin pris en faute, je me lève et serre la main d' Hermann. Puis il pose sa main sur mon épaule et me raccompagne jusqu'à l'ascenseur. Dans la cour du Bastion, je décide de m'allumer une cigarette. Le froid me fait trembler. Des volutes de fumée dansent devant mes yeux. Depuis l'extérieur, je vois la zone du public, ces salles d'attente tristement alignées au milieu d'un grand hall. Las, je regarde le ballet des enquêteurs et des personnes convoquées. Je n'ai jamais vraiment compris pourquoi mes collègues ne regardent pas plus souvent les caméras qui donnent sur ces salles vides de tout, dont les tables basses sont recouvertes de magazines de la préfecture de police. On n'en apprend jamais plus sur quelqu'un qu'en le regardant attendre. Je souris, en me souvenant de mes années à la Crim'. Jusqu'à cette interpellation à la con, je pensais toujours avoir raison quand il s'agissait d'une enquête. Vu mon rendez-vous avec Hermann, on dirait que les bonnes vieilles habitudes ne se perdent pas.

Le jour où j'ai eu tort, j'ai eu salement tort. Je réentends le bruit de la porte, nos lampes torches qui balaient l'appartement. Nos cris « POLICE, bouge pas, connard ! ». Je ferme les yeux, écrase ma cigarette et quitte le bâtiment. Pas envie d'y repenser. Pas aujourd'hui.

ELLE

Il est 17 heures. Arsène vient de partir en trombe pour le Bastion en nous laissant en plan, Chuck, moi, et les deux tiers de son café. Après avoir tenté en vain de le raisonner, son acolyte revient calmement s'asseoir à notre table. En le regardant s'approcher, je me dis qu'il a vraiment l'air d'un mec de la BRI. Il est rare de rencontrer quelqu'un qui ait aussi parfaitement la tête de l'emploi. Crâne rasé, mâchoire solide et deltoïdes en seize neuvièmes, Yacine Souni fait partie de ces hommes dont on sait qu'il ne faut pas leur piquer une place de parking, au risque de passer à travers le pare-brise sans avoir eu le temps de dire ouf. Pourtant, pour ceux qui le connaissent, Chuck est surtout l'un des types les plus sympathiques qui soient. Son éternel sourire collé au visage, il n'a pas pris une ride. Autant les années ont peu fait de cadeaux à Arsène, autant lui semble n'avoir absolument pas vieilli depuis la dernière fois que je l'ai vu. Il y a quinze ans, il biberonnait Arsène à son arrivée à la Crim', et aujourd'hui, du haut de ses cinquante balais, il paraîtrait presque plus jeune que lui. Insensible au charme des culturistes, je me suis régulièrement moquée de son imposante musculature et du culte qu'il semblait vouer à ses propres biceps. Pourtant, j'admets qu'il y a quelque chose qui m'a toujours impressionnée dans la discipline qu'il doit falloir aux hommes de sa carrure pour entretenir une telle anatomie.

Tandis qu'il s'assoit face à moi, je l'interroge des yeux. Il me renvoie un regard entendu.

— Il n'a rien voulu savoir, hein ?

— Bah, tu le connais, le Lupin. Quand il a décidé de monter sur ses grands cheveux…

Il lâche un petit rire, satisfait de sa vanne.

— Chuck… Tu crois qu'il a raison ? Qu'on se plante sur toute la ligne ?

— Non. Pour moi, c'est Charon.

Inquiète, j'essaie de ne pas penser que les intuitions d'Arsène lui ont rarement donné tort. Comme pour me rassurer, Chuck embraie.

— Et *si* on se plantait, on se trouverait quand même face à des gars qui ont décidé d'exploiter le même filon que Charon. Enlèvement de gosse de riches, pardon hein. Chantage aux vidéos pédophiles. Demande de rançon. Alors même si ces types-là n'y vont pas avec le dos de la cuillère, qu'ils ont des méthodes de commando, tout ça… Pourquoi est-ce qu'ils utiliseraient le même mode de chantage si c'est pas pour le fric ?

J'opine du chef.

— Je reste persuadé que c'est un coup de Charon mais, tu sais, y a pas que dans le business que la concurrence fait rage. Les réseaux criminels passent leur temps à se tirer la bourre et, chez eux, tu ne peux pas déposer un brevet sur ton idée tordue. Alors ils se les piquent.

Si ça marche et que ça se sait, il y a vingt mecs qui montent au créneau pour faire pareil.

Sans rien dire, je suis son raisonnement en acquiesçant. D'un ton apaisant, il ajoute :

— Et puis l'avantage, c'est que si on a affaire à des plagieurs, ils auront une mécanique moins bien rodée. Ça veut dire qu'il y a de fortes chances pour qu'ils fassent une erreur et qu'on arrive à les choper avant même de devoir envisager de remettre la rançon.

Il pose sa main sur mon avant-bras.

— Dans tous les cas, on est tous sur le coup, Arsène, moi, la Crim'... Et on a bien l'intention de ne rien laisser au hasard.

Je souffle un peu et murmure :

— Merci…

Son téléphone se met à sonner, et Chuck s'excuse pour aller prendre l'appel à l'extérieur du pub. Réflexe de flic. Quand il revient, je n'ai pas bougé. Il s'assoit et croise les bras sur son torse de centaure.

— Bon, Pauline, il va falloir qu'on parle.

Une seconde, mon regard s'éclaire.

— Y a du nouveau ?

— Non, désolé. C'est justement d'un vieux dossier qu'il faut qu'on parle…

— Quel dossier ?

Remballant pour une fois son grand sourire au profit d'un air sérieux, il m'assène :

— Le dossier Galien-Raumann.

Je soupire.

— C'est pas le moment d'aller chercher les squelettes dans le placard, Yacine.

— Justement, je crois que si. Parce que, tu vois, là, on est pile au moment où ça va commencer à sérieusement foutre la merde.

— Arrête. C'est pas moi qui suis venue le chercher. Il est grand. S'il ne supporte pas de revoir son ex, fallait pas qu'il se pointe sur un coup de sang en me proposant son aide.

— Je te l'accorde, c'est une tête de mule. Mais ça n'empêche qu'il a des sentiments. Et puis c'est toi qui as décidé de venir, aujourd'hui.

Je m'emporte.

— Tu plaisantes, j'espère ? Mon fils a été kidnappé et je devrais refuser de l'aide parce que ça risque de froisser mon ex ?

— C'est pas ce que je te dis. Mais il y a des choses qu'il faut mettre à plat.

— Comme ?

Il hausse un sourcil, pas dupe. La vérité, c'est que je sais très bien où il veut en venir, mais que j'espérais que la question ne soit pas évoquée. C'était compter sans Chuck, qui met les rangers dans le plat.

— Bon, les interrogatoires à rallonge, ça ne me manque pas spécialement alors on va la faire courte : est-ce que Arsène est le père de Gabriel ?

Je me renfrogne.

— Je ne vois pas en quoi ça te concerne.

— T'as raison, ça ne me concerne pas, c'est lui que ça concerne. Mais clairement, là, il vous faut un négociateur. Parce que d'un côté j'ai sur les bras un ami qui est en train de péter une durite, et de l'autre il y a toi qui fais comme si de rien n'était…

— C'est lui qui t'envoie au charbon ?

— Je suis aussi capable de prendre des décisions par moi-même, Pauline.

— Et donc, tu t'es autoproclamé négociateur dans cette histoire qui ne te concerne pas ?

Il me balance un regard noir que je ne lui connais pas.

— Déjà, ça me concerne un peu parce que je te signale que je suis là à essayer de le retrouver, ton gosse, moi aussi…

— Je sais, Yacine. Et je t'en remercie, vraiment. Mais ça ne te donne pas le droit de savoir qui est son père.

— Tu m'emmerdes, Pauline ! Tu crois que ça m'amuse de jouer les assistantes sociales ? Je suis pas là pour te juger, t'as sûrement de bonnes raisons de faire ce que t'as fait. Mais là, il y a un éléphant rose dans la pièce, et on fait tous comme s'il n'existait pas. Ça sert à rien et ça nous empêche de bosser correctement. Ça empêche Arsène de bosser correctement, parce qu'il est en permanence à se demander si par hasard Gabriel ne serait pas son fils. Ça commence à…

Ne souhaitant pas en entendre plus, je me lève de ma chaise et me dirige d'un pas rapide vers nos bureaux de fortune à l'étage du pub. Mais Chuck m'emboîte le pas en continuant de s'emporter.

— Ça va, je sais, il t'a trompée, c'est un salaud, tout ça. Mais ça fait dix ans, Pauline, faut grandir ! Je comprends que tu lui en veuilles mais c'est plus vraiment le moment de t'accrocher à ta rancœur. Il y a plus important, non ?

Je l'ignore et m'engage dans l'escalier pour me dérober aux regards appuyés de la clientèle du pub. D'une voix forte, il insiste.

— Je ne te demande pas les plans de la bombe à neutrons, là ! Juste d'arrêter de faire l'autruche. La soustraction, je l'ai faite, et Arsène aussi. C'est pas sorcier. Et même sans ça, y a qu'à voir les photos pour savoir qui c'est, son père !

Je refuse de répondre, pressant le pas sur les marches raides qui mènent au premier étage. Me rattrapant, Chuck me saisit fermement par le poignet et plaque en travers de la cage d'escalier un bras massif pour me barrer la route. Bloquée, je lève les yeux vers lui. Nous sommes presque l'un contre l'autre et son haleine de café m'exaspère tandis qu'il poursuit son plaidoyer.

— Pourquoi tu ne veux pas juste crever l'abcès ? Arsène est en train de se démener, et accessoirement de se foutre dans la merde, pour retrouver un enfant. Il a le droit de savoir si c'est le sien.

— Laisse-moi passer.

— Pauline...

Je me dégage de son emprise et file en dessous de son bras pour dévaler les escaliers. Il m'attrape à nouveau. Sa poigne réveille dans mon bras les séquelles du choc d'hier matin. Le cri de douleur que je pousse le fait lâcher prise d'un seul coup.

— Excuse-moi, souffle-t-il.

Son regard se voile, comme s'il venait seulement de se rappeler qu'il est en train de mettre la pression à la mère d'un enfant kidnappé. À une victime. Nous restons un instant immobiles, face à face dans cet étroit escalier.

— Pauline, je sais que c'est un moment difficile pour toi. Je ne veux pas le nier. Si quelqu'un faisait du mal à ma petite, je... Je ne veux même pas imaginer. Mais je me mets aussi à la place d'Arsène. S'il a un fils, et qu'il est en danger, il faut que tu lui dises. Il faut qu'il le sache.

Je le dévisage un long moment sans rien dire, puis éclate en sanglots. D'un geste presque paternel, il pose sa main sur mon épaule. Je tombe dans ses bras en hoquetant.

— Je ne peux pas, je ne peux pas...

Prenant ma tête entre ses mains, il éloigne mon visage de son torse et plante ses yeux dans les miens. Il n'a pas besoin d'ouvrir la bouche pour que je sache ce qu'il veut dire. Alors je lâche :

— C'est trop horrible, je ne peux pas lui faire ça...

— Il est grand, c'est toi qui le disais tout à l'heure.

— Je ne peux pas, Yacine. Pas maintenant. C'est trop tard. À quoi ça servirait de lui faire miroiter un fils qu'il ne pourra jamais connaître ?

Les larmes coulent le long de mes joues.

— Bien sûr qu'il va pouvoir le connaître ! Pauline...

— Non, c'est trop tard, c'est trop tard.

Ma voix se perd dans un sanglot. Chuck me secoue par les épaules.

— Perds pas espoir, putain ! Tu vas le retrouver, ton gosse. Tu vas le retrouver et à ce moment-là, vous aurez plein de choses à vous dire, lui, Arsène et toi. Et plein de temps pour vous les dire. Perds pas espoir, Pauline. C'est pas fini, tu m'entends ?

Mais je ne l'entends plus. Vidée de toute énergie, je laisse simplement retomber ma tête contre son épaule et ferme les yeux en sanglotant.

— Gabriel… Gabriel…

LUI

Au pub canadien, quelques étudiants sont venus profiter de l'Happy Hour. Ce n'est pas encore l'heure des flics. Je m'adosse à l'immeuble et allume une cigarette. Je ne me suis jamais senti à l'aise dans ce genre d'ambiance. Pendant que je regarde un type à moitié allongé sur le comptoir en train d'essayer de faire signe au serveur, je repense à mon entrevue avec Hermann. La Crim' ne vous quitte jamais vraiment, comme un vieux chewing-gum collé sous la semelle d'une carrière. Ces réflexes acquis au fil des années ne se perdent pas. Il reste toujours une idée, une piste à suivre, un doute à lever... Même quand on est devenu commissaire à l'état-major, et que l'administration n'attend rien d'autre de nous que de surveiller ceux qui surveillent les caméras qui surveillent la rue. Chuck est dans le même cas. Il est animé par une flamme qui ne s'est pas éteinte. Lui qui passe habituellement ses journées à déloger des forcenés et à descendre en rappel le long des immeubles s'est remis à éplucher le dossier Charon avec une rigueur qui n'a rien à envier à ses séances d'entraînement.

Dernière latte. Je jette mon mégot et m'aventure dans le pub. Pendant les quinze mètres qui séparent la porte de l'arrière-salle, j'ai évité de justesse qu'une pinte de bière soit renversée sur mon manteau par un vingtenaire à l'air con et, de toute évidence, à la vue basse. En ouvrant la porte insonorisée qui mène à nos bureaux, j'entends les voix de Chuck et Pauline dans l'escalier en colimaçon.

— Mais je me mets aussi à la place d'Arsène. S'il a un fils, et qu'il est en danger, il faut que tu lui dises. Il faut qu'il le sache.

— Je ne peux pas, je ne peux pas…

Je reste figé sur les marches. Mes pensées s'embrouillent, je ne sais plus quoi faire. Je passe rapidement en vue mes options : toussoter gentiment comme un mari trompé, ce qui serait le comble de l'ironie… Ruer dans les brancards et demander à Pauline de me dire la vérité ? La troisième option me semble être la meilleure. Je sors discrètement et quitte le bar, non sans bousculer sans ménagement le grand con de tout à l'heure.

Debout sur le bitume, je suis pris d'une sorte d'excitation. J'ai envie de hurler, les battements de mon cœur s'accélèrent. Chacun de mes muscles se tend. Je suis en colère. Contre Chuck, contre Pauline, contre les ravisseurs de Gabriel. Je fais demi-tour et me dirige vers le pub. J'ai envie de les plaquer au mur tous les deux. De quel droit parlent-ils de ça ? Et derrière mon dos. Je me sens trahi. Mes pensées m'échappent. Je me ravise. Marcher. Avancer le long de l'eau couleur nuit et laisser le vent glacial tempérer mes ardeurs. Quelques dizaines de mètres plus loin, je manque de heurter un joggeur en plein effort. Je l'envie. Lorsqu'il m'arrivait encore de m'entretenir, j'aimais ces moments de solitude, pendant lesquels Paris s'allongeait sous mes pieds.

Mes pas me guident jusqu'au bâtiment de l'état-major. Je monte dans mon bureau par l'escalier dérobé. Au fond de mon placard, une vieille paire de baskets coule une retraite paisible entre ma tenue de cérémonie et un casque de maintien de l'ordre encore neuf. Je souris en me disant que, au vu de mon hygiène de vie, un footing ne me prendra pas trop longtemps. Je troque mes fringues pour un vieux short et un T-shirt élimé.

Une fois le nez dehors, l'hiver vient engourdir mes membres. Mes premières foulées sont douloureuses, lentes et poussives. Je ne pense plus qu'à la douleur qui parcourt chacun de mes muscles. Je force. Hors de question de me laisser refroidir. J'allonge ma course. Sur les voies sur berges, la Seine s'agite à mes pieds, bousculée par le vent. Je sens mon cœur qui s'accélère. Au bout de dix minutes, les excès de ces dernières années commencent à se faire oublier. Les automatismes reviennent. Je ne contrôle plus mes pensées. Comme si mon esprit courait plusieurs mètres devant moi. Le visage de Gabriel revient s'imprimer devant mes yeux. Depuis deux jours, quelque chose ne colle pas.

J'accélère encore, comme si mon corps et mon cerveau s'encourageaient mutuellement à aller plus loin. La tour Eiffel se met à scintiller devant mes yeux. Elle, dont la silhouette était perdue dans la nuit couleur ébène, veut tout à coup que tout le monde la regarde. Le dossier Charon défile dans ma tête plus vite que le paysage. Depuis plusieurs années, ils ne se sont pas fait remarquer. Ils ont réussi à passer entre les mailles du filet grâce à leur discrétion. Ça leur a toujours réussi. Pourquoi changer leurs méthodes ? Je trébuche sur un pavé et manque de me casser la gueule. Mon T-shirt trempé de sueur est collé à mon torse. Mon corps est meurtri. Ça fait vingt minutes que je cours, et je me sens déjà complètement à bout. Je ne veux pas rebrousser chemin. Essoufflé, je continue mon effort.

Depuis le kidnapping de Gabriel, tout est fait pour attirer notre regard. Ils auraient pu l'enlever dans la ruelle tranquille par laquelle Pauline passe pour l'emmener à l'école, et s'arracher sans faire de bruit. Au lieu de ça, ils ont fait crisser leurs pneus en plein milieu d'une rue bondée, mis pied à terre artillés comme des porte-avions et ont manqué de faire un carnage. Quand on remonte sur le pédophile, au lieu de simplement nous laisser son cadavre dans l'appartement, ils ont déposé une fausse bombe pour faire boucler le quartier. Comme s'ils avaient voulu que les projecteurs soient braqués sur eux.

Ma tête tourne, je sens que mes jambes me lâchent. Mon regard se brouille. Je m'arrête et m'assois sur le bord de la Seine. Me voilà en face de la tour Eiffel. Je ne sens plus le froid. Les pièces du puzzle sont plus éparpillées que jamais. Le rapt de Gabriel ne ressemble ni aux méthodes de Charon, ni à celles des kidnappeurs habituels. Chacune des pistes que la Crim' remonte leur est offerte par les ravisseurs. La plaque de la camionnette, le pédophile, le mode opératoire de Charon… On est en train de se faire trimballer et on mord à l'hameçon comme des débutants. Je me lève d'un bond et repars vers l'île de la Cité.

L'eau chaude ruisselle sur mon corps endolori. Je ne sais pas depuis combien de temps je suis dans cette cabine de douche qui ressemble à toutes celles qui la jouxtent. Deux mètres carrés de carrelage offerts par l'administration à ses effectifs les plus sportifs. Pourtant, depuis de longues minutes, j'ai pris possession de cet espace. Le rideau formé par le jet ininterrompu semble me protéger. Je sors, enfin. En me rhabillant, je consulte mon portable. Cinq appels en absence de Chuck. Ils ont peut-être trouvé quelque chose. Je me prépare en vitesse et file au pub canadien.

— Putain, Arsène, t'étais où ?

J'ai à peine passé la porte que Chuck me lance un regard noir.

— Tu vas rire, je suis parti faire un jogging. J'avais besoin de me calmer. Du coup j'ai un peu cogité, et il faut que je vous parle.

Pauline rit doucement.

— Arsène Galien est allé faire du sport. Comme quoi, tout arrive.

Chuck pouffe discrètement.

— Bien joué, marathon man. Maintenant que tu t'es défoulé, tu peux peut-être cracher le morceau.

— Depuis le début, il y a un truc qui ne colle pas, avec ces histoires d'enlèvement et de pédophile. Je ne voyais pas quoi, et puis, frappé par la grâce et meurtri par mon effort de vingt minutes, je pense que j'ai compris quelque chose.

Ils se lancent un regard amusé.

Vingt minutes, c'est pas ce que j'appelle un effort. Tu es rouillé, Lupin. Pauline, à son tour, en remet une couche.

— C'est déjà mieux que ce que j'ai connu. Enfin, je dis ça, mais je ne l'ai jamais vu faire un jogging.

Une ambiance plus légère s'est installée. Pour la première fois depuis le début de la journée, je souris. Les piques de Pauline et Chuck me renvoient dix ans en arrière. Je sais que ce genre de joute verbale peut durer longtemps. Pour préserver ma dignité et faire avancer l'enquête, je tente de remettre la conversation sur les rails.

— Merci de ces doux souvenirs. Si je peux aller au bout de ce que je disais, je pense qu'on se fait balader comme des bleus. Vous n'avez pas l'impression qu'ils font tout pour attirer les projecteurs sur eux ? Et ça marche…

Chuck pose les pieds sur son bureau et croise les bras derrière sa tête.

— Ça n'a pas de sens, Lupin. Pourquoi ils voudraient faire en sorte qu'on en parle ? C'est juste des gros bourrins.

Pauline se lève et fait les cent pas.

— Sauf si c'est pas vraiment un enlèvement avec demande de rançon et qu'Arsène a raison. Je sais que ce n'est pas vraiment votre truc, mais je vous signale quand même que tout ça ressemble à une revendication. Ils veulent attirer l'œil du public et des médias…

Je la coupe.

— Tu penses que ça serait politique ?

— C'est plus que probable, Arsène. C'était là, devant mes yeux et je ne l'ai pas vu. Mais Lionel a pas mal de contacts et…

Je me sens piqué au vif.

— Mais Lionel n'est pas le père du petit. Pourquoi ils s'en prendraient à Gabriel pour l'atteindre ?

— Parce que lui n'a pas d'enfants, et que je suis sa femme.

Chuck tente de faire baisser la tension.

— Ça tient debout. Quand ton mari rentrera, Pauline, il va falloir que tu lui causes sérieusement. Et au passage, regarde si on n'a pas voulu s'en prendre à toi. Je me souviens que tu avais sorti des papiers très, voire trop documentés sur des groupes d'extrême gauche avant de te ranger. C'est peut-être une vengeance sur le tard. Pour le moment, on est tous fatigués, et j'ai quand même l'impression que je vais devoir jouer à la nounou jusqu'à ce qu'on retrouve le petit. Alors, tout le monde au lit. Et demain matin, on se retrouve à 9 heures ici.

Une fois dehors, j'allume une cigarette et en offre une à Pauline qui la prend. Chuck nous regarde, amusé.

— Qu'est-ce que c'est beau l'addiction. Vous allez vous geler le cul pendant cinq minutes dehors pour pouvoir avoir votre dose de nicotine. Ma solidarité avec vous s'arrête là. À demain, les jeunes.

Il tourne les talons et nous laisse sur le trottoir. En fumant, je vois le 36 en face de moi. Pauline regarde dans la même direction, mais ses yeux semblent ne se poser nulle part. Je tourne la tête et la détaille. La forme de son visage n'a pas changé, sa silhouette non plus. Même avec ses quelques petites pattes d'oie au coin des yeux, elle ressemble comme deux gouttes d'eau à celle que j'ai aimée pendant cinq ans. J'écrase ma clope et pose ma main sur son épaule. Elle tressaille.

— Excuse-moi, je t'ai fait peur ?

— J'étais dans mes pensées. Je flippe, Arsène. Même si je sais que tu es là, je flippe.

— Chuck aussi est là, on ne va pas laisser tomber. On est des vrais chiens de chasse, on ne lâche jamais le morceau. On va y arriver, t'inquiète. Je te ramène ?

— Ouais, je veux bien.

Dans l'habitacle, Pauline reste silencieuse. À travers la vitre, elle regarde les lumières de la ville défiler en écoutant le jazz que les haut-parleurs diffusent en sourdine. En posant ma main sur le levier de vitesses, j'effleure son genou. Elle ne bouge pas. Mon cœur tambourine dans ma poitrine. J'ai envie de lui dire tant de choses. J'ouvre la bouche, mais rien ne sort. Je me rabats sur un classique.

— Tu veux que je mette le gyrophare, comme au bon vieux temps ?

Elle sourit.

— Arsène, il faut que je te dise un truc… Je n'ai jamais aimé ça. J'ai toujours dit oui parce que je savais que ça t'amusait. Je voulais te faire plaisir.

— C'est vrai que ça me faisait marrer. On passait des bons moments, quand même. Tu te souviens la fois où…

Je suis interrompu par la sonnerie de son téléphone. Elle regarde le message et pose brusquement sa main sur mon épaule.

— Arsène…

Elle me tend le téléphone. Une vidéo. Gabriel est assis devant un mur de pierre, en train de sangloter, une arme posée sur la tempe.

Je gare la voiture sur un bateau et donne de violents coups de poing dans le volant. J'ai besoin d'air. Je sors et vais m'asseoir sur le trottoir. La tête entre les mains, je regarde mes larmes s'écraser contre l'asphalte.

ELLE

Sur le bas-côté de cette artère surchargée, le temps s'est arrêté. Laissant Arsène à son caniveau, je reste assise à la place du mort dans sa voiture stationnée à la va-vite. Mes veines pompent un sang glacial. À la seconde où j'ai vu le visage de mon fils, ma trachée s'est fermée comme une porte coupe-feu. Il me faut presque une minute pour reprendre mon souffle. Puis, avec l'air, les pensées affluent, froides et ordonnées. Première observation : Gabriel est vivant. Du moins l'était-il au moment où la vidéo a été prise. Ignorant soigneusement mes tripes qui se retournent, je la visionne à nouveau.

Le plan est suffisamment rapproché pour ne rien dévoiler des lieux, si ce n'est ce mur de pierres grossières contre lequel Gabriel est adossé. Par endroits, le ciment s'y effrite. La pièce est assez sombre, et son visage est éclairé par une lueur rasante qui ne semble pas électrique. À première vue, je tablerais sur un puits de lumière donnant sur l'extérieur. Une pièce en sous-sol, peut-être. Je lève les yeux vers le ciel, mesurant la luminosité ambiante. En soustrayant la chaleur des réverbères du boulevard, je trouve cette lumière caractéristique de la tombée de la nuit qui me laisse penser que la vidéo n'a été tournée qu'il y a quelques minutes. Mon cœur s'emballe. Gabriel est vivant. À moins que la prise de vue ne date d'hier, au même moment de la journée…

En me repassant une nouvelle fois les images, je scrute le visage terrifié de mon fils. La vidéo ne dure pas plus de quatre ou cinq secondes. Gabriel lance un regard suppliant de l'autre côté de la caméra. Il ne dit rien. On entend le cliquetis d'une cartouche qu'on chambre. Son menton se met à trembler, et son œil se ferme tandis qu'une main gantée vient poser un calibre au-dessus de sa tempe. C'est sur cette vision d'horreur que je fais pause, tâchant tant bien que mal de distinguer un élément qui pourrait m'en dire plus sur ce poing anonyme. Malgré la faible luminosité, quelque chose me frappe presque immédiatement : le gant de cuir n'est pas noir, il est marron. Je mettrais ma main à couper que ceux des agresseurs d'hier étaient noirs. Anecdotique, peut-être. On peut bien posséder plusieurs paires de gants. Et puis, je n'ai pas eu le loisir de vérifier la couleur de ceux que portait le conducteur de la camionnette. Pourtant, sans pouvoir expliquer pourquoi, ce détail m'intrigue. Plissant les yeux sur l'image, je suis soudain frappée par quelque chose. Quelque chose que j'aurais dû remarquer dès le départ.

Une bouffée d'adrénaline m'envahit. Je balance mon portable sur le tableau de bord, enjambe le levier de vitesses et prends la place du conducteur. À quelques mètres de là, Arsène n'a toujours pas relevé la tête. Il est prostré sur le bord du trottoir. J'allume le contact et fais vrombir le moteur pour attirer son attention. Quand il lève les yeux, je lui fais signe de monter. Il semblerait que dix ans sans me voir ne lui ont pas fait oublier le regard que j'ai quand il ne faut pas me faire attendre. Reprenant appui sur ses jambes flageolantes, il ouvre péniblement la portière et s'écroule sur le siège passager. Du menton, je désigne mon téléphone, en pause sur l'image de Gabriel, arme sur la tempe. À contrecœur, il le saisit, et pâlit une nouvelle fois. Mais je n'ai pas le temps pour ses états d'âme.

— Tu vois quoi, là ?

— Gabriel… Il…

— Je ne te parle pas de Gabriel. Le flingue, là. Il ne te dit rien ?

— Putain…

— Je ne suis pas folle, on est d'accord ?

— Putain.

Je démarre en trombe. Pas besoin de lui dire où nous allons. Saisissant mon portable dans sa main, j'appelle Nora Mansouri dont j'avais entré le numéro dans mes contacts. Pendant une seconde, j'ai l'impression qu'Arsène s'apprête à réprimander cette inadmissible infraction au code de la route. Le téléphone coincé entre l'oreille et l'épaule, j'enfonce l'accélérateur et lui jette un regard entendu.

— Fous-moi un PV.

Quand nous arrivons au Bastion, le commandant Mansouri nous attend déjà. Elle ne semble pas surprise de voir Arsène débouler à mes côtés. J'en déduis qu'elle est du genre perspicace, ce qui devrait me rassurer. Après m'avoir précipitamment serré la main, elle se contente de le toiser en marmonnant un discret « Commissaire ». Puis elle désigne mon téléphone et, à la manière d'un dentiste devant une bouche qui s'entrouvre, déclare d'un ton sérieux :

— Alors, voyons ça.

En scrutant les expressions de son visage tandis qu'elle visionne les images, je crois déceler une forme de malaise. Même si elle n'en formule rien, je sens qu'elle ne peut s'empêcher de faire les mêmes constats qu'Arsène et moi. À savoir que l'envoi d'une telle vidéo ne correspond en rien aux méthodes du réseau Charon, et que le flingue pointé sur la tempe de mon fils a tout l'air d'un Sig-Sauer, l'arme de dotation de la police nationale.

Après quelques paroles qui se voudraient rassurantes et que j'ai déjà oubliées, elle décroche son téléphone pour rameuter ses subordonnés qui, vu l'heure, devaient être en train de se dire qu'ils allaient enfin pouvoir passer une nuit tranquille. Lasse, je réponds à ses questions, puis Arsène et moi décidons d'aller profiter quelques minutes du café insipide et des néons blafards de la salle d'attente du Bastion pendant que mon portable passe une nouvelle fois entre les mains de techniciens zélés. En une brève conversation entrecoupée de bruits de succion sur nos gobelets en plastique, nous nous mettons d'accord sur les éléments qu'ils peuvent espérer en faire ressortir.

Tout d'abord, le numéro de téléphone de l'expéditeur qui, une fois décrypté par le service technique, ne manquera pas de se révéler être un *burner*, l'un de ces mobiles jetables si chers aux criminels, achetés par packs de douze par des encapuchés anonymes dans des boutiques anonymes, et détruits après usage. L'analyse montrera que ce *burner*-là n'a servi qu'une seule et unique fois, et qu'il n'appartient pour ainsi dire à personne. Quelqu'un le retrouvera sans doute démantelé au fond d'une poubelle, à proximité de quelque gare de la région où le ravisseur aura pris soin de se rendre avant d'envoyer la vidéo, afin que le téléphone ne borne pas trop près de l'endroit où est retenu Gabriel. De ce côté, il ne nous reste qu'à miser sur l'œil d'une caméra de surveillance qui aurait pu capturer un visage imprudent quelque part entre l'achat et la destruction du fameux téléphone. Là aussi, Arsène et moi sommes d'accord : une mécanique criminelle si minutieusement huilée n'aura probablement laissé aucune place à l'imprudence. Aux ripeurs de la Crim', maintenant, de fermer définitivement cette porte. Mais, pour nous, l'affaire est pliée. Reste l'analyse des images. Nos espoirs se focalisent sur le fait qu'elle puisse faire apparaître un détail qui nous aurait échappé, que ce soit sur le lieu où Gabriel est séquestré, sur l'identité de la personne au poing ganté, ou sur la provenance de cette arme incongrue.

Quand nous quittons enfin le Bastion, une nuit ébène a pris possession de la ville. J'ai raté un appel de Lionel, qui a dû essayer de me joindre avant de reprendre l'avion pour la France. En voyant la notification qui s'affiche, je me rends compte que mon mari n'a pas pris la peine de m'appeler une seule fois dans la journée. Lasse, je ne m'attarde même pas sur cette pensée. Sans un mot, je m'affale sur le siège passager de la voiture d'Arsène qui a proposé de me raccompagner chez moi. Pendant qu'il conduit en silence, je colle mon téléphone contre mon oreille et écoute le message que Lionel m'a laissé. Il monte dans l'avion. Il a pu récupérer l'argent de la rançon. Tout va bien se passer. Il m'aime. Il sera à la maison avant la levée du jour. Étrangement, ses mots, sa voix glissent sur moi. Replaçant mon portable dans ma poche, je me tourne vers Arsène et détaille son visage, comme pour y lire une réaction que je ne suis pas capable d'avoir moi-même. A-t-il seulement entendu quoi que ce soit ? A-t-il discerné la teneur du message ? Je l'ignore. Les yeux rivés sur la route, il reste impassible et ne m'adresse pas un regard. Je me tais.

Une nouvelle vibration de mon téléphone me fait sursauter. Avec la fatigue et les émotions accumulées depuis hier matin, je suis dans un tel état de nerfs que le moindre stimulus inattendu me fait l'effet d'un électrochoc. Sur l'écran, c'est le nom de mon frère qui s'affiche. Pour la énième fois. Après une profonde inspiration, je me décide à lui répondre.

— Allô ?

— Pauline ! Mais t'es où, bordel ? T'as disparu toute la journée, je t'ai appelée trois fois. Je commençais vraiment à m'inquiéter !

— Ça va, t'en fais pas pour moi. J'avais juste besoin de prendre l'air, de me retrouver seule avec mes pensées…

— Toute la journée ?

— Toute la journée.

Je le sens sceptique, mais il n'insiste pas.

— Toujours pas de nouvelles de Gabriel ?

D'une main tremblante, j'éloigne le combiné de mon oreille. Même si l'écran n'affiche que le temps d'appel, j'ai l'impression d'y voir encore l'image de mon fils mort de peur, flingue sur la tempe. Après quelques secondes d'un silence de dix tonnes, j'articule :

— J'ai reçu une vidéo.

— Quelle vidéo ?

Dans un souffle, je lui expose la situation. Mon épuisement m'empêche de mettre le moindre affect dans mon compte rendu, si bien que j'ai la désagréable impression d'être en train de lire un banal procès-verbal. À l'autre bout du fil, Arnaud accuse le coup.

— OK. T'es où ?

— En voiture.

— Je t'attends chez toi. Tu rentres ?

Mon cerveau se met à turbiner à mille à l'heure. J'ai l'impression absurde d'être une adolescente en pleine fugue. J'ai passé la journée à agir dans le secret, en ignorant sciemment les appels de ceux qui tiennent à moi, et peut-être aussi le bon sens. J'ai enchaîné les cigarettes et bu quelques verres de trop. Un étourdissement s'empare de moi. Le feu rouge auquel nous sommes arrêtés m'envoie dans les yeux une lumière qui se diffracte en traversant le pare-brise. Elle m'hypnotise. En apercevant mon reflet dans la vitre passager, je vois que les résidus de mon mascara d'hier m'ont laissé des traînées grisâtres sous les yeux. Dans mon imperméable en tissu trop léger pour la saison, je commence à grelotter. Il est tard. Il fait froid. À la maison, mon frère et toute sa bienveillance m'attendent. Mon mari viendra se blottir contre moi dans notre lit avant que le jour se lève. Mais je ne veux rien de tout cela. Alors j'articule.

— Non, je pense que je vais dormir chez un ami ce soir.

Le feu passe au vert, et Arsène ne démarre pas. Il me regarde. Derrière nous, un taxi maugrée avant de nous doubler par la droite. Un silence s'installe. Je ne sais pas ce qu'il comprend ou ce qu'il croit comprendre. Je ne rentrerai pas chez moi, cela semble assez clair. Mais cet « ami » chez qui je compte passer la nuit, est-ce simplement une excuse donnée à mon frère ? Est-ce quelqu'un d'autre chez qui je vais lui demander de me déposer ? Ou bien est-ce lui ? Dans la lumière incendiaire du feu qui passe à l'orange, mes yeux semblent lui donner la réponse. Il fait demi-tour.

Pendant que nous roulons en direction du canal Saint-Martin, je réfléchis à une explication à donner à ce changement d'avis soudain. Je crois savoir qu'Arsène ne m'en demandera pas, mais je ne peux m'empêcher d'essayer de comprendre ce qui vient de se produire dans mon esprit. N'ai-je simplement pas eu le courage d'admettre auprès de mon frère que j'avais passé la journée avec Arsène ? Ou bien est-ce plus compliqué que cela ? Malgré mon acharnement depuis près de dix ans à ne pas lui donner une réponse claire, Arnaud n'a jamais douté qu'Arsène est le père de Gabriel. J'ignore si la ressemblance qu'il ne cesse de leur trouver est motivée par des éléments concrets, ou s'il préfère juste se convaincre que son neveu ne peut être que le fruit du seul beau-frère qu'il ait jamais pu supporter. Quoi qu'il en soit, il m'a déjà fait savoir à plusieurs reprises combien il désapprouvait que l'intéressé n'en ait jamais été informé. Sachant combien il peut être imprévisible, je ne tenais pas à ce qu'il décide de mettre un coup de pied dans la fourmilière en croisant Arsène ce soir. Voilà une explication plausible. Lâche, sans doute, mais rationnelle.

Pourtant, au fond de moi je sais que ce n'est pas si simple. Pendant dix ans, je suis restée campée sur mes positions. J'ai refusé d'entendre ses excuses, puis ses griefs. Je l'ai purement et simplement soustrait à mon existence avec toute la froideur et l'obstination dont il me sait capable. Puis j'ai reconstruit ma vie avec Lionel, et je n'ai plus jamais regardé dans le rétroviseur. Seulement, depuis hier, le ciment de cette nouvelle vie s'effrite. Dès qu'Arsène a poussé la porte du bureau de Nora Mansouri, c'est comme si la partie de mon cerveau qu'il habitait autrefois s'était réveillée après un long sommeil. À l'intérieur, tout est resté exactement comme avant, à la manière de ces appartements de veufs qui refusent de déplacer un fauteuil, un édredon ou une coupelle en porcelaine, de peur de faire à nouveau disparaître celle qui ne reviendra jamais. Assise dans cette voiture aux côtés d'Arsène, j'ai l'impression de reprendre les choses là où elles se sont arrêtées dix ans plus tôt. Et de me poser enfin toutes les questions que j'ai rejetées en bloc depuis ce jour.

Dans le parking souterrain de son immeuble monolithique, Arsène coupe le contact. Un long moment passe, puis il se tourne vers moi.

— Pauline…

Rien d'autre ne sort de sa bouche. Je voudrais lui répondre, mais je ne sais pas quoi lui dire. En silence, nous sortons de la voiture et traversons le parking. Dans l'ascenseur, nous gardons tous deux les yeux rivés sur nos chaussures. Je crois qu'il sait que je voudrais lui tomber dans les bras. Et je crois que lui aussi. Mais il ne bouge pas. Il ne tente même pas l'un de ces regards de séducteur dont il usait et abusait quand nous nous sommes rencontrés. Alors qu'il fait tourner la clef dans la serrure, je me demande s'il a réellement changé.

Sans prendre la peine de me le proposer, il nous sert deux whiskys, et nous nous écroulons sur son canapé. Le tissu élimé dégage des effluves de Chanel. Oh, Arsène… Alors que mes paupières s'alourdissent, il pose une couverture sur moi. Je l'en remercie, et ferme les yeux pour ne pas voir son visage trop près du mien. Alors que le sommeil me gagne, je pense à mon mariage. À quel moment en suis-je arrivée à compter si peu aux yeux de Lionel ? Ai-je seulement été un jour autre chose qu'un satellite de sa vie ? Et si son indifférence est récente, comment penser que je n'en suis pas en partie responsable ? À côté de moi, Arsène finit son whisky. Je l'entends faire tourner un glaçon à l'intérieur de son verre. Sa présence est électrique. Je sais que je n'aurais qu'à me laisser glisser sur la gauche pour que ma tête se pose sur son épaule, puis à ouvrir les yeux et les plonger dans les siens pour que nos lèvres se retrouvent. Les yeux toujours clos, je me sens commencer à suffoquer. Une pensée vient de me frapper en pleine figure. Ce sentiment que je ressens, maintenant, est probablement exactement le même que celui qu'Arsène a dû ressentir une seconde avant d'embrasser Avril. Et de la même manière que l'image de Lionel ne m'apparaît qu'à travers un voile d'amertume et de reproche, ce jour-là, il a dû penser à moi et m'en vouloir. Se dire que si quelque chose était sur le point d'être gâché, il n'y tenait pas tant que ça de toute façon. À travers le sommeil simulé qui m'empêche de le voir, je me souviens tout à coup comment je l'ai laissé partir.

Cela faisait plusieurs semaines qu'il n'était plus lui-même. J'avais bien essayé, comme tous ceux qui le côtoyaient, de lui faire entendre raison. J'avais bien tenté de lui faire comprendre que la légitime défense n'avait pas obtenu son épithète par hasard, qu'il n'avait pas à s'en vouloir éternellement, qu'il fallait qu'il arrête de passer ses nuits à boire dans la théâtrale pénombre du salon pour venir me rejoindre dans la douce obscurité de la chambre. J'ignore s'il a fini par faire semblant de s'en remettre pour cesser de peser sur mon impatience, ou s'il est réellement passé à autre chose en commençant à fréquenter Avril. Mais je comprends maintenant combien j'ai refusé de le voir et de l'entendre, et comment je me suis distanciée de lui pour qu'il ne m'entraîne pas dans son naufrage.

LUI

Mes yeux s'ouvrent brusquement. Mon sang tambourine dans mes tempes. Je mets quelques secondes à voir la bouteille de whisky, les deux verres, ma table basse. Ripeur est lové en bas du canapé, sa respiration lente et bruyante m'apaise. Je sens un poids sur mon épaule. Ma tête pivote vers la droite, les yeux de Pauline sont clos, ses poings serrés. Elle est installée comme il y a dix ans. Machinalement, je regarde si nous sommes habillés. Tout va bien. Je soutiens son poids et l'allonge. Elle pousse un gémissement depuis les tréfonds de son sommeil. Je marche sur des œufs, mais je me souviens comment faire. Je lui caresse le front et la couvre jusqu'aux mâchoires avec un plaid épais.

J'ouvre la fenêtre, non sans avoir emporté mon verre et la bouteille de Lagavulin qui traîne sur la table. Dehors, le ciel arbore un voile couleur ténèbres que l'hiver est venu déposer sans que l'on s'y attende. En T-shirt, je frissonne. Enfiler un pull ne me semble pas la bonne option. Je fais couler une dose de liquide ambré dans mon verre. Largement plus que ce qui est recommandé par le ministère de la Santé. Je prends une première gorgée qui me brûle l'œsophage. Je n'avais pas fait ce cauchemar depuis des années. Peut-être la sensation de la peau de Pauline contre la mienne, de son corps qui a laissé sur chaque parcelle de mon être une empreinte indélébile.

Ce matin-là, mon réveil a sonné à 4 h 40, comme d'habitude. Pauline dormait dans notre lit. J'ai avancé à pas de loup dans la chambre pour ne pas la réveiller. En la regardant dormir à poings fermés, mon ventre s'est serré. J'ai déposé un long baiser sur son front, conscient, comme chaque matin d'interpellation, que je risquais de ne pas rentrer. Elle a marmonné un « Fais attention à toi, mon amour », et a fait semblant de se rendormir. Je savais pourtant qu'à la seconde où je claquerais la porte, elle irait s'installer dans le canapé, fumant clope sur clope en attendant un SMS laconique de ma part « Interpel OK. On rentre au service, ne m'attends pas ce soir. Je t'aime. » Depuis des années, nous jouions au même jeu.

Je suis allé dans la cuisine, ai démarré la machine à espresso, y ai glissé une capsule et commencé mon processus de réveil. J'ai allumé la radio en buvant mon café, bercé par la voix monocorde d'un journaliste mal réveillé. Une fois habillé, j'ai chambré une cartouche dans mon Sig-Sauer, comme d'habitude. J'ai fait ce geste qui était devenu anodin, que l'on m'avait fait répéter des centaines, des milliers de fois à l'École de police, dans le but que je le voie comme un acte du quotidien, l'équivalent d'ouvrir une boîte mail. Ce matin-là, j'avais chargé la mort. Je suis sorti dans la pénombre de notre joli appartement du Marais. Dehors, la nuit était encore froide, comme celle-ci. Seule la lueur blafarde des lampadaires éclairait les pas de ceux qui se perdent dans Paris quand il est à la fois trop tôt et trop tard. J'ai déverrouillé la 308 de service, et me suis installé sur le siège, grelottant, tournant le plus vite possible les boutons du chauffage. Sur le chemin, j'ai réalisé que j'étais en retard. Monseigneur, mon chef de groupe, allait encore me passer une soufflante. J'ai posé le gyrophare sur le tableau de bord et roulé pleine balle sur les voies de bus.

Arrivé dernier dans l'open space, j'ai eu droit à des regards réprobateurs de la totalité de mon groupe. Quelques minutes après, je descendais l'escalier, mon gilet tactique Police Judiciaire sur le dos. Mon pare-balles me gênait. Chuck portait un bélier, nous avions repéré la porte d'entrée la veille. Elle ne devrait pas nous résister bien longtemps. Nous avons roulé en convoi dans la nuit parisienne, jusqu'à une zone désaffectée de la banlieue sud. Pendant que nous traversions la capitale, je regardais les lueurs bleu ciel des gyrophares se refléter sur les façades vieilles de plusieurs siècles. Cela m'avait toujours hypnotisé. Arrivés à proximité, nous avons éteint les bleus et nous sommes garés discrètement. Pour ce serrage, nous avions décidé de ne pas faire appel à la BRI. Cette ordure était pour nous, et pour nous seuls. Doucement, nous avons monté les marches – l'immeuble était vieux, elles craquaient sous nos pas –, arme au poing, dos au mur, nos canons braqués devant nous, jetant furtivement un regard dans le trou de la cage d'escalier, histoire de ne pas nous faire surprendre.

Ma respiration était forte et saccadée. Je savais que nous n'allions pas tirer du lit un premier communiant. Arrivés au deuxième étage, Chuck s'est mis en avant pour exploser la porte à coups de bélier. Je lui ai chuchoté à l'oreille « Laisse-moi rentrer en premier, t'as des gosses. » Il m'a regardé de ses yeux bleu glace. Son visage s'est déformé. Il savait que j'avais raison, cette fois-ci. Il a saisi le bélier, s'est campé sur ses deux jambes. Sous son blouson d'aviateur, j'ai imaginé toute la masse de ses biceps concentrée pour frapper net. Il a fait balancer le bélier plusieurs fois dans le vide, jusqu'à porter le premier coup. BAM. La porte a faibli. Elle ne tenait plus à grand-chose. J'ai envoyé un énorme coup de rangers dedans, faisant voler la lourde qui s'est écroulée dans un assourdissant fracas. Les halos de nos lampes, immédiatement dirigés vers le couloir, ont fait apparaître un nuage de poussière en suspension. « POLICE !!!! »

Je suis rentré prudemment, mon arme pointée devant moi. Le corridor était desservi par trois portes. La première était à ma droite. J'ai jeté un coup d'œil dans la pièce. La cuisine. La suivante, sur ma gauche. La salle de bains. RAS. Le groupe me suivait. En colonne. Chuck avait rangé son arme. Il avait sa paire de menottes à la main. La chorégraphie était bien rodée, depuis cinq ans. Je braquais, il pinçait. J'ai franchi rapidement les derniers mètres qui me séparaient de la dernière porte. Selon le cadastre, l'appartement était un trois pièces. Il était forcément derrière. Seulement quelques secondes s'étaient écoulées depuis le premier coup de bélier. On pouvait encore jouer sur l'effet de surprise. J'ai ouvert la porte. « POLICE ! Bouge pas, connard ! » Le faisceau de ma lampe a balayé la pièce à toute vitesse. Un seul lit, occupé par trois personnes. Un bordel sans nom tout autour. Des mouvements brusques dans le lit. Ma lampe les a éclairés. Il était là. « POLICE ! Bouge pas, j'ai dit. » Je l'ai regardé précipiter ses mains sous le lit et en sortir un fusil à pompe. Il l'a pointé sur moi. J'ai riposté instantanément en pressant la détente de mon Sig-Sauer.

Les deux coups de feu ont fait un raffut énorme. Acouphènes. Je n'entendais plus rien. Je ne voyais plus que de la fumée dans la pièce. Chuck a asséné trois mandales à notre objectif en le tirant du lit de toutes ses forces, l'autre avait le nez et la bouche en sang. Il l'a plaqué au sol et l'a menotté avec l'aide de Monseigneur. Notre enfoiré hurlait des injures dans une langue que l'on ne comprenait pas. Je n'avais pas encore baissé mon arme. Mes mains tremblaient et je n'entendais plus rien. Derrière l'écran de fumée provoqué par la poudre, la scène me semblait irréelle. Les corps étaient en lutte. Les premiers cris que j'ai entendus étaient ceux d'une femme. J'ai vu du sang sur les draps. Trop de sang pour un saignement de nez. Je me suis mis à trembler, j'ai eu envie de lâcher mon flingue. Je l'ai rangé dans mon holster. J'ai voulu m'approcher du lit. Caligula, notre procédurier, m'a retenu. Marion, l'autre ripeur du groupe, a menotté la femme par précaution. Mon cœur s'accélérait. Un troisième corps gisait en travers du lit. Entouré d'une flaque de sang.

Quand la fumée s'est dissipée, j'ai compris. Mes poings se sont serrés, la poigne de Caligula s'est faite plus ferme. Je l'ai entendu me dire « Sors de la pièce ».

Une seconde plus tôt, tous mes muscles étaient contractés, noués. En entendant ces mots, je me suis transformé en pantin désarticulé. Incapable d'opposer la moindre résistance. Il m'a doucement emmené vers la sortie de la chambre. Le suspect et sa femme, que mes collègues avaient conduits dans la cuisine, poussaient des cris qui semblaient venir du plus profond des abysses. Avant de sortir, j'ai posé mes yeux au-dessus de la porte. La balle de fusil à pompe qui m'était destinée était venue se loger dans une de ces gravures orthodoxes censées représenter la Vierge et l'Enfant-Jésus. J'aurais préféré qu'il ne me loupe pas. Comment un beau voyou comme lui avait-il pu viser aussi mal ?

L'une de mes larmes vient s'écraser dans mon verre de whisky. Décidément, je ne sais que chialer sur mon sort. J'entends encore les coups de feu, les cris, la voix de Caligula. Ça fait onze ans, et j'ai l'impression que c'était hier. Il m'a fallu une minute pour basculer de l'autre côté. Pour vivre ce moment précis où l'on arrête de jouer au flic. Les premiers mois, j'avais aimé avancer, veste en cuir sur l'épaule, holster à la ceinture, dans les couloirs du 36. Quand les anciens, derrière leurs bureaux, voyaient débarquer un énième bleu, je me prenais pour Belmondo. J'allais écluser quelques pintes dans les pubs de Saint-Michel, en faisant en sorte que mon flingue se voie un peu, mais pas trop. Ça plaisait aux filles. Derrière ce folklore se cachaient des démons que je ne soupçonnais pas. La mort de Roxanne, l'affaire Gallardo, puis cette interpellation de trop. Sans vraiment m'en rendre compte, je suis devenu de ceux qui regardent les petits bleus arriver avec un regard triste. Comme les autres, j'ai décidé de ne rien leur dire. Les rêves de flic, c'est comme le Père Noël. Il faut laisser les gamins y croire aussi longtemps que possible. Qui suis-je pour briser les illusions d'un môme qui vient de sortir d'école ? Qui suis-je pour considérer qu'il tombera automatiquement dans le même tourbillon d'angoisses que moi ? Peut-être que lui s'en sortira mieux que les autres. Peut-être que le petit Eugène sera heureux toute sa vie. Finalement, c'est peut-être moi qui crois encore au Père Noël…

Ripeur se met à grogner, entraînant un gémissement de Pauline. Je me dépêche de la recouvrir du plaid qui est tombé sur la tête du chien. En posant mes mains sur elle, je ne peux m'empêcher de détailler les courbes parfaites de son corps et l'harmonie indécente de son visage. Quand j'ai dégringolé, elle n'a eu de cesse de me tendre la main, et je n'ai jamais voulu la saisir. Une vibration sur la table basse. L'écran du téléphone de Pauline s'éclaire. Vieux réflexe, je regarde. Indiscrétion de flic ou éternel manque de confiance en moi, j'ai toujours fait ça. Et cette fois-ci n'échappe pas à la règle. Un SMS de Lionel « Suis à la maison. J'ai l'argent de la rançon. Il faut agir vite. Tu n'es pas là. Que fais-tu ? Tu ne peux pas nous abandonner maintenant. Dis-moi où tu es, j'envoie le chauffeur te chercher. »

ELLE

Le jour n'est pas encore levé lorsqu'Arsène me réveille. Dans son regard, je retrouve une lueur que je n'avais plus vue depuis des années. Celle du flic – ou du chien de chasse – qui a flairé quelque chose. Son visage est grave, son ton urgent.

— Pauline, ça vient de me frapper.

— Mmmmh… ?

— Rien ne colle. Ce n'est pas Charon.

— Comment ça, ça vient de te frapper ? Ça fait deux jours que tu dis que ce n'est pas Charon.

— Je sais. Mais là, je commence à comprendre, et il va me falloir ton aide pour assembler le puzzle.

Me redressant péniblement, je me frotte les yeux et secoue la tête pour reprendre mes esprits. Le plaid, l'appartement d'Arsène, les bureaux de la Crim', la camionnette… En deux secondes, mon cerveau se refait le film à l'envers. Impatient, Arsène m'observe en attendant que les connexions se fassent, puis se lève et commence à faire les cent pas.

— Depuis le début, il y a un truc que je sens pas. Un truc bizarre. Ce n'est pas une banale affaire d'enlèvement, ça, on l'a compris. On a des ravisseurs qui veulent clairement attirer l'attention, et jusqu'ici on n'arrive pas à comprendre pourquoi. Mais…

Il marque une longue pause, puis, du menton, désigne mon portable posé sur la table basse.

— Ton mari vient de t'envoyer un message.

Avant que j'aie eu le temps d'attraper mon téléphone pour le lire, il embraie.

— Il est chez vous avec l'argent de la rançon, et il t'attend pour faire la plus grosse connerie de sa vie.

Je lui balance mon regard le plus noir.

— Tu lis mes messages ?

— J'ai toujours lu tes messages. Et tu le sais.

Je ne peux pas le contredire. C'est d'ailleurs un défaut qui m'a toujours rendue dingue chez lui. Mais ce n'est vraiment pas le moment de ressusciter cette vieille dispute.

— Bref. Quel est le rapport ?

— Bon, écoute. J'ai peut-être mal réagi tout à l'heure, mais tout bien réfléchi, je pense que tu avais raison. Si quelqu'un est visé, c'est ton mari. Par contre, je doute que ce soit pour les raisons que tu penses…

— Qu'est-ce que tu racontes ?

De nouveau, il se met en marche pour suivre ses pensées. Le bruit mat de ses pas fait résonner le plancher en bois brut.

— Regarde ! On a un magnat de la presse friqué, et on lui en veut pour une raison ou pour une autre. On est prêt à tout pour le pourrir. Coup de bol, il se trouve que cet encravaté n'a pas pu s'empêcher de planquer de l'argent, beaucoup d'argent, dans un paradis fiscal. On ne sait pas exactement où, on ne sait pas exactement combien, mais ce qu'on sait, c'est qu'on tient le bon fil pour le faire tomber.

— Je ne crois pas que…

Habité par son raisonnement, il m'ignore.

— Le seul souci, c'est que le type est prudent. Et nous, ce qu'on veut, c'est le coincer, preuves à l'appui. Donc il faut le faire sortir de son terrier. Lui mettre suffisamment de pression pour qu'il agisse sans réfléchir. Alors on kidnappe son môme…

Je le coupe.

— Enlever un enfant ! Tu ne trouves pas que c'est pousser les méthodes un peu loin pour une simple histoire de fraude fiscale ?

— Si, et c'est justement ce qui m'inquiète. Ces types sont prêts à tout. Et aller aussi loin… Ça me pousse à penser qu'il ne s'agit peut-être pas d'une banale affaire de fraude fiscale. Il y a forcément quelque chose de plus gros derrière.

Je hausse un sourcil perplexe, ce qui ne l'empêche pas de poursuivre.

— Peut-être qu'il planque plus que du fric, ton brave mari… Ou peut-être que l'argent est sale.

— Ou peut-être que tu délires complètement ! Peut-être que quelqu'un lui en veut juste personnellement. Quelqu'un de dangereux. Lionel a bossé sur Charon il y a quelques années. Une enquête monstre. Il m'a dit que son boulot d'investigation avait plus que largement contribué à faire tomber toute une branche du réseau en

Amérique du Sud. On devrait peut-être chercher de ce côté-là, non ?

Arsène prend un air pensif.

— Des sbires de Charon qui l'auraient pris en grippe, et qui auraient décidé de se venger… Hum…

Je renchéris.

— Et s'ils veulent braquer les projecteurs sur eux, c'est pour cultiver leur image. Pour faire peur. Pour que tout le monde sache bien qu'ils n'entendent pas se laisser marcher sur les pieds.

Un silence s'installe. Pendant un instant, je crois l'avoir convaincu, mais il ouvre la bouche pour objecter.

— Dans ce cas, ils…

Les mots restent coincés dans sa gorge. Il plante ses yeux dans les miens et les sonde comme s'il cherchait à y lire la réponse à une question qu'il serait incapable de poser. Sans doute croit-il qu'il n'a pas besoin d'en dire plus, qu'aujourd'hui encore, mes pensées devancent la fin de ses phrases. Je reste sans ciller le temps qu'il comprenne que nous ne sommes plus deux moitiés d'un même bloc, et que je ne le connais plus assez pour deviner ce qu'il pense. Après quelques secondes de gêne, je le vois prendre une profonde inspiration et m'envelopper d'un regard étrange. Le genre de regard qui se place autour de vous comme une armée d'immenses coussins prêts à amortir le choc de votre chute imminente. C'est alors que je comprends où il veut en venir. Dans un souffle, je termine sa pensée.

— Dans ce cas, ils vont le tuer.

À ces mots, son regard change. Il semble surpris.

— Non : dans ce cas, ils l'auraient déjà tué.

— Pas s'ils attendent d'attirer l'attention avant que le couperet tombe. C'est une opération de com!

— Mais pourquoi se fatiguer à faire une demande de rançon, alors?

— Peut-être qu'ils veulent le beurre et l'argent du beurre. Ou alors peut-être qu'ils ont l'intention de faire capoter la remise de la rançon, et de tuer Gabriel ou, pire, le mettre effectivement entre les mains d'un réseau pédophile, pour l'exemple!

Ma respiration s'accélère. Je sens qu'Arsène ne me suit pas.

— Mais ça n'a pas de sens! Si c'étaient des gars de Charon, ils en resteraient à leurs méthodes, puisqu'elles marchent. Pourquoi sortir autant des clous? Et ce pédophile assassiné, quel intérêt pour eux?

C'est mon tour de me lever. J'arpente la pièce d'un pas nerveux.

— À notre connaissance, Charon n'a jamais mis à exécution ses menaces. Tous les enfants capturés ont été rendus à leurs familles après que la rançon a été payée. Ils doivent se dire que si leur chantage à la pédophilie se termine toujours bien, ils vont finir par ne plus être crédibles. Alors ils condamnent un gamin pour l'exemple. Et ils en profitent pour se venger d'un type qui leur a nui. C'est pour ça qu'ils ont demandé moins d'argent que d'habitude. Cette rançon, ils ne comptent pas en voir la couleur!

— Ça ne colle pas, Pauline. Si c'était Charon, et s'ils voulaient effectivement montrer l'exemple, ils n'auraient pas besoin de prendre autant de risques. Là, ils jouent la montre. Pourquoi?

Je marque une pause. Mon cerveau tourne à mille à l'heure.

— Tu as raison…

Arsène ouvre la bouche pour répondre, mais je lui coupe l'herbe sous le pied.

— Ils la veulent, cette rançon.

— Quoi ? Non ! Pauline, non. Ce n'est pas ce que je veux dire.

J'attrape mon manteau et mon sac à main à la va-vite.

— Il faut que je rentre.

— Pauline, arrête ! Ce n'est pas Charon. Ne te laisse pas manipuler !

Ses mots disparaissent derrière la porte que je claque. Je dévale les escaliers, sors de l'immeuble, et saute dans le premier taxi.

Lorsque je passe la porte de notre appartement, Lionel m'attend avec un regard noir. En retrait dans le salon, Arnaud semble être dans l'incompréhension la plus totale. Afin d'éviter d'avoir à découvrir lequel des deux va me sauter à la gorge le premier, je décide de mettre cartes sur table tout de suite.

— Avant que vous ne me demandiez, j'étais avec Arsène. Un de ses anciens collègues et lui m'ont proposé leur aide pour retrouver Gabriel, et je n'étais pas en état de refuser.

Un silence s'installe, qui me laisse le temps de contempler combien les deux hommes réagissent différemment à cette information. Dans les yeux de mon frère, je lis une sorte de soulagement, comme si retourner voir Arsène en ce moment critique avait été la meilleure décision que j'aie prise de toute ma vie. Lionel, lui, n'a pas l'air de l'entendre de cette oreille. Un rictus collé sur le visage, il me toise de haut en bas et lâche un rire jaune et étouffé.

— Arsène Galien ?

Mes joues rougissent sous le vent de mépris qu'il vient de souffler. Je plante mes yeux dans les siens d'un air de défi.

— Arsène Galien.

LUI

Le bruit de cette foutue porte qui claque réveille en moi le pire des souvenirs. La façon dont nous avons réussi à nous détruire. Moi, enfermé dans ma douleur, refusant de voir la sienne. Comme si mon malheur ne pouvait exister que seul, comme si ma chute ne pouvait entraîner personne avec elle. Et pourtant, courageuse, elle a été là. Elle m'a pris dans ses bras sans jamais rechigner quand, dans la nuit, les cris la réveillaient. Elle m'a accompagné à toutes mes séances de psy, m'invitant systématiquement au restaurant après, histoire d'en faire un rituel agréable. Elle m'a tenu la main jusqu'à imprimer mes empreintes sur ses phalanges, et je l'ai balayée d'un revers de manche. Je l'ai oubliée dans les bras d'une autre, qui se foutait bien de la façon dont je vivais le drame de ma vie. Quand elle est partie, j'ai été froid, distant. J'imaginais que je n'avais plus besoin d'elle, je l'associais à ce qui s'était passé ce matin-là. Je voulais me débarrasser de tout ce qui pouvait me rappeler le Arsène Galien de l'époque.

Ma descente des escaliers ne s'est jamais faite aussi vite. Comme si je fuyais tout souvenir de sa présence, cherchant l'air frais du canal Saint-Martin comme un exutoire. Je démarre le moteur et me dirige vers le pub canadien. Mon trajet a des allures de course contre la montre. Il faut à tout prix que je trouve une solution pour empêcher Lionel de verser la rançon. Je me gare en même temps que Chuck. Il est 8 heures du matin et, comme à son habitude, le bar dort encore. Le sol poisseux fait couiner la semelle de mes baskets. La seule lumière vient des néons publicitaires des tireuses à bière que le serveur a dû oublier d'éteindre hier soir. Comme celle d'un alcoolique qui cuverait paisiblement sur sa paillasse, une odeur rance de transpiration mêlée à de la tequila bon marché donne la touche finale à ce tableau pathétique.

Quand Chuck ouvre la porte de l'arrière-salle qui mène à nos locaux, on tambourine à la porte. Le reflet du soleil m'empêche de distinguer clairement le visage du poivrot qui veut sûrement s'en coller un petit derrière la cravate dès le matin. Grand, fin, habillé d'un manteau élégant et d'un costume-cravate, je dois faire quelques pas vers l'entrée pour reconnaître Christian Hermann. Les yeux ronds comme des billes, j'ouvre la lourde au taulier de la Crim' qui, de toute évidence, se gèle les miches.

— Bonjour Christian, qu'est-ce que tu fous là ?

— Salut Galien, il ne faut pas non plus avoir fait Polytechnique pour savoir que c'est là que tu te planques. C'est en face du 36, et il y a des réserves de whisky.

— Et je suppose que tu es venu m'apporter les croissants parce que tu me trouves joli garçon.

Il sourit.

— Je suis déçu, je te pensais plus chouquettes… À croire qu'on ne connaît jamais vraiment les gens.

— Tu veux un café ? C'est aussi parce qu'il est bon et à volonté qu'on squatte ici.

— Vendu, tu me montres ton burlingue ?

Je guide le divisionnaire dans l'arrière-salle, puis nous montons l'escalier de service. Chuck est déjà à sa table, stabilo à la main. Quand j'arrive avec Hermann, il me lance un regard interloqué. Je lui coupe l'herbe sous le pied.

— Tu connais Christian Hermann, je suppose.

Il se lève et lui tend une main amicale.

— De réputation, seulement. Enchanté, patron.

Je coupe court aux salamalecs en tendant sa tasse au « patron ».

— Alors, qu'est-ce qui t'amène, mon cher Christian ?

— Vous avez tous les deux vu la vidéo ?

— Oui, j'ai affranchi Chuck par téléphone hier.

— Parfait. Figure-toi que nos ripeurs ont cravaché toute la nuit avec l'IJ, et que ça a porté ses fruits…

Je commence à perdre patience.

— Christian, sauf ton respect, peux-tu éviter les suspenses de romans de gare ?

— Bon, si vous ne goûtez pas mes talents de scénariste, je vais aller droit au but. On a réussi à remonter le calibre.

Je bondis de ma chaise.

— Comment ?

— Je te la fais courte. Comme vous, on a identifié qu'il s'agit d'une arme de la boîte, et le technicien de l'IJ, en bossant comme un acharné, a sorti le numéro de série.

Chuck se frotte les mains.

— Bon, nickel, on avance. Excusez-moi, patron, mais pourquoi vous ne remontez pas la piste vous-même ?

— Parce que le calibre appartient à un collègue de la BRB. Et quand j'ai voulu en savoir plus sur lui, on m'a opposé la formule consacrée, « Vous n'avez pas le droit d'en connaître ». En gros, ce collègue est protégé en haut lieu, et personne ne veut qu'on sache ce qu'il fabrique.

Je souris légèrement.

— Par conséquent, vous comptez sur les barbouzes du 36 pour enquêter en sous-main…

— J'ai le nom et le grade du collègue, Galien. Tu prends ou tu ne prends pas ?

Je me saisis d'un stylo et d'un Post-it.

— Je suis tout ouïe.

— Il s'appelle Marc Valeschi, commandant à la BRB, chef du groupe cambriolages. Tu connais ?

— Pas du tout, désolé.

— Bon, je ne m'éternise pas. Tu me tiens au courant de tes recherches ?

— Promis, merci du tuyau.

Hermann quitte le bureau en saluant Chuck de la tête. Je ressens une forme d'excitation que je croyais totalement disparue. Celle du chien de chasse. Je pose mon café et m'approche de Chuck.

— Putain, il va falloir qu'il s'explique, le collègue. Tu viens avec moi, on va le coller au mur.

Mon coéquipier se marre.

— Alors déjà, Arsène, quand tu dis *on* va le coller au mur, j'ai pas souvenir que ce soit toi qui l'aies déjà fait une seule fois, et en plus, on ne va pas procéder comme ça…

Je me sens légèrement piqué au vif.

— Ah, tu as une meilleure idée ?

— Il y a un truc symptomatique chez les commissaires, c'est que vous ne parlez qu'entre vous. Hermann n'a jamais demandé si je connaissais Valeschi, par exemple…

Je m'apprête à le prendre dans mes bras. L'image de Gabriel vivant me donne une énergie folle. Au moment où je me dirige vers la porte, il m'interpelle.

— Tu fais quoi, là ?

— Ben, je file à la BRB discuter avec le collègue. Et tu viens avec moi.

— Non, camarade. Tu vas t'asseoir deux minutes avant.

Je bouillonne.

— On n'a pas le temps, la vie de Gabriel est en jeu.

— Raison de plus, Arsène. Pose-toi, tu agis de façon complètement désordonnée, là. Souviens-toi de tes cours de l'École des commissaires, j'en sais rien…

Je pose mon séant dans le vieux canapé, prêt à boire les paroles de cette montagne de muscles.

— Alors, Valeschi, je l'ai connu à la BAC de Saint-Denis, donc ça remonte déjà pas mal. C'était notre jeune officier. Il était très respecté, plus courageux que les autres, avec un flair à toute épreuve. Bref, l'archétype du bon flic de terrain.

Je ne relève pas l'usage du terme « archétype », même si j'en arrive à me dire que Chuck doit passer ses soirées dans les bouquins en ce moment.

— Je ne sais pas pourquoi, Chuck, mais ça sent l'histoire avec un « mais ».

— Mais… Il était assez proche d'une bande qui sévissait dans les beaux quartiers et qui habitait à Aubervilliers. Des monte-en-l'air qui ne cambriolaient que du VIP. Avec parfois saucissonnage et torture au fer à repasser à la clef. Bref, des enfants de chœur.

— Qu'est-ce que t'entends par « proche » ?

— Ben, l'un d'entre eux était son indic. Et il ne lui refilait que des affaires en or massif. En échange, les mecs pouvaient faire ce qu'ils voulaient sur le département, et Valeschi fermait sa gueule.

— C'est plutôt un bon deal, non ? Vu que les mecs sévissaient dans les quartiers rupins…

— Sauf que, au bout de quelques mois, il a commencé à se fringuer un peu mieux, à venir au boulot dans une super bagnole…

— Ah, je vois le genre. Et comment ça s'est terminé ?

— Ben, officiellement, il a été muté à la BRB et on n'a plus jamais entendu parler de lui dans le 93. Mais apparemment, il leur aurait ramené l'affaire du siècle grâce à ce fameux tonton. Et c'est pour ça que la BRB l'aurait recruté et qu'ils auraient continué à le couvrir.

J'écoute religieusement Chuck me raconter cette histoire digne d'un film de Scorsese. La réalité dépasse parfois la fiction. Le rapport d'autodépendance qui peut exister entre un flic et son informateur n'existe quasiment pas pour les enquêteurs de la Crim'. On a un cadavre, on enquête, voilà tout. Dans d'autres services, les indics sont des rouages essentiels de la machine. Il faut savoir les préserver, les protéger, s'en prémunir, aussi. Le piège, c'est qu'ils ont tout autant besoin de nous. De services en services, on finit par mordiller la ligne, puis rouler dessus, puis la dépasser jusqu'à finir dans le décor d'un tribunal correctionnel. Pendant un pot de la brigade des stups, un des chefs de groupe faisait semblant de se lamenter que son boulanger, qui était un bon père de famille, qui payait ses impôts, ne lui apportait pas d'affaires. Pourtant, il avait accepté sans réserve son immatriculation au fichier ultraconfidentiel des sources. Le chef de groupe ne comprenait décidément pas. Évidemment, arrosé de quelques verres, le sketch avait fait rire tout le monde. Peut-être aussi parce que la vérité était là, sous-jacente. Pour connaître le milieu des voyous, on a besoin de voyous. Avec un train de vie, un fonctionnement marginal. Des types qui n'ont jamais rempli un formulaire de sécu, qui ont toujours tout payé en liquide, et à qui l'on dit un beau jour « l'administration veut te rentrer dans un fichier ». Un ancien m'a dit que celui dont il faut se méfier, c'est celui qui accepte. Selon lui, soit il est sorti du système et cherche à monnayer des infos bidons, soit ça l'arrange d'être fiché pour couvrir plus gros. Les relations flic-indic sont un jeu de dupes et de pouvoir au sein duquel le chasseur peut parfois devenir la proie. Plus les affaires sont belles, plus les indics sont gros, et plus les flics prennent des risques. Si la hiérarchie peut parfois se boucher le nez, à la moindre erreur, la chute sera fracassante.

— Oh, Arsène, t'es avec moi ?

Chuck me ramène à la réalité.

— Oui, on va filer à la BRB et demander des infos sur ce Valeschi.

— On n'a pas le temps d'aller se renifler le cul avec la BRB. Ils ne vont rien nous lâcher, on va mettre des plombes à avoir une info bidon. J'ai envoyé un SMS à un pote qui m'a filé son adresse. On va aller le voir. Il a pris une matinée de récup.

— Putain, comment t'arrives à avoir toutes ces infos ?

— J'ai mon réseau…

— C'est quoi ton réseau ?

— Celui des shakers de protéines. Désolé, mon grand, mais t'es pas près de l'infiltrer, celui-là. Allez, bouge. Chaque seconde compte. Comment ça s'est passé avec Pauline, hier ?

Je réponds à Chuck en fonçant vers la voiture.

— Crois-le ou non, elle a dormi chez moi tout habillée, et j'ai appris que Rupin Ier allait payer la rançon.

— Mais il est con, lui ? Tu lui as dit qu'il ne fallait pas ?

— Évidemment, mais l'autre ne veut rien entendre.

— Bon, on va aller voir ce que ça donne chez Valeschi, si ça se trouve on aura assez de billes pour retrouver le petit avant la remise de l'argent.

Nous traversons Paris sirène hurlante pour arriver en bas d'un immeuble du 14e arrondissement. Chuck ouvre la porte avec son pass Vigik, véritable sésame qui nous permet de ne pas galérer en bas d'un immeuble pendant des plombes. Arrivés devant la porte de Valeschi, je fais retentir la sonnette qui émet un son trop strident pour la nuit que je viens de passer. Pas de réponse. Je recommence, plus longtemps. Toujours rien. Chuck se met à tambouriner sur la porte, qui s'entrouvre sous ses coups. Nos regards se croisent et nous entamons notre chorégraphie si bien rodée. Arme au poing, à pas de loup, nous explorons chaque recoin de l'appartement. En entrant dans le salon, Chuck range son calibre immédiatement. Comme dans un mauvais film d'action, nous nous lançons un nouveau regard entendu. Je décroche mon téléphone.

— Allô, Hermann ? On vient de trouver Valeschi chez lui avec une balle dans la tête…. OK, on t'attend.

ELLE

Nous nous tenons face à face dans l'entrée, le regard déterminé et le corps tendu tels deux adversaires qui attendent que la cloche sonne sur le ring. Lionel n'est pas du genre à se laisser emporter. Il y en a qui frappent fort, lui se contente de viser juste. À travers ses yeux plissés de colère, je le vois peser soigneusement ses mots. Comme s'il était conscient que ce qu'il allait dire pouvait tout faire basculer. Derrière lui, Arnaud s'est levé du fauteuil et avance timidement. En se faufilant vers la porte, il mesure ses pas pour laisser autour de nous un périmètre de sécurité et murmure :

— Bon, heu… Je vais vous laisser discuter tranquilles.

Un ange passe puis, d'une seule voix, Lionel et moi répondons « Merci » sans tourner la tête vers lui. Chacun est prisonnier du regard que nous maintenons. Le rompre serait baisser sa garde et s'exposer à un coup mortel.

Mon frère passe la porte et la referme le plus délicatement possible. Le silence perdure. Pendant quelques secondes, je tends l'oreille pour entendre ses pas s'éloigner dans le couloir. Je jurerais que Lionel est en train de faire exactement la même chose. Les bourgeois savent maintenir un calme de façade. Les seules oreilles qui soient témoins de leurs cris sont celles des murs. Autour de moi, je peux presque sentir les moulures se contracter pour se préparer à l'orage. Au loin, on entend les portes de l'ascenseur s'ouvrir et, enfin, se refermer. Top départ. Lionel me balance un regard de mépris que je ne lui ai encore jamais vu, puis lâche, d'un air entendu :

— Je ne te demande pas si tu as passé la nuit chez lui.

— Tu ne me demandes pas, non.

Je crois que ma froideur le prend de court. Je voudrais lui dire que, contrairement à ce qu'il pense, je n'ai pas couché avec Arsène, mais la seule idée de cette conversation me fatigue. Alors je ravale mon plaidoyer. Lui se contente de soupirer.

— Je savais qu'il ne pourrait pas s'empêcher de se mêler de ce qui ne le regarde pas…

— Ça le regarde un peu, quand même.

Je n'ai pas senti les mots se frayer un passage entre mes lèvres. Mon mari me fusille du regard, mais ne répond rien. Dans une profonde inspiration simultanée, nous enfouissons soigneusement le sujet sous le tapis. Comme à notre habitude.

Comme pour tourner une page, Lionel glisse ses doigts dans son épaisse chevelure et fait valser sa raie de droite à gauche.

— Et le grand Arsène Galien t'a-t-il apporté ses lumières ?

— Si on veut…

Il lève les yeux au ciel.

— Tu veux bien développer un petit peu ?

— Je pensais que tu te fichais de son avis.

— N'en rajoute pas, siffle-t-il. Tu crois que c'est facile pour moi de me rendre compte que tu préfères te tourner vers ton ex plutôt que vers moi pour trouver du réconfort ?

Je baisse les yeux.

— Mais l'heure n'est pas à la jalousie, ajoute-t-il. Alors j'encaisse. Après tout, il est flic. Il a peut-être un regard intéressant sur cette affaire, c'est tout.

— Je…

Soudain, la tête me tourne. La fatigue embrume mes pensées. Voyant mon regard se brouiller, Lionel prend mes mains dans les siennes.

— Viens.

Il enroule son bras autour de mes épaules et m'emmène vers le canapé du salon. Une fois assis, il pose sa main sur ma cuisse et me caresse le bras de l'autre.

— Écoute, Pauline. Tout ce qui m'importe, c'est Gabriel. Qu'on le retrouve sain et sauf…

Une fraction de seconde, ses yeux se mettent à briller. Mais à peine ai-je eu le temps de le remarquer que déjà son visage se pare d'une pudeur virile. Il se referme, refusant encore et toujours de se laisser aller à l'émotion. En ravalant sa salive, je le vois retrouver l'attitude d'un homme en contrôle, prêt à peser froidement le pour et le contre.

— Dis-moi ce qu'il t'a dit. Dis-moi ce qu'il pense.

Je gonfle mes poumons, et concède.

— Il pense que ce n'est pas Charon, et qu'on fait une grosse connerie en voulant verser la rançon.

Lionel bondit.

— Quoi ? Et toi, tu es d'accord avec lui ?

— Je ne crois pas, non.

— Tu ne *crois* pas ? Qu'est-ce qu'il est allé t'inventer comme histoire ?

— Il trouve qu'il y a des incohérences avec le fonctionnement habituel de Charon…

Mais il ne me laisse pas finir.

— C'est absurde ! Ton fils a été enlevé, et on tergiverse sur le profil des kidnappeurs ? Réseau Charon ou pas, c'est du détail. Débusquer les criminels, c'est le boulot des flics. Qu'ils se creusent la tête, qu'ils développent leurs théories, très bien ! Et s'ils retrouvent ces salauds, crois-moi, je serai le premier à me réjouir. Mais toi et moi, on doit penser à court terme. Notre problème à *nous*, c'est qu'on nous a demandé une rançon pour récupérer Gabriel.

Je ne sais plus quoi penser. Dans mon cerveau, les points se connectent dans un sens, puis dans l'autre, jusqu'à dessiner une toile d'araignée illisible dont ma raison ne parvient pas à s'extraire. Voyant que je ne le suis pas, Lionel s'agite. Sur son front, la sueur commence à perler. D'un geste brusque, il saisit la mallette de cuir qui reposait contre le pied de la table basse. Je suppose qu'elle contient le fameux million d'euros en liquide. À bout de bras, il la hisse à hauteur de mon visage et la secoue devant mes yeux. Je vois les veines palpiter sous la peau de sa main crispée sur la poignée noire.

— Réveille-toi, Pauline ! Ce n'est pas le moment de se laisser aller. Tu m'entends ? Si on merde maintenant, ils vont le tuer !

Alors que je le regarde d'un œil hagard monter sur ses grands chevaux, les mots d'Arsène me reviennent en mémoire : « Si quelqu'un est visé, c'est ton mari. » Mon cœur s'emballe. Si, comme il le soupçonne, les ravisseurs ont voulu faire en sorte que Lionel baisse sa garde, le moins qu'on puisse dire est que la mission est accomplie. Lui qui d'ordinaire a un esprit tellement critique que c'en est épuisant, lui qui est plus cartésien que Descartes, est en train de se laisser complètement aveugler par la panique. Exactement comme moi tout à l'heure. Me levant du canapé, je me plante devant lui et plonge mes yeux dans les siens.

— Tout cet argent... Lionel, réponds-moi honnêtement. Est-ce que tu me caches quelque chose ?

Son ton et son bras retombent d'un seul coup. La mallette vient s'écraser violemment contre son tibia, lui arrachant un furtif gémissement de douleur.

— Comment ça ?

Il ne me reste plus qu'à jouer cartes sur table. Alors je lui expose la théorie d'Arsène sur une machination orchestrée dans le but de le faire tomber. D'abord fuyant, Lionel écarte complètement le volet qui impliquerait qu'il ait des activités illégales, financières ou autres. À la place, il ne rebondit que sur l'hypothèse d'une vendetta personnelle. Je le vois se creuser la tête, fouiller dans ses souvenirs, buter, revenir en arrière, et toujours retomber sur la même conclusion : hormis les membres du réseau Charon, il ne voit personne qui pourrait avoir une raison de lui en vouloir à ce point. Du moins, pour lui, une chose est sûre : il n'a jamais eu de différend avec quiconque qui soit vraisemblablement capable de telles exactions. En le cuisinant, j'obtiens de sa part qu'il creuse toutes les pistes possibles. Insignifiantes altercations sur la route, querelles d'actionnaires aux enjeux toujours anecdotiques, attaques en diffamation depuis longtemps résolues… Les dessous de la vie de mon mari sont désespérément banals.

Pourtant, quelque chose d'étrange se produit en moi. Plus je vois Lionel rejeter en bloc la thèse d'Arsène, plus je doute moi-même des arguments que je lui opposais encore ce matin. De son côté, mon mari s'attache à son argumentaire avec une véhémence croissante. Quant à ce qu'il pourrait avoir à se reprocher, et qui pourrait faire l'objet de chantage, il botte en touche dans des pirouettes de plus en plus maladroites. Alors, face à lui, je retrouve des réflexes oubliés depuis de longues années. Un journaliste a cela en commun avec un flic – et un rottweiler : qu'il ne lâche jamais le morceau. D'esquives en contradictions, l'homme qui me fait face finit par cesser d'être mon mari pour ne devenir rien d'autre qu'un suspect, et d'une épouse qui demande des explications je me mue en un rouleau compresseur, qui le pousse toujours plus loin dans ses retranchements. Jusqu'à ce que sa carapace se craquelle, puis éclate.

Il prend alors une attitude à la fois dédaigneuse et agressive que je ne lui connais pas, et vide son sac. Le discours qui sort de sa bouche me scie en deux, tant il me semble étranger à celui que je croyais être mon partenaire de vie et de pensée. La France, dit-il, est une mante religieuse, une sangsue vicieuse et versatile. Elle écrase ses immigrés, d'une manière ou d'une autre. Ceux qu'elle rejette, elle les broie aux frontières comme des cafards sous ses semelles. Et ceux qui savent la séduire, elle les absorbe en son sein et en suce la sève. Oui, il a caché une partie de son argent à l'étranger – une belle partie, sous-entend-il –, mais il vomit ce qu'on lui reproche. Il n'est pas comme ces riches qui ont grandi de père en fils dans la douceur des draps de satin, sans jamais rien connaître d'autre que l'étendue de leurs privilèges. Lui a parcouru un chemin, raide et accidenté, pour arriver là où il est aujourd'hui. Les pupilles dilatées, il me parle de ses parents restés sur le carreau. Une génération sacrifiée de sa propre initiative, qui s'est enterrée dans la médiocrité d'une existence de fond de tiroir en Géorgie, faisant une croix sur elle-même pour capitaliser sur l'espoir d'une vie meilleure pour la suivante. Alors, dit-il, conscient de combien il leur était redevable, il a juré de les rétribuer à la hauteur de leur sacrifice. Ce compte au Monténégro, ses parents en sont bénéficiaires, et il ne voit pas en quelle vertu l'État aurait le droit de prélever dessus une quelconque taxe. Que l'on appelle ça fraude fiscale si cela nous chante, il n'en rougirait pas.

Une fois qu'il a accouché de son argumentaire, nous restons tous deux silencieux pendant un instant qui semble une éternité. Je me sens abattue, vidée de toute énergie. D'un regard las, je contemple l'homme qui me fait face. Ses traits sont inchangés, et pourtant j'ai l'impression de poser mes yeux sur lui pour la toute première fois. Tous les souvenirs que j'ai avec lui me reviennent puis se voilent, tandis que monte en moi la certitude que je ne l'ai jamais réellement connu. Dans ma poche, mon téléphone se met à vibrer. Arsène. Alors que j'hésite à répondre, Lionel remonte la mallette de billets contre son torse, serre ses deux mains dessus et reprend la parole. Son visage s'est détendu, ses pupilles refermées. Dans un calme olympien, il conclut la conversation d'un ton dont je sais qu'il ne pourra souffrir aucune objection.

— Maintenant que tout cela est dit, peu m'importe. Je ne crois pas à une machination, mais même si c'était le cas, alors qu'à cela ne tienne. C'est trop tard de toute façon. J'aime Gabriel comme mon propre fils, et tu le sais. Alors s'il s'agit de me faire tomber, je tomberai.

LUI

Cette fois-ci, je suis assis du mauvais côté du bureau. Le commandant Mansouri note frénétiquement sur son ordinateur le moindre de mes mots. Pendant les deux heures d'audition, nous ne nous lâchons pas du regard. Elle est coriace, et je sais déjà où elle veut en venir. Elle se demande si, dans un coup de colère, je n'aurais pas zigouillé le commandant Valeschi avec l'aide de mon fidèle compère.

— Avouez que c'est étrange que ce soit vous qui trouviez le cadavre, commissaire Galien.

Elle y vient. Je connais ce genre de ronds de jambe par cœur.

— Je vous coupe tout de suite, commandant. Votre théorie a du plomb dans l'aile. Vingt minutes avant de découvrir le corps, j'étais avec votre taulier, donc niveau alibi, on ne peut pas faire mieux. La première chose que vous nous avez demandée avec Chuck, c'est de voir nos chargeurs. Ils étaient pleins. Vous me direz… On aurait pu mettre une bastos en plus, ou avoir un autre calibre. Mais franchement, vous me pensez assez con pour buter le mec qui peut m'amener à Gabriel ?

Ses grands yeux noirs se plantent dans les miens. Elle laisse planer un silence pendant lequel je la détaille. Les cheveux couleur jais, le visage fin, le nez prononcé. Elle a cette beauté typique des pays du Moyen-Orient. Sous un tailleur strict, son chemisier blanc laisse apparaître quelques centimètres de peau que j'aurais volontiers couverte de baisers quelques jours plus tôt. Sa voix tranchante me tire de mes rêveries.

— Je vais vous faire une confidence, commissaire. Je ne vous aime pas. Ou plutôt, je n'aime pas la façon dont vous menez votre enquête en parallèle. C'est me désavouer, ainsi que tout le service. Vous qui criez sur tous les toits que la Crim' est la plus belle période de votre vie, le plus beau service de France… Vous êtes infoutu de nous faire confiance, et je vois clair dans votre jeu. Vous arrivez ici avec votre belle gueule et votre tristesse, mais vous cherchez simplement à tirer la couverture à vous, Arsène. Et si Hermann est assez con pour ne pas le voir, moi je le vois. Et je ne vous laisserai pas faire. Surtout que, d'après radio 36, vous n'avez pas connu que des succès. En cinq ans de Crim', vous avez laissé deux cadavres derrière vous. Beau palmarès… Mais vous avez raison, je mets fin à votre audition, mon adjoint va vous faire signer votre PV.

Je me lève et enfile mon caban. Après ce que Mansouri vient de me balancer, j'ai besoin d'une clope.

— Vous trouvez vraiment que j'ai une belle gueule, commandant ?

Sans lui laisser le temps de m'insulter, je sors de la pièce et me dirige vers la terrasse de la Crim'. Hors de question pour moi de la laisser m'atteindre. Fidèle à ma réputation de tête à claques, je lui ai offert une réponse en conséquence. Aussi compétente soit-elle, Mansouri est à côté de la plaque. Elle y voit un caprice de mon ego quand, pour l'une des premières fois de ma vie, il n'a rien à voir là-dedans. La porte de la terrasse s'ouvre. Hermann.

— Mansouri est sortie en rogne de son bureau, je ne sais pas ce que tu lui as fait, mais tu ne t'es pas fait une amie.

— Que veux-tu, Christian. Partout où je passe, on m'aime. Tu es venu me dire que je dois être gentil avec tes effectifs ?

— Non, ducon. Je suis venu te dire que j'ai un cadeau pour toi. Finis ta cigarette, signe ton PV et viens me voir.

Au moment où j'écrase ma clope, mon téléphone vibre. Un SMS de Chuck. « Je sors d'audition, je vais essayer d'aller gratter des infos à la BRB. On se rejoint en bas. » Après quelques pas dans le couloir, je frappe à la porte de Christian Hermann. Il m'ouvre et m'invite à m'asseoir sur l'un des deux fauteuils qui trônent devant une table basse dans un coin de son bureau. Il ne me laisse pas le temps de prononcer un mot.

— Bon, écoute, Arsène. L'histoire de Gabriel m'empêche un peu de dormir, en ce moment. Je ne sais pas si tu connais ma réputation, mais elle est plutôt bonne, et je ne veux pas que ça change. Je m'apprête à aller à l'encontre de mes principes. Personne ne doit savoir que cette info vient de moi. Je vais la filer à Mansouri à la fin de la journée, histoire de te laisser le temps de bouger. Je prends un énorme risque…

— Pourquoi tu fais ça ?

— Parce que, avant d'être chez nous, Mansouri était à l'IGPN. Elle n'arrive pas à bosser en dehors des clous, ça veut dire qu'en ayant ces résultats, elle va lancer des réquisitions officielles qui vont nous faire perdre un temps plus que précieux. Donc, comme en tant que patron je ne peux pas vraiment lui demander de se torcher avec la procédure, je te refile le bébé. Ça te va ?

— Pas la peine de te dire que je fermerai ma gueule.

— Pas la peine, non…

Il se lève et va chercher une chemise cartonnée sur son bureau.

— J'ai retrouvé mes jeunes années et j'ai fait du travail de flic. Voilà la liste de tous les indics de Valeschi, en tout cas tous ceux qui ont été immatriculés et inscrits au Fichier des brigades spécialisées. Il y en a quatre, tous des monte-en-l'air. Ça ne devrait pas te prendre trop de temps de faire tes recherches.

— Merci, Christian. Je t'en dois une.

— Tu ne me dois rien du tout, retrouve ce gosse, c'est tout. On n'a plus assez de temps pour se perdre dans des lenteurs administratives.

— Je peux te demander un dernier service ?

— T'es incroyable. Vas-y…

— Je peux faire mes recherches de chez toi ? Ça risquerait de péter la procédure si elles sont faites par un gus de l'état-major.

— Prends mon ordi, t'as une demi-heure.

Je retrouve mes réflexes, passe chacun des noms au crible. Antécédents, cartes grises, contraventions… Le palmarès de ces types est impressionnant. Peu de violences, sauf pour un qui semble avoir trouvé dans les agressions sexuelles un hobby à la hauteur de sa perversion. Sur les clichés anthropométriques, des mines patibulaires ont l'air de regarder à travers l'objectif. La lumière agressive des néons du commissariat alliée à celle du flash leur donne inévitablement une sale gueule. Dans la section signes particuliers, une liste impressionnante de tatouages. Pour chacun d'entre eux. Parfois les mêmes. Pas étonnant, la plupart des monte-en-l'air viennent d'Europe de l'Est où ce sont souvent des signes de reconnaissance entre criminels. Je passe au dernier fichier. Le FND, le Fichier national des détenus. Je demande son code à Hermann. C'est l'un de nos fichiers les plus sensibles. Je veux qu'il soit témoin de mes recherches. La parano du flic n'a que sa connerie comme limite. Et moi, j'en ai marre d'être con. Hermann et moi plissons les yeux devant l'interface indigeste du logiciel. Si les ripeurs de la Crim' nous voyaient, ils riraient dans leur barbe. Deux chefs de service aux prises avec un fichier qui, pour eux, tient de la routine, ça a de quoi faire sourire. Sur les deux premiers noms, rien ne sort. Les yeux rougis de fatigue, je fais défiler les pages qui concernent le troisième type, l'agresseur sexuel. Hermann m'arrête. « Reviens en arrière. » Il a la voix de celui qui a levé un gibier. Je m'exécute. Il pointe son doigt sur l'écran. « Putain. » Le type s'appelle Vladislav Aznaouri. Parmi ses compagnons de cellule, un nom nous saute aux yeux. Marc Paumard. Le pédophile qu'on a retrouvé mort chez lui. Aznaouri est inscrit au fichier des délinquants sexuels, il est donc dans l'obligation de fournir sa nouvelle adresse. Rue Mathis, dans le 19e. J'imprime la fiche du gus.

— Bon, Christian, je suppose que tu ne veux pas savoir ce qu'on va faire…

— De quoi tu parles ? me dit-il avec un sourire entendu.

— Merci, Christian.

Je sors en trombe du bureau et retrouve Chuck en bas du Bastion.

— Bouge-toi, musclor. On file dans le 19e, je te brieferai en chemin.

— OK, alors cette fois-ci, c'est moi qui prends le volant. Tu conduis comme une quiche, Arsène, il est temps que quelqu'un te le dise.

Chuck traverse Paris sirène hurlante au volant de ma voiture de fonction qui n'a clairement pas l'habitude d'être bousculée de la sorte. Arrivé en bas de l'immeuble, il déverrouille le sas. Cette fois-ci, je le sens, nous allons avancer. On se retrouve dans une HLM, comme on en a déjà vu des milliers. Chose rare, la gardienne est dans sa loge. Avec Chuck, nous avons pris l'habitude de nous méfier des gens qui travaillent dans les immeubles que l'on cible, mais là, il faut faire au plus vite. La bignole nous envoie au troisième étage. Face à la lourde, on tambourine comme des sourds. Pas de réponse. Sur le palier, une porte donne sur un petit balcon. Chuck sort et repère l'une des fenêtres de l'appartement, à quelques centimètres de la balustrade. Sans réfléchir, il enjambe le garde-corps, explose le carreau avec la crosse de son Glock, s'accroche au rebord et se hisse dans l'appart sans difficulté. Je le suis. Il me tend la main pour m'aider à grimper. Les règles de sécurité ne nous intéressent plus.

Le type pourrait être en train de nous attendre avec une kalachnikov, rien à cirer. Nous inspectons les lieux, nos armes pointées devant nous, ouvrant les placards un à un. Aucune affaire dans l'appart. Tout ce qu'il y a dans ce bouge, c'est une odeur tenace de clopes sans filtres et d'alcool.

Dans la voiture, j'envoie un SMS à Hermann pour lui demander de lancer une fiche de recherche et un bornage téléphonique sur Aznaouri. Je gamberge. Pour une fois, ce n'est pas un cadavre qui nous attendait derrière la porte… Ça peut vouloir dire deux choses : soit le fait qu'il connaisse à la fois Valeschi et Paumard est le fruit du hasard et il n'a rien à voir là-dedans, soit il est assez puissant dans le réseau pour qu'on n'ait pas voulu lui trouer la peau. Il va falloir creuser sur ce gus et le retrouver au plus vite.

Dans nos bureaux, une ambiance électrique s'est installée. Chuck et moi avons enfin trouvé un os à ronger, et on compte bien s'y accrocher jusqu'au bout. Je regarde mon binôme passer coup de fil sur coup de fil, triturant ce qu'il peut autour de lui pour faire passer son stress. Derrière lui, un soleil d'or se couche, enveloppant la façade du quai des Orfèvres d'une lumière orange et douce avant de venir se lover sur l'eau grise. Les couleurs qui me caressent l'œil tranchent avec le chaos qui occupe mon esprit. Sur le mur, des dizaines de papiers sont punaisés, comme autant de points d'interrogation qui me bouffent les nerfs.

Le bruit de la porte me fait sursauter. Dans l'embrasure, la silhouette longiligne de Pauline. Rentrée dans ses épaules délicates, sa mine déconfite me donne envie de la serrer contre moi. Je lève les yeux de ma feuille.

— Alors ?

Elle s'effondre dans le vieux canapé.

— Alors rien, Lionel n'en démord pas. Il veut payer la rançon.

Je tape sur le bureau en métal du plat de la main.

— Il en a pas marre d'être con, ton rupin ?

Celle qui fut la femme de ma vie me jette un des regards haineux dont elle a le secret. Je comprends qu'il faut que je redescende, sans préavis.

— Bon, tant que tu n'as pas reçu d'instructions, on a un sursis.

— Je ne sais plus quoi penser, Arsène. Et si c'était lui qui avait raison… Je l'ai cuisiné comme jamais, il n'a pas d'ennemi connu. Peut-être qu'il faut juste qu'on paie.

— Non, il y a une autre solution. On a plutôt bien avancé de notre côté.

Je lui résume nos trouvailles de la matinée. Le lien entre Aznaouri et Paumard, l'appartement vide. Cette piste que l'on a flairée et à laquelle on s'accroche depuis plusieurs heures. Elle bondit du canapé comme un diable de sa boîte.

— OK, on va oublier que je suis une mère éplorée, et on va reprendre les choses froidement.

Chuck et moi échangeons un regard surpris.

— Vous ne trouvez pas que ces connards ont un sacré coup d'avance ? Vous partez taper le pédo, il est mort avant que vous arriviez. On rame comme des fous pour trouver une autre piste, et rien ne se passe. Comme par hasard, ils nous envoient une vidéo qui nous ouvre une autre porte…

Je suis en pleine hallucination. Son exposé est digne de celui d'un flic. Elle me regarde, je pense que je suis bouche bée.

— Remets-toi, Arsène. Les journalistes sont comme les flics, sauf qu'on n'a pas la sécurité de l'emploi et un plan de retraite de merde. Bref, la vidéo ouvre une porte… Avec un autre cadavre derrière. Grâce à ça, vous remontez un dernier type qui pourrait nous intéresser. Et il a plié bagage. On est en train de se la prendre à l'envers. On a affaire à quelqu'un qui sait comment vous bossez, qui sait comment vous allez mener l'enquête, c'est pour ça que Mansouri n'arrive à rien. Ils anticipent tout. On est en train de se faire balader…

Chuck, silencieux jusqu'ici, se lève.

— Si on se posait les bonnes questions, et en oubliant d'être cons pour une fois…

ELLE

La voix ferme de Chuck nous fait taire instantanément. L'effervescence qui animait la pièce il y a quelques secondes laisse place à un silence de cathédrale. Comme deux compagnons d'ascenseur qui viennent de sentir une embardée suspecte, Arsène et moi échangeons un regard teinté d'une inquiétude mal assumée. Face à nous, le commandant s'est levé. Visage dur et poings serrés, il ressemble à un boxeur en retraite qui se retient de coller une mandale à un petit con qui l'aurait un peu trop cherché. Muets comme des gamins pris en faute, nous levons timidement vers lui des yeux interrogateurs en attendant qu'il poursuive. Au bout de quelques secondes de silence, il pose ses mains sur ses hanches en esquissant un sourire.

— La vache, ça fait du bien de s'entendre enfin réfléchir.

Je vois la bouche d'Arsène s'ouvrir, une vanne au bord des lèvres, mais Chuck lui coupe la chique du bout de l'index. Il refuse de perdre le fil de ses pensées. Les arcades froncées, on le voit cogiter à toute vitesse puis s'arrêter d'un coup. Il pose successivement son regard sur Arsène, sur moi, puis à nouveau sur Arsène. Enfin il se lance.

— On a pigé leur petit jeu, OK. Mais on est passés à côté de l'essentiel.

À nouveau, il prend une pause. Je ne sais pas s'il cherche ses mots ou s'il profite, une fois n'est pas coutume, que nous soyons suspendus à ses lèvres.

— Ils essayent d'attirer l'attention, ça c'est acté. Mais l'attention de qui, à votre avis ?

Du tac au tac, je réponds.

— La presse, l'opinion… M. et Mme Tout-le-monde. Ils ont un message à faire entendre. Avec tout le battage…

Chuck ne me laisse pas finir.

— Ce n'est pas ce que je vois, moi.

— Et qu'est-ce que tu vois, alors ? intervient Arsène.

— Je vois beaucoup de choses. Déjà, si leur objectif avait été de faire pleurer dans les chaumières, il y a un tas de trucs qu'ils auraient pu faire différemment. À commencer par la vidéo. Je rappelle qu'elle t'a été envoyée à toi, Pauline. Des gars qui auraient voulu semer la panique l'auraient postée directement sur Internet. C'était facile, et ça aurait fait autrement plus de bruit.

Je hoche la tête en silence. Chuck reprend.

— Ensuite, je vois effectivement que ces types-là prennent un malin plaisir à balader les flics, mais ce n'est pas tout. Dans tout ce qu'ils font, il y a clairement un dénominateur commun.

Arsène s'impatiente.

— Quel dénominateur commun ? Accouche, bordel !

— Mais toi, tête de gland !

Ces mots, Chuck les crie presque, désignant Arsène d'un violent geste du bras qui lui donne des airs d'un Napolitain à qui l'on aurait accroché un rétroviseur. D'un ton entendu, il embraie.

— Qu'est-ce qu'on fait quand on a une alerte à la bombe ?

— On boucle le quartier ? tenté-je.

Chuck ne quitte pas Arsène des yeux. Après une ou deux secondes de flottement, le visage de ce dernier se glace, et il murmure.

— On fait intervenir l'état-major…

— Voilà, lâche Chuck. L'état-major. Et ça, c'était juste un petit coup de sécurité au cas où le commissaire Galien aurait été assez bigleux pour passer à côté de l'enlèvement, qu'on a bien pris soin de faire en direct devant ses caméras, pendant ses horaires de travail. Ça nous semblait bizarre depuis le début, voilà l'explication. Ils voulaient que *tu* le voies.

Arsène accuse le coup. Je m'exclame.

— Mais pourquoi ? Pourquoi lui ?

Comme pour éviter le problème, Arsène garde la tête et le regard baissés. Alors Chuck s'emporte.

— Putain, cet éléphant rose dans la pièce commence sérieusement à me gonfler ! Vous êtes venus à bout de ma patience avec vos jérémiades de tragédie grecque. On n'a pas le temps, là. On n'a plus le temps !

Du revers de la main, il balaie la coupelle de biscuits apéritif qui traîne sur la table depuis hier soir.

— Même les cacahuètes, là, elles ont fini par comprendre qu'Arsène était le père de Gabriel ! Donc à la question «pourquoi lui ?», je réponds : parce que c'est une revanche personnelle.

Et se tournant vers Arsène.

— Ces types te connaissent, ils t'ont observé. Ils savent où tu es et quand, comment attirer ton attention. C'est à *toi* qu'ils en veulent, Lupin.

Devant notre silence hébété, il enfonce le clou.

— Pas à Pauline, pas à son mari, et encore moins à sa fortune de planqué – pardon, hein. Ouvrez les yeux, bordel. Ce n'est pas Gabriel Raumann qui a été kidnappé, c'est Gabriel Galien !

Piquée au vif, je me lève d'un seul coup. Je sais que Chuck a raison, et pourtant je n'ai qu'une envie : me jeter sur lui pour le faire taire. Mais avant que j'aie eu le temps de faire un seul pas vers lui, il lève la main et, sous l'œil médusé d'Arsène, me cloue sur place.

— Pauline, je t'aime beaucoup, mais là il faut que je sois raisonnable pour trois. Alors tu es gentille : tu remballes tout de suite ton numéro, tu te rassois et tu m'écoutes, parce que je n'hésiterai pas à te coller au mur.

Alors, contre toute attente, c'est Arsène qui fait valser la table et se rue sur lui. *In extremis*, Chuck esquive un poing rageur. Il semble un peu surpris par ce mouvement de colère, mais ne se laisse pas démonter.

— Lupin, arrête…

Refusant d'obtempérer, Arsène lui jette son regard le plus noir et tente de lui décrocher un autre coup de poing dans la figure. Moins par colère que par vexation que le premier n'ait pas atteint sa cible, à mon avis. De sa poigne de fer, Chuck arrête le coup en vol et entreprend de ceinturer son ancien coéquipier qui maugrée quelques noms d'oiseau. Interdite, j'observe cette scène qui oscille entre le drame et le vaudeville. Si l'heure n'était pas si grave, je serais presque amusée par la retombée grotesque de cette envolée chevaleresque. Pour qui veut défendre sa belle en détresse, Yacine Souni, commandant de la BRI, est un bien fâcheux adversaire. Arsène gigote un peu, puis s'immobilise. Levant les yeux au ciel, Chuck pousse un profond soupir, puis le lâche.

— Bon, ça va ? Tout le monde est calmé ?

Faisant mine de se recoiffer, Arsène s'éclaircit la voix et marmonne un vague « Ouais, c'est bon » avant de reprendre place sur sa chaise, drapé dans une fierté quelque peu mise à mal.

Indifférente aux œillades de coqs de basse-cour que les deux hommes échangent pendant encore quelques secondes, je reprends le fil de mes pensées. Quelque chose s'est débloqué. Dans mon esprit, le puzzle s'étale enfin lisiblement. En mettant les pieds dans le plat, Chuck en a dévoilé une pièce maîtresse qui avait échappé à notre attention jusqu'ici. Peu à peu, les morceaux commencent à s'assembler. Tout à coup, une idée me foudroie. Bondissant de mon siège, je m'exclame :

— La demande de rançon !

Les deux flics m'adressent le même regard interrogateur.

— On s'est plantés sur toute la ligne ! Depuis le début on se demande comment ils ont pu savoir qu'on pourrait la payer, alors que moi je n'ai pas de fric. Mais comme Lionel en a, on s'est dit qu'ils devaient le savoir, que sinon ils n'auraient pas demandé cette somme. Alors on a cherché de ce côté-là. On a imaginé un scénario délirant, une mirobolante fortune cachée… N'importe quoi qui justifierait cette demande de rançon, mais en fait…

— Quoi ?! me coupe Arsène, à bout de patience.

— C'est tellement évident !

À la façon qu'ont les deux hommes de me dévisager, je sens que le coup de théâtre qui se révèle dans ma tête transparaît sur mon visage. Les épaules et les traits crispés, ils m'observent avec méfiance, comme si j'étais une bombe artisanale prête à leur exploser à la figure. Je poursuis.

— Leur demande de rançon, ils ne nous l'ont pas envoyée à *nous*. Pas à moi, pas même à Lionel. Ils l'ont laissée en évidence sur une scène de crime. Pour que les flics la trouvent. Pour que *tu* la trouves.

J'ai prononcé cette dernière phrase en me tournant vers Arsène. Il se ratatine sur son siège, comme physiquement écrasé par cette révélation. Je ne lui laisse pas le temps de répliquer.

— Ils n'ont pas la moindre intention de récupérer cet argent. Ils s'en cognent. C'est un message qui t'est adressé. Un million, deux millions, vingt millions, peu importe. Ce n'est rien d'autre…

— … qu'une diversion, intervient Chuck, terminant exactement la phrase que j'allais prononcer.

Me tournant à nouveau vers Arsène, je reprends la parole.

— Souviens-toi de ce que tu me disais quand tu croyais que tout ça était un coup monté contre Lionel. « On en veut à un type, mais pour l'atteindre, il faut le faire sortir de son trou. Il faut qu'il baisse sa garde. »

Arsène bafouille quelques mots inintelligibles, laissant à Chuck un boulevard pour poursuivre l'argumentaire. Arpentant la pièce d'un pas lent et décidé, moulinant de ses bras massifs, celui-ci se lance dans une diatribe digne d'un avocat général.

— Toi et moi, on a eu mille fois l'occasion de se faire des ennemis. Pas des enfants de chœur, tu le sais. Et des vicelards, il y en a eu quelques-uns. Le genre à vouloir taper où ça fait mal. À viser le point faible. Mais il est où, le point faible d'Arsène Galien ? Une famille ? Il n'en a plus. Des amis ? Pas tellement non plus. À part un abruti comme moi, peut-être… Mais pour me prendre en otage, on repassera.

Au lieu d'un sourire, Arsène lui adresse un regard triste. Il reprend.

— On ne va quand même pas kidnapper son chien, alors quoi ? Une femme ? Oh, il y en a bien quelques-unes… Mais une vraie, à laquelle il tient, ça non. Il y a un moment que c'est fini pour lui, les histoires d'amour.

Gênée par la dureté des propos de Chuck, je jette un regard discret à Arsène. Il n'est pas en colère, ne proteste pas. Il semble juste accuser le coup. Comme si ce froid exposé de la vacuité de son existence, il se l'était déjà fait à lui-même des centaines, des milliers de fois. Le vide que je vois dans ses yeux me fend le cœur. Pendant ce temps, le commandant embraie.

— Et puis, il n'a pas d'enfant. À moins que…

Le regard dans le vague, Arsène rassemble du bout du doigt les grains de sel disséminés sur la table. Il ne dit pas un mot. Alors Chuck se tourne vers moi.

— À moins que, justement, il ait un enfant. Que la seule femme qu'il ait aimée dans sa vie se soit barrée avec il y a dix ans sans jamais lui dire.

Puis, rebraquant les yeux sur Arsène.

— Et qu'il ne s'en soit jamais remis.

Se rasseyant enfin à la table face à nous, Chuck conclut.

— Le voilà, son point faible. Le seul moyen de le faire sortir de son placard.

Pour seule réponse, Arsène pousse un profond soupir. Puis, sans prévenir, il se lève et se dirige vers son bureau. Il glisse la main dans la sacoche en cuir qu'il a posée sous quelques dossiers, et en sort son Sig-Sauer. Inspirant un grand coup, il chambre une cartouche et cale son arme entre sa hanche et sa ceinture avant de revenir s'asseoir à côté de nous. Chuck le regarde faire. Comme par réflexe, il pose à son tour la main sur la crosse de son Glock. Les deux hommes se regardent sans un mot, mais je sais le dialogue qu'ils viennent d'avoir avec les yeux. Ils sont prêts. Soudain, ma gorge se serre. Le danger devient palpable. Ce n'est pas un enlèvement d'enfant, c'est une traque. Et elle suit son cours. Les malfaiteurs sont tapis dans l'ombre, ils connaissent nos moindres faits et gestes et, à tout moment, ils peuvent nous tomber dessus. Je saisis mon portable dans ma poche et, fébrile, compose le numéro de Lionel.

— Il faut que je le prévienne. Il faut que je lui explique.

Mais les sonneries retentissent dans le vide. Trois fois de suite, je tombe sur son répondeur. Arsène s'approche de moi et pose sa main sur mon épaule. En désespoir de cause, je tente d'appeler Arnaud. Mais lui non plus ne répond pas. Paniquée, je lâche :

— Et s'ils y étaient allés ?

D'un ton rassurant, Chuck objecte.

— Où veux-tu qu'ils aillent ? On ne sait ni où ni quand les ravisseurs veulent qu'on se pointe.

Je ne l'écoute pas. Saisissant mon imperméable et mon sac à main, je me dirige vers la sortie, prise de panique.

— Il faut que j'y aille. Il faut que je les prévienne. Il faut que je les retrouve.

— Pauline ! crie Arsène.

Au moment de passer la porte, je m'arrête net. Je viens d'être frappée par le sentiment que c'est la dernière fois que j'entends le son de sa voix. Alors je me retourne et reviens sur mes pas. Une fois face à Arsène, je plonge mes yeux dans les siens. Une seconde, j'hésite à l'embrasser, mais me ravise vite. J'ai toujours détesté les films américains. Alors je pose simplement ma main sur son épaule et déclare :

— C'est à toi qu'ils en veulent. Fais attention à toi.

Puis je me tourne vers Chuck, soupèse un instant son imposante silhouette et murmure :

— Fais attention à lui.

LUI

Le bruit des bottes de Pauline résonne dans l'escalier. Autour de moi, la pièce semble entrer dans une circonvolution infernale, comme dans un plan à la Kubrick. Je titube, l'impression d'avoir pris une énorme cuite. Je me rattrape *in extremis* au coin d'une table. Un écho, lointain, résonne dans mes tympans. « Arsène, ça va ? » Une poigne ferme me saisit par les aisselles et m'assoit sur le canapé. Chuck ? Affalé, je regarde le plafond constellé de taches d'humidité. Entre mes pupilles et le réel, des milliers de petites étoiles viennent polluer mon champ de vision. Des doigts rugueux heurtent mes joues mal rasées. Chuck ? Mon cerveau revient soudain à la raison, et la voix de mon partenaire me frappe de plein fouet.

— Putain, Arsène... C'est quoi ce bordel ?

Je réponds, groggy.

— Kashak...

Il lève un sourcil interrogateur.

— Quoi, Kashak ?

Pris par l'adrénaline, je me lève et parle plus fermement que je ne l'aurais voulu.

— T'es con, ou quoi ? C'est Kashak qui a kidnappé Gabriel.

— Non, Arsène. Il est au trou, Kashak… Et il n'est pas près de sortir. Tu délires, là…

De rage, je balance un coup de pied dans le bureau.

— Il faut… Il faut qu'on vérifie…

Sans attendre sa réponse, j'enfile ma veste, descends les escaliers quatre à quatre, bouscule les quelques clients déjà debout dans le pub et me retrouve sur le quai des Grands-Augustins. Le froid vient me mettre une énorme gifle. Je m'apprête à sauter dans ma voiture pour aller voir Hermann, puis me ravise. De l'autre côté de la Seine, la préfecture de police, monumentale, me nargue. Je n'ai plus rien à perdre, à part du temps, et aller jusqu'au Bastion m'en prendrait trop. Je commence à courir vers le pont Saint-Michel. En traversant le carrefour, un agent de circulation me rappelle à l'ordre alors que je manque de passer sous un bus. Je l'ignore copieusement et poursuis un sprint à la superbe largement égratignée par les clopes, les litres de whisky et les plateaux-télé avec Ripeur. Haletant, j'arrive devant l'entrée et présente ma carte au planton. Mon genou gauche me fait déjà souffrir. Je fais taire la douleur et grimpe rapidement à l'étage de l'état-major. Au bout du couloir, le jeune Eugène m'adresse un grand sourire.

— Bonjour patron, vous allez bien ?

— Dis-moi, Eugène, elle est là, la taulière ?

— Oui, dans son bureau, mais…

Je ne lui laisse pas le temps de finir et traverse le couloir. L'amorti de l'épaisse moquette de la préfecture soulage un petit peu ma douleur. Je rentre sans frapper dans le bureau de Julie. Assis face à elle, un jeune énarque encravaté me scrute comme s'il avait vu un fantôme. Ma gueule doit faire peur. Je ne lui laisse pas le temps d'ouvrir la sienne.

— Commissaire Galien, je suis l'adjoint de Mme Bancillon. J'ai besoin de la voir en privé.

Il se lève et me lance un regard de faux derche, accompagné d'une poigne molle que je ne daigne pas saisir.

— Bonjour, Marc Leroux, je travaille au cabinet du préfet de police, je peux connaître de tout ce qui traite de l'état-major. Je vous écoute, commissaire.

Mes yeux lancent des éclairs. Ma voix est ferme, sans concession.

— Sortez de ce bureau, sauf votre respect, je n'ai vraiment pas le temps de faire des ronds de jambe.

Son visage lisse se tord dans une expression de vierge effarouchée. C'est le moment que choisit Julie pour intervenir.

— Marc… Attendez-moi dehors. Je vous dirai quand revenir.

Julie me surprend. Nos regards se croisent. En une fraction de seconde, elle perçoit ma détresse et m'enveloppe de son regard protecteur. L'autre se cabre et se prépare à une dernière démonstration d'autorité. Elle ne le laisse pas commencer sa phrase.

— DEHORS !

Face à deux commissaires de police au bord de la crise de nerfs, l'énarque prend son porte-documents et quitte la pièce en courbant l'échine. Julie me sourit.

— Tu me fais faire n'importe quoi, Arsène. Qu'est-ce qui ne va pas ? C'est le petit ?

Je tente de garder un semblant de contenance.

— Si je te demande un passage au FND, tu vas sûrement me demander pourquoi…

Elle s'apprête à ouvrir la bouche. Je la coupe.

— Alors je vais te faire gagner du temps. Tu as lu mon dossier, tu sais pourquoi je ne suis plus à la Crim'.

— Il n'y a pas les détails dans ton dossier, Arsène, tu as eu un non-lieu.

Sans que je m'y attende, je me mets à pleurer et m'effondre dans un fauteuil. Julie ne dit rien, le genre de silence tendu que l'on s'efforce de garder face à un type qui va passer aux aveux. Se taire, et laisser braire… C'était écrit en gros dans le bureau de mon chef de groupe.

— On bossait sur une affaire de merde, un truand qui avait torturé et buté un de ses complices dans une histoire de blanchiment. Un vrai crime d'enfoiré. En guise de message, il avait déposé la tête de la victime chez elle pour que sa femme et ses gosses la retrouvent au réveil. On remonte sur des Vor v zakone, les « voleurs dans la loi », une mafia historique d'Europe de l'Est qui donne surtout dans le cambriolage, les vols, et, évidemment, les règlements de comptes. Ils sont nombreux et surtout très organisés. Ils ont même mis en place un système d'assurance pour payer les frais d'avocat de ceux qui se sont fait choper, et leur permettre de cantiner. Bref, on identifie l'auteur : Leonid Kashak. C'est un « Vor », un chef de réseau, un Géorgien installé en France depuis trois ans. On plie le truc en deux temps, trois mouvements : ADN positif, et on a un mobile, puisque la victime l'avait baisé de deux cent mille euros quelques semaines plus tôt. L'affaire est carrée… On décide d'aller taper le gus à l'heure du laitier…

Je m'arrête pour reprendre ma respiration, réalise que mon récit est chargé de détails inutiles, qui repoussent tant bien que mal une échéance inévitable. L'émotion me submerge. C'est la première fois que je raconte cette histoire depuis que j'ai quitté la Crim'.

— Sur les lieux, on arrive dans la chambre où dort Kashak. Je rentre en premier et le braque. Ce que je ne savais pas, c'est qu'il gardait un fusil à pompe à côté de lui. Il a eu un réflexe impressionnant et a pointé son canon vers moi en une seconde. Il a tiré, j'ai riposté. On a su après qu'il était myope, c'est pour ça que je suis en train de te raconter cette histoire. Sauf que, cette nuit-là, il ne dormait pas seul. Dans son lit, il y avait sa femme… Et son fils de dix ans. Moi, je ne suis pas myope. Juste mauvais tireur… Et c'est le petit qui a pris la balle.

Julie s'est levée et a pris ma main dans la sienne. Je plonge dans ses yeux noisette, arrachant une seconde de réconfort au chaos de ma vie.

— Et tu penses qu'il croit que Gabriel est ton fils ? Et qu'il voudrait se venger ?

— Œil pour œil… Gabriel a l'âge du gosse. Depuis que je me suis foutu ça en tête, j'arrive à connecter tous les points. Il a tout fait pour que je sois impliqué. Les caméras, le flic mort… Je vais te la faire courte, mais il y a aussi beaucoup de liens entre les Vor v zakone et notre affaire. On a retrouvé la trace d'un type, qui a l'air d'être un chestiorki, un homme de main à la solde des Vor. Un type violent et couvert de tatouages, c'est un signe distinctif chez ces fondus. Donc, ce que j'ai besoin de savoir, c'est si Kashak est sorti du trou…

Elle est déjà en train de pianoter sur son ordinateur.

— Non, mais pour un crime pareil, il ne peut pas être sorti avant dix berges. À mon avis, tu te goures, Arsène.

C'est la première fois que je l'entends parler comme une flic. Je ne relève pas. Mon cœur bat de plus en plus vite.

— Vérifie, s'il te plaît…

— OK, comment t'écris son blase ?

— K-A-S-H-A-K.

L'ordinateur dernier cri ne mouline pas longtemps, nous épargnant un suspense de série Z.

— Arsène… Il est sorti il y a un mois. Putain, comment ça se fait ?

Mon sang ne fait qu'un tour.

— On discutera des failles de notre système judiciaire plus tard, Julie. J'ai un coup de fil à passer…

ELLE

Je pousse la porte de mon immeuble et monte les escaliers quatre à quatre. Dans le taxi qui fonçait jusqu'à chez moi, j'ai essayé à maintes reprises de joindre Lionel et Arnaud sur leurs mobiles. Sans succès. Essoufflée par la montée des marches, j'arrive enfin au sixième étage et cours dans le couloir qui mène à mon appartement. Serré dans la moiteur de ma main droite, mon téléphone compose inlassablement le numéro de mon mari dans l'espoir d'une réponse. Tandis que j'insère précipitamment ma clef dans la serrure, je me raidis. De l'autre côté de la porte, je viens de reconnaître la sonnerie du portable de Lionel.

Je pénètre dans l'appartement en criant son nom. Depuis une pièce à ma gauche, un braillement étouffé me parvient. Mon sang ne fait qu'un tour. Alors que j'arrive devant la porte de la cuisine, j'aperçois par l'entrebâillement le téléphone de Lionel. Tombé sur le sol, il continue de sonner. Ses vibrations font crier la céramique du carrelage. Je pousse la porte et reste bouche bée. Ligoté et bâillonné à même le sol, Arnaud me regarde entrer, l'air halluciné. Sur le côté de sa tête, une plaie saigne. Il a la pommette et la paupière tuméfiées. Ses mains sont attachées dans son dos par une épaisse couche de scotch de chantier du même genre que celui qu'on a collé sur la bouche de Gabriel devant mon regard impuissant. Lui aussi en a un rectangle sur la bouche, à travers lequel il essaie de me dire quelque chose. Ses pieds sont liés, enroulés par le même moyen autour du poteau en aluminium du bar. Je me rue sur lui pour le détacher.

— Qu'est-ce qui s'est passé ? Où est Lionel ?

Je décolle le morceau de chatterton de sa bouche, arrachant au passage une partie de son bouc. Il lâche un cri de douleur.

— Je ne sais pas. Je n'ai pas compris… Ça fait une bonne heure que je suis comme ça.

Tandis qu'il tâche de reprendre ses esprits, j'entreprends de détacher les liens qui lui enserrent les bras et les jambes. N'y parvenant pas à mains nues, je me lève et sors d'un tiroir un long couteau à viande. Pendant une fraction de seconde, une expression de terreur parcourt le visage de mon frère, comme s'il était persuadé que je m'apprêtais à le poignarder. Je m'accroupis à côté de lui et glisse soigneusement la lame entre ses poignets, puis tire d'un coup sec. Dans un gémissement de soulagement, Arnaud retrouve l'usage de ses bras. De ses mains rageuses et encore tremblantes, il arrache les restes du scotch de ses avant-bras velus pendant que je libère ses chevilles. Puis, essoufflé, il explique :

— J'étais avec Lionel, on parlait de Gabriel, de la rançon… On buvait un café…

Il désigne le bar, sur lequel gisent deux tasses. L'une est à peine entamée, l'autre est renversée sur le comptoir. Le café ne coule plus. Une petite mare a séché sur la surface du bois. Les coulures, elles aussi, se sont immobilisées. Par terre, une flaque brunâtre coagule.

— Et puis Lionel a entendu du bruit. Quelqu'un ou quelque chose derrière, près de l'entrée. Il est sorti de la cuisine pour aller voir et j'ai entendu un grand boum. Je n'ai pas eu le temps de me retourner que je recevais un gros coup sur la tête.

Comme s'il prenait seulement conscience en me le racontant qu'il avait essuyé un coup, il passe la pulpe de ses doigts sur la plaie qu'il a à la tête. Le contact lui arrache un gémissement de douleur. En avisant le sang qui macule sa main, il a un mouvement de surprise, mais ne se laisse pas déborder par ses émotions. Relevant les yeux vers moi, il termine.

— Je ne me souviens pas du reste. Je me suis réveillé comme tu m'as trouvé.

Saisissant un torchon que je mouille, je commence à nettoyer le sang qui coule encore le long de son visage. Pour ne pas l'affoler, je maintiens le linge taché de rouge en dehors de son champ de vision, et l'interroge de ma voix la plus douce.

— Réfléchis bien… Est-ce que tu as vu quoi que ce soit ?

— Non, je n'ai rien vu. Un coup sur la tête, et puis le trou noir.

Il plante alors ses yeux dans les miens.

— Tu crois qu'ils ont pris Lionel ?

Ma gorge se serre. Sans répondre, je tourne la tête vers le téléphone de mon mari, gisant sur le carrelage. Aussi loin que je me souvienne, je ne l'ai jamais vu se séparer de son portable plus de deux minutes. L'idée qu'il ait pu le laisser volontairement derrière lui me semble être de la pure science-fiction. Arnaud suit mon regard et, vraisemblablement, mon raisonnement. Désemparé, il murmure :

— Je n'ai rien pu faire, Pauline… Je suis désolé…

Je prends sa main dans la mienne.

— Ce n'est pas ta faute, Arnaud.

— J'aurais dû… Je ne sais pas. Faire plus attention. J'aurais dû me méfier.

— Arrête, tu n'y es pour rien.

Je lui tends le bras pour l'aider à se lever, et nous allons nous installer dans le canapé du salon. Alors que je m'apprête à appeler Arsène pour l'informer de la situation, mon téléphone se met à vibrer dans la paume de ma main. Sur l'écran, c'est son nom qui s'affiche. Quand je décroche, il ne me laisse pas le temps d'ouvrir la bouche.

— Pauline, il y a quelque chose qu'il faut que tu saches…

— Moi aussi j'ai quelque chose à te dire.

Lorsque je raccroche trois minutes plus tard, je suis abasourdie. Quand Arsène a prononcé le nom de Leonid Kashak, mon frère interloqué a vu mon visage se glacer et mes jambes me lâcher. S'il n'avait pas été là pour me rattraper et me faire asseoir, je me serais écroulée sur le parquet. Maintenant, il me sonde d'un œil inquiet en attendant que je lui fasse le compte rendu de la conversation. Il me faut quelques secondes pour reprendre mes esprits. Puis je lui raconte tout. Ce matin, il y a près de douze ans, où Arsène a mis fin à la vie d'un enfant d'une balle de 9 mm perdue. La culpabilité qui l'a rongé jusqu'à la moelle, déconstruisant sa vie pièce par pièce. Et aujourd'hui, le plan de vengeance machiavélique d'un père anéanti. Un mafieux de la pire espèce qui vient de sortir de prison, et qui n'a plus rien à perdre. Pendu à mes lèvres, Arnaud emmagasine les informations en hochant la tête. Mais tout à coup, il m'interrompt.

— Attends. Je veux bien croire à ton histoire de vengeance de bandit géorgien mais… Si même Arsène n'a jamais su qu'il était le père de Gabriel, comment est-ce que ce type-là, *lui*, pourrait le savoir ?

À ces mots, je me glace. Comme si mon cœur avait soudain cessé de battre. Alors je saisis mon frère par les deux épaules et plante mes yeux dans les siens.

— Arnaud, je voudrais que tu te concentres et que tu essaies de te souvenir de quelque chose.

— Quoi ?

— Quand tu étais dans la cuisine avec Lionel tout à l'heure, tu m'as dit qu'il s'était levé parce qu'il avait entendu du bruit…

— Oui.

— Est-ce que, *toi*, tu as entendu quelque chose ?

LUI

— Il nous a baisés, putain. Il nous a baisés comme des bleus.

Je parle fort pour couvrir le bruit du deux-tons et du moteur qui vrombit sous les coups d'accélérateur nerveux de Chuck. Il y a encore dix minutes, j'étais en train de me morfondre dans le bureau de Julie quand mon téléphone a vibré. Un SMS d'un numéro inconnu. Le message ne contenait qu'une adresse : 17, rue Pierre-Semard, à Ivry-sur-Seine. Le cerveau fonctionne parfois bizarrement. Si je n'ai jamais réussi à intégrer que tribord était à gauche, et bâbord à droite – ou le contraire –, cette adresse, complexe, loin de tous mes points de repère, ne me laisse aucun doute. Ce jour-là, je ne conduisais même pas. Ces coordonnées, je ne les ai vues que dans un procès-verbal lu en diagonale. Et pourtant, ma mémoire les a stockées, prête à les faire surgir de mon inconscient comme un diable de sa boîte.

Un brusque coup de volant me fait bringuebaler. Chuck vient d'éviter un cycliste. Les boulevards parisiens défilent devant nous. Il sait. Il sait que je sais. Le compte à rebours a commencé, et il est à son avantage. Attaché aux symboles, Leonid Kashak m'a donné rendez-vous là où nos vies ont basculé. Je pose la main sur la crosse de mon Sig-Sauer. Pour la première fois, je ressens une envie furieuse de trouer la peau de quelqu'un. Comme s'il m'avait attaqué dans ma chair, s'offrant le luxe de piétiner méticuleusement l'un de mes sentiments les plus intimes, que je ne connaissais pourtant pas il y a deux jours : mon instinct de père. Sans même l'avoir vu, j'aime ce gosse. D'un amour plus intense que tous ceux qui ont jusqu'ici guidé mes actes. Un amour irraisonné. Étrangement, je ressens une forme d'empathie à l'égard de Kashak. Je le sais animé par la même haine tenace, celle que l'on n'oublie pas, et qui ne pourra se solder que les pieds devant.

Chuck s'engage sur le périphérique, à 130 kilomètres/heure sur la bande d'arrêt d'urgence. J'ai tué le gosse de Kashak, et j'imagine la façon dont, du fond de sa cellule, il a construit sa vengeance, faisant observer le moindre de mes faits et gestes par l'un de ses chestiorki. Il a dû voir que je trompais Pauline, connaître le visage d'Avril, dont je serais incapable de me souvenir. Peut-être même que, lorsque je défilais sur les Champs-Élysées, comme tous les élèves commissaires, les yeux des Vor v zakone étaient posés sur moi… Puis, quand je me suis séparé de Pauline, il a continué à la surveiller… Instinct de chasseur, le même que moi. Elle aussi a été épiée, il a suivi la personne que, jusqu'à il y a deux jours, j'aimais le plus au monde. Pendant douze ans, me détruire a été sa seule raison de vivre. Putain, Pauline. Je saisis mon téléphone. Elle m'a laissé cinq appels en absence, pas de message. Il va sûrement lui envoyer le même message, et son rupin va se précipiter pour verser la rançon. Si j'étais lui, je ferais en sorte qu'elle ne puisse jamais me pardonner. Buter Gabriel et son mari, la laisser seule, à cause de moi. Il me condamne à vivre en la sachant malheureuse, en plein désarroi. Je dois éviter à Lionel de caner. Elle a droit au bonheur, avec ou sans moi.

Chuck est à 140 sur le périph, et j'ai l'impression que nous n'arriverons jamais à temps. Je tourne la tête et observe mon binôme, concentré sur la route, ses mains massives enserrant le volant. Mon dernier ami. De ceux qui envoient tout balader pour vous. Je ne lui ai pas laissé le choix. Dès que j'ai reçu l'adresse, je suis parti bille en tête et il n'a pu que me suivre dans ce nid de guêpes pour assurer mes arrières. La voiture emprunte la sortie, direction Ivry. Plus que quelques minutes. Plus je me rapproche de Kashak, moins je me sens coupable. Je pense à Gabriel. Je n'ai plus que ce nom-là en tête. Qu'il soit mon fils ou pas, la douleur me transcende. Je l'imagine seul, apeuré, face à ces connards tatoués des pieds à la tête qui feraient peur à n'importe qui. Ses grands yeux noirs remplis de perles salées qui coulent sans discontinuer le long de ses joues d'enfant. Effet tunnel. Je ne pense plus qu'à Kashak, face à moi. Pointer mon arme vers lui, aligner le guidon et le cran de mire de mon Sig, et défourailler pour mettre fin à sa cavale, sauver mon fils hypothétique, son nouveau père parfait, et libérer Pauline de sa douleur. Cette fois-ci, je ne regretterai pas d'avoir appuyé sur la détente.

Nous avançons dans les rues pavillonnaires insipides d'Ivry-sur-Seine. L'immeuble est toujours en ruine, rien n'a changé depuis douze ans. Chuck se gare à la même place en pilant comme un dingue. La Crim' devrait arriver d'ici une dizaine de minutes. Cela nous laisse le temps de régler nos comptes. Je me précipite vers l'entrée. Pour la dixième fois de la journée, la poigne de Chuck me retient.

— Arsène, t'as un regard de dément. Fais pas de conneries, OK ?

Je l'ignore et tente de repartir. Je ne vois que la porte de ce foutu immeuble. D'un seul coup, trou noir. Mon partenaire vient de me décoller une énorme gifle qui m'a remis les idées en place. Il ne me laisse pas le temps d'ouvrir la bouche.

— Désolé, Lupin… Je ne pouvais pas partir dans un guêpier pareil avec toi dans cet état.

La gifle m'a fait recouvrer mes esprits. Chuck enchaîne.

— OK, on rentre tous les deux. Je n'ose même pas imaginer ce que tu vis, mais je vais être égoïste. Pense à mes gosses à moi, t'as pas envie de les laisser orphelins. Alors sois aussi pro qu'avant… Et ne me fais pas buter.

Dans le mille, Chuck.

On rentre dans cet immeuble pourri nos armes pointées devant nous. Les marches craquent une à une sous nos pas prudents. Dos au mur, le canon pointé vers le haut, je sens la peinture hors d'âge qui s'écaille sur mon passage. Mon souffle est court, mes muscles tendus. Je retrouve tous mes réflexes. Au bout de deux étages, nous arrivons devant une porte en bois pourri, qui ne résistera même pas à un coup de mes Stan Smith. Je la fais tomber sans difficulté. Mon bras se pose sur celui de Chuck. Comme il y a douze ans, j'insiste pour passer en premier. Mais cette fois-ci, rien à voir avec le fait que je n'ai pas d'enfants… Bien au contraire.

ELLE

Devant le regard éberlué d'Arnaud, je rassemble les pièces du puzzle. Tout commence par la Géorgie, point commun apparemment anecdotique entre Leonid Kashak et l'homme qui partage ma vie depuis cinq ans. Pourrait-ce être plus qu'une troublante coïncidence ? Que sais-je vraiment du passé de Lionel ? Les méninges en roue libre, j'essaie de trouver un sens à ce qui me frappe maintenant comme une évidence : d'une manière ou d'une autre, mon mari est impliqué dans l'enlèvement de Gabriel. Je gamberge. Il paraît que celui qui se frotte, ne serait-ce qu'un seul jour, à un gang n'a pas assez d'une vie pour s'en défaire complètement. Est-il possible qu'il ait un jour infiltré ce réseau criminel de son pays natal pour une enquête ? Qu'il ait été pris au piège ? A-t-il essayé de fuir, puis a-t-il été rattrapé par de vieux démons ? Ces hommes ne sont pas des tendres. Quiconque leur résiste ne s'en tire pas en un seul morceau. Lionel a pu être victime de pressions, de chantage, d'intimidations.

Et puis, un détail me frappe. Du fond de mes souvenirs me reviennent des bribes de ce qu'Arsène m'avait dit des Vor v zakone il y a bien longtemps, avant que son enquête ne se solde par une erreur fatale. Je me souviens notamment de photographies, dignes d'une exposition au musée de l'Homme, de ces criminels méticuleusement tatoués. Des dizaines de motifs et signes distinctifs, gravés dans leur chair à des emplacements précisément définis par les traditions de la mafia dont ils faisaient partie. Fiers, symétriques. Alors je me rappelle ces moments où, détaillant chaque centimètre carré du corps de Lionel dans les débuts de notre idylle, j'avais été surprise de sentir sous mes doigts quelques infimes boursouflures, d'observer des marques de dépigmentation ici et là. Le long de son sternum. De part et d'autre de ses côtes. Il avait feint de s'en étonner autant que moi, de ne les avoir lui-même jamais remarquées. M'oubliant dans ses bras, je n'avais pas cherché plus d'explications.

C'est alors que je comprends. Rien de tout cela n'est le fruit de la malchance. Lionel n'a pas été pris au piège, il en a été l'exécuteur. Et *nous* en sommes les victimes. Gabriel, moi, Arsène. Comment n'ai-je rien vu ? Ma gorge se serre, l'oxygène me manque. Haletante, je vois enfin le voile se lever sur des années de mensonge. Un plan savamment orchestré qui s'est déroulé sous mes yeux aveugles, de mon livret de famille jusque dans mes draps. Tandis que je me refais le film de notre vie commune à l'envers, j'imagine, horrifiée, ce qu'il a fallu de préparation pour mettre en place une telle tromperie. La revanche de Kashak se prépare sans doute depuis le premier jour. Il a observé Arsène, ou plutôt, depuis le fond de sa cellule, il l'a fait observer par un ou plusieurs de ses complices laissés en liberté. Quand je l'ai quitté des mois après le drame, je suis restée dans le collimateur des Vor v zakone. On m'a épiée jusqu'à la naissance de Gabriel, providentielle pour une vengeance à la hauteur du crime. Une simple soustraction a suffi pour que mon fils soit condamné. Alors il a fallu trouver le moyen de se rapprocher de nous, de gagner notre confiance.

Mon visage se crispe. Les hommes ont toujours été mon point faible. Le moyen le plus simple et le plus efficace de me rendre aveugle. J'ignore si Lionel était l'un des plus proches collaborateurs de Leonid Kashak, ou s'il a simplement été désigné pour son adéquation au casting. Beau mec, ni trop vieux ni trop jeune, journaliste… L'était-il déjà ou l'est-il devenu pour pénétrer dans mon monde ? Il a eu cinq années pour préparer son coup, pour effacer les traces de sa vie criminelle, se construire un passé qui tienne la route et rentrer parfaitement dans le costume de celui qui allait devenir l'homme de ma vie. Sans doute a-t-il été épaulé dans cette tâche, briefé, aidé par une compilation d'éléments rassemblés par leurs rabatteurs à mon sujet. J'enrage en me remémorant les premières semaines de notre relation, et en me revoyant m'émerveiller de combien il était drôle, spirituel, charmant. À cette époque, notre rencontre a été dans ma vie comme un rayon de soleil venant briser la froide obscurité d'un hiver interminable. Et je me suis laissé prendre.

Le plus ironique – et le plus glaçant – est que notre histoire n'est devenue sérieuse que lorsque j'ai vu l'intérêt qu'il portait à Gabriel. Loin de soupçonner quoi que ce soit, j'en ai tiré les conclusions qui m'arrangeaient, à savoir que Lionel se présentait comme le parfait compagnon de vie pour moi, mais aussi pour mon fils. Le temps passant, j'étais convaincue que l'un avait adopté l'autre, et inversement. Toujours attentionné, généreux, Lionel m'a semblé dévoué à Gabriel. Il s'en occupait comme si c'était son propre fils. Et Gabriel l'aimait, sincèrement. Il l'écoutait, l'imitait, cherchait son approbation comme celle d'un père. Tandis que ces pensées me traversent l'esprit, que je les revois jouer tous les deux, rire à gorge déployée, une vague de rage me submerge. Si l'idée d'avoir été trompée par celui que je croyais aimer m'est déjà insupportable, me dire qu'il a joué la comédie et trahi la confiance de mon enfant me donne des envies de meurtre. Sur lui, bien sûr, mais aussi sur moi-même. Aveugle, amoureuse, j'ai dormi avec le diable pendant des années sans me douter de rien, et je n'ai pas su protéger Gabriel. J'ai envie de crier, de pleurer, de détruire tous les meubles de l'appartement à la hache. Mais je n'en fais rien. Pétrifiée sur le sofa, je ne peux que me remémorer les événements passés à la lumière du mensonge que je n'ai pas su voir. Des premiers jours jusqu'aux derniers. Avec horreur, je repense au matin où il est parti travailler comme à son habitude, déposant un tendre baiser sur mon front et ébouriffant la tignasse de Gabriel alors qu'il savait – j'en suis sûre, maintenant – que des hommes encagoulés s'apprêtaient à l'enlever moins d'une heure plus tard. Des hommes encagoulés… En faisait-il partie ? Il n'est pas l'un des deux que j'ai pu voir, j'en suis certaine. Mais conduisait-il la camionnette ? Ou bien est-il resté à distance pour maintenir sa couverture ? Des dizaines de questions m'assaillent. S'est-il réellement rendu au Monténégro, a-t-il seulement un compte là-bas ? Cet argent est-il le sien ? Je me rends compte que je n'ai même pas ouvert la mallette qu'il a ramenée de son périple. Se pourrait-il qu'elle n'ait jamais contenu le moindre billet de banque ? Et enfin, me vient une horrible question qui efface toutes les autres : Gabriel sait-il ?

Hagarde, je regarde autour de moi comme si j'essayais sans trop y croire de trouver mon chemin dans une épaisse brume. À mes côtés, serrant ma main dans la sienne, Arnaud est muet. Sa présence aussi m'est douloureuse. Lui qui a toujours eu une animosité instinctive pour son beau-frère, à laquelle je n'ai jamais voulu accorder de crédit. Évitant soigneusement de croiser son regard, le mien se pose sur le mur qui me fait face, recouvert de clichés mettant en scène la famille heureuse que je croyais que nous étions. Voyages, fêtes de Noël, pique-niques dans des jardins publics… Tout à coup, mes yeux butent sur une photo en particulier, pour une raison que je ne m'explique pas tout de suite. Gabriel a six ans. Il est juché sur les épaules de Lionel au milieu d'un parc d'attractions. Son visage affiche un sourire radieux, un bandeau noir et un sommaire maquillage de pirate que je me souviens lui avoir fait pour l'occasion. Ce jour-là, il était fier comme un pape d'avoir osé monter dans le terrible « Bateau de la mort » comme un grand, accompagné par Lionel qui avait eu un petit peu peur que le petit vomisse sur ses genoux. Mais tout s'était bien passé, et mon fils en était sorti ravi. Depuis toujours fasciné par les pirates, cette attraction à thème avait été pour lui un véritable adoubement. « Vieux pirate », c'est ainsi que

Lionel l'appelle depuis ce jour. Soudain, une idée me frappe. Je saisis mon portable et me repasse la vidéo envoyée par les ravisseurs. Alors je vois ce qui m'avait échappé : quand le flingue s'approche de sa tempe, Gabriel ferme brièvement un œil. « Vieux pirate ». Il savait… Il savait et il a voulu nous le dire.

LUI

Ma lampe torche diffuse le même halo de lumière qu'il y a douze ans, révélant le même nuage de poussière, dense. Depuis que je suis dans l'escalier, des vibrations dans la poche avant de mon jean me déconcentrent. Quoi que ce soit, ça attendra. Je ne quitte pas des yeux le bout de ce couloir. Chuck est derrière moi, ses pas prudents synchronisés sur les miens. Il m'adresse un bref coup sur l'épaule. Je me retourne. Il me tend l'écran de son téléphone. Lui a pris le temps de le regarder. C'est un SMS de Pauline. « Préviens Arsène, Lionel est dans le coup. »

Un coup d'épée me transperce. C'est comme ça qu'il a su, comme ça que cet enfoiré de Kashak a réussi son coup aussi facilement. Depuis combien de temps Lionel est-il impliqué ? A-t-il été recruté parce qu'il était le mari de Pauline, l'a-t-on fait chanter ? Ou fait-il partie des Vor v zakone depuis des années ? Dans ce cas, ce fumier a joué à Pauline la grande scène du II pendant des années... Les hypothèses se bousculent dans ma tête, et je suis toujours dans ce foutu couloir. Je regarde Chuck et lui fais signe : on avance, et on sauve Gabriel.

Le corridor ne fait que quelques mètres, mais il semble s'étirer à perte de vue. Au bout de quelques secondes, je suis face à la porte de la pièce dans laquelle ma vie a basculé. Elle est close, et Kashak doit me savoir derrière. Mon partenaire et moi sommes chacun d'un côté du chambranle. J'actionne la poignée. On entre, armes aux poings.

On dirait que cette chambre n'a pas bougé depuis douze ans. Le même lit sur le côté, la même petite porte qui mène à un débarras. Et le même homme. Je ne le reconnais pas tout de suite. Il est là, debout à gauche du lit. Le flingue de Valeschi à la main. La prison fait vieillir trois fois plus vite, il n'y a pas coupé. Ses cheveux sont gris et clairsemés, sa silhouette est frêle. Il regarde ses pompes. Je le braque. « BOUGE PAS ! POSE TON FLINGUE ! » Il lève lentement les yeux vers moi, son arme toujours pointée vers le sol. Chuck est derrière, je sais qu'il l'a en joue. Son visage ridé se révèle. Il plante dans mes yeux un regard embué de larmes. Ses traits se déforment dans une grimace de douleur. Son flingue est toujours pointé vers le sol. J'ai envie de tirer. L'IGPN ne pourra jamais prouver qu'il n'y a pas légitime défense. Chuck sent la tension. « Fais pas de connerie, Arsène… » Déterminé, je m'approche de lui et colle le canon de mon Sig entre ses deux yeux. Ma respiration est forte, je ne le lâche pas du regard. Il pleure sans bruit. Un silence tendu s'installe entre nous. Chuck non plus ne dit plus rien. Puis, l'accent rocailleux de Leonid Kashak tombe comme un couperet.

— Recule et baisse ton flingue, Galien.

Je n'obéis pas.

— Je t'ai dit… Recule et baisse ton flingue. Tu veux revoir ton gosse vivant ?

Je fais deux pas en arrière, et garde Kashak en joue.

— Tu y tiens, à ce môme, hein. Et pourtant, tu ne l'as jamais vu. » Sa voix devient de plus en plus chevrotante. « Tu ne l'as jamais vu… » Maintenant, il hurle comme un dément. « ALORS IMAGINE CE QUE C'EST DE PERDRE SON FILS !

Ça y est. Il pointe son arme sur moi. Derrière, je sens Chuck qui se tend. Je lève la main gauche.

— Chuck, tire pas, putain. Il nous tient. Tu veux quoi, Kashak ? Tu veux me buter ? Putain, mais vas-y, connard ! Vas-y, je ne manquerai à personne.

Cette fois-ci, c'est moi qui m'approche de son flingue. Je viens poser mon front sur son canon.

— Chuck, tu t'occuperas de mon clébard.

Je suis à cinquante centimètres du visage de Kashak. Une haine féroce émane de ses yeux humides.

— Recule, Galien. Recule et ferme ta gueule. Il est hors de question que je te bute. Tu vas souffrir comme moi j'ai souffert.

— Je veux voir Gabriel.

— Il n'est pas question que tu ne le voies pas…

Comme dans un mauvais film d'espionnage, Leonid Kashak tape du pied et la porte du débarras s'ouvre. Derrière, un gosse de dix ans aux yeux noirs et aux boucles rebelles. Ses vêtements sont remplis de poussière. Il porte un cartable bleu et rouge. Il me regarde, des yeux sombres, aussi profonds que ceux de sa mère. J'ai envie de courir à sa rescousse. Mon cœur fait un bond de géant dans ma poitrine. J'ai l'impression que ce gamin et moi, on se connaît déjà… Une silhouette d'homme le fait avancer. Lionel Yachvili. Chuck le braque immédiatement. Je garde Kashak en joue. Le petit est tétanisé. Je tente de le rassurer.

— Ne t'inquiète pas, Gabriel. Je suis un ami de ta maman, je vais te ramener chez toi…

Yachvili a le bon goût de fermer sa gueule.

Il n'est plus question de crever. On va sauver ce gosse, coûte que coûte. Kashak a de nouveau baissé son arme. Exploiter la faille. Vite. Nous nous faisons face. Une larme discrète se met à couler le long de mes joues. Chuck ne dit rien et ne lâche pas Yachvili du viseur.

— Écoute-moi, Kashak. La Crim' n'arrivera pas avant un quart d'heure. Ça te laisse assez de marge. Je te couvre. Le temps qu'ils remontent jusqu'à toi avec ton ADN ou tes empreintes, tu auras passé la frontière. Tu vas relâcher Gabriel, et tu vas te casser, tu m'entends ?

— Tu crois vraiment que j'ai quelque chose à perdre ?

Des bribes du dossier me reviennent.

— T'as une fille en Géorgie, non ? Alors putain, barre-toi, n'en fais pas une orpheline…

Une lueur dans ses yeux. Je suis sûr que ça peut marcher.

— Écoute, Leonid. Tu as une seule chance de te sortir de là et de faire un truc bien une fois dans ta vie. Ton gosse, il n'avait rien demandé, d'accord. Mais Gabriel non plus. T'as de la mentale, putain. T'es pas un tueur de môme, Kashak… Tu vaux mieux que moi.

Maintenant, il pleure franchement. Son arme est le long de sa jambe, toujours fermement tenue dans sa main. Impossible de tenter quoi que ce soit. Il reste silencieux quelques secondes. Se taire, et laisser braire… Puis, il prononce une phrase dans une langue que je ne comprends pas.

D'un coup, tout s'accélère. Lionel, jusqu'ici immobile, relâche Gabriel de son étreinte et s'agenouille, les mains derrière la tête. Chuck se tend. Le petit se met à courir vers moi. Mon arme est toujours pointée sur Kashak. Je vois le gosse qui s'approche. Leonid le regarde avec une étrange forme de tendresse. Je perçois un léger tressaillement de son épaule. Il lève son calibre. Putain. Je me crispe, il est dans ma ligne de mire. Je suis prêt à faire feu. Il met Gabriel en joue. Je dois tirer. C'est maintenant, Galien. Je presse la détente. Je n'arrive pas à appuyer assez fort. Mon bras se bloque. Deux détonations retentissent. Acouphènes. Une fraction de seconde après, deux bruits sourds. Chuck vient d'abattre Kashak. Au même moment, le corps frêle de Gabriel s'écroule à mes pieds.

GABRIEL

Tout se produit très vite. Maman et moi nous approchons de la camionnette. Une silhouette sombre s'échappe de la porte coulissante. Arme au poing. Le temps de me rendre compte qu'elle s'approche de nous, une deuxième, massive, nous barre déjà la route.

En une seconde, je comprends qu'il faut que je m'enfuie. Mais comme dans mes cauchemars, mes jambes ne marchent plus. Je suis paralysé par la peur. L'un d'eux passe son bras autour de mon cou et serre. Je n'arrive plus à respirer. Il m'étouffe. Je voudrais prévenir Maman que l'autre homme s'approche d'elle, mais le type plaque sa main sur ma bouche. Maman crie, se débat, mais celui qui la maintient est trop fort. Je le vois. L'homme en noir me traîne vers la porte de la camionnette. Il me fait mal. J'essaie de résister, mais il me pousse à l'intérieur. Enlève sa main de ma bouche pour y coller un gros bout de scotch. Je n'ai pas quitté Maman des yeux. Est-ce qu'ils vont l'emmener avec moi ? J'ai peur de me retrouver tout seul. Le type ferme la porte coulissante. Maman disparaît. L'homme à la cagoule attrape un torchon sale et me le colle sur le nez. Ça sent très fort, quelque chose de chimique. J'essaie de retenir ma respiration, mais ma tête commence à tourner. Dehors, j'entends des cris, puis un bruit, comme quelque chose qui tombe par terre. Puis plus rien.

Je me réveille dans une pièce sombre qui sent mauvais. Les murs ont de grosses taches de moisi. Il n'y a personne. Pas un bruit. J'ai froid. Mes mains sont scotchées, mes chevilles attachées. Je me mets à pleurer. Je ne sais pas où je suis, ni ce qu'on veut me faire. Je m'agite comme un fou pour essayer de me libérer, mais je n'y arrive pas. Un rat traverse la pièce. En haut d'un escalier, j'entends une clef tourner dans une serrure. Quelqu'un vient. Trouver une cachette, vite. Toujours saucissonné, je rampe le plus vite possible vers le coin le plus sombre de la pièce. De la poussière rentre dans mes yeux, dans mon nez. Des pas descendent l'escalier. Ils approchent. J'accélère. Un clou qui dépasse du sol arrache un bout de mon pantalon. Mon genou saigne. Soudain, une voix grave se fait entendre juste derrière moi.

— Tu n'iras nulle part.

Le nez contre le sol, je ne bouge plus d'un millimètre.

— Alors c'est toi, Gabriel. Fais-moi voir ton visage.

La voix a parlé avec un accent que je ne connais pas. J'ai peur de me retourner, et de me trouver face à un méchant de James Bond. Je comprends maintenant pourquoi je n'avais pas le droit de regarder ces films. Surtout, ne pas me retourner. Faire le mort. Peut-être qu'il va repartir. Pendant quelques secondes, je n'entends rien. Je ferme les yeux. Il va me tuer, j'en suis sûr. Alors une deuxième voix s'élève. Celle-ci, je la reconnais.

— Allez Gabriel, retourne-toi. On ne te fera pas de mal.

Il m'attrape par le bras et me fait asseoir. C'est bien ce que je pensais. Lionel. Je le regarde avec des yeux pleins d'espoir. Tout cela n'est peut-être qu'un jeu… Mais quand je vois l'expression sur son visage, je comprends que non. Il ne sourit pas, ses yeux paraissent vides. On dirait qu'il a été remplacé par une statue de cire qui lui ressemble, mais qui n'est pas tout à fait lui. Le voir comme ça me donne la chair de poule. Il me regarde, mais c'est comme s'il voyait à travers moi. Je ne comprends pas pourquoi il est comme ça.

À côté de lui, le méchant de James Bond est moins effrayant que je ne croyais. C'est un homme pas très grand et un peu maigre. Il a l'air fatigué. Il est plus vieux que Lionel, ses cheveux sont gris. Ses yeux me mettent mal à l'aise. Il me regarde comme s'il me connaissait depuis longtemps. Comme s'il m'aimait bien. Je voudrais qu'il s'en aille, mais au lieu de cela, il s'accroupit et s'avance vers moi. Et si c'était un pédophile ? J'ai entendu parler de ces gens qui croient qu'ils aiment les enfants, mais qui leur font du mal. Je ne sais pas exactement ce qu'ils font, mais je sais qu'il vaut mieux ne jamais en rencontrer un. Mon cœur bat de plus en plus vite. Je voudrais reculer, mais le mur derrière moi me bloque. Le petit bonhomme caresse ma joue de sa main rugueuse. Je n'arrive pas à bouger. Il reste là, tout près de moi, à me regarder. J'ai envie de pleurer, mais je me retiens. Pour ne pas soutenir le regard de l'inconnu, je garde la tête tournée vers Lionel en priant pour qu'il redevienne normal, mais il ne change pas d'expression.

Alors le méchant ouvre une bouche pleine de dents jaunes.

— Si je retire ce bout de scotch, dit-il en tapant du doigt sur ma bouche, est-ce que tu me promets de ne pas crier ?

Je ne bouge pas, évite son regard. Il sort un petit sac en papier de la poche de son grand manteau. Ça sent la charcuterie.

— C'est l'heure de manger et j'ai là un très bon sandwich pour toi. Mais si tu veux que je te le donne, il faut me promettre de ne pas crier. Tu peux faire ça ?

Mon estomac gargouille. C'est vrai que je suis mort de faim. Alors Lionel prend la parole.

— Allez Gabriel... Sois gentil.

Je me tourne vers l'autre homme et fais oui de la tête. De toute façon, je n'ai pas le choix. Il arrache le bout de scotch. Ça fait mal, mais je ne dis rien. Il me tend le sandwich. J'hésite à le prendre. Ne jamais faire confiance aux inconnus. Alors il le sort de son sac en papier et le glisse de force entre mes mains attachées.

— Tiens. Ça ne va pas être très pratique de manger comme ça, je sais. Mais tu m'as l'air d'un sacré filou, alors je préfère ne pas te détacher.

Je supplie toujours Lionel des yeux, mais il continue de me regarder comme s'il ne me connaissait pas. Il reste loin de moi, debout, presque au garde-à-vous.

— Mange, me dit le vieux bonhomme.

Il a une voix sévère et un grand sourire en même temps. Ça me fait une impression étrange. Timidement, je demande :

— Il est pas empoisonné, le sandwich ?

L'homme éclate de rire, comme si ma question était totalement idiote. Puis, toujours accroupi devant moi, il approche son visage du mien et me regarde droit dans les yeux.

— Non, petit, il n'est pas empoisonné ton sandwich. Pour tuer les gens, il y a des méthodes beaucoup plus simples que le poison. Plus rapides, aussi. Et moins chères. C'est cher le poison, tu sais. Si je voulais tuer un petit gaillard comme toi, par exemple…

Je retiens ma respiration.

— Je pense que je l'étranglerais juste, comme ça, avec mes mains.

Il mime le geste, juste devant mon visage. Des larmes commencent à remplir mes yeux.

— Ou bien si je n'avais vraiment pas le temps…

Il ouvre son grand manteau et me montre le revolver qu'il a à la ceinture.

— Je lui tirerais simplement une balle dans la tête. Boum.

À nouveau, il mime avec ses doigts un pistolet. Le bout de son index vient se poser sur mon front. Les larmes coulent le long de mes joues. Alors il se remet à rire et se relève.

— Tu vois, Gabriel, si j'avais envie de te tuer, ça ne serait vraiment pas compliqué. Mais tant que tu restes bien sage et que tu fais ce qu'on te dit, je n'ai pas de raison de te tuer, si ?

Je n'arrive pas à dire un mot. Le bonhomme se tourne vers Lionel, puis à nouveau vers moi, et me fait un grand sourire.

— Allez, mange.

Ensuite, il dit quelque chose à Lionel dans une langue que je ne comprends pas, puis il tourne les talons, remonte l'escalier et disparaît.

Mon cœur bat à toute vitesse. J'attends quelques secondes pour être sûr qu'il est bien parti, puis éclate en sanglots.

— Lionel… Qu'est-ce qui se passe ? Qu'est-ce que j'ai fait ?

Toujours raide comme une statue, il me regarde de loin. Je voudrais qu'il redevienne comme avant, qu'il me réponde, qu'il m'explique.

— Est-ce que Maman va venir… ?

— Non, elle ne va pas venir, me renvoie-t-il d'une voix froide.

Je me mets à pleurer de plus belle. Alors, à son tour, il s'approche et s'accroupit devant moi. Pendant une seconde, j'ai l'impression que son regard redevient gentil.

— C'est qui le monsieur ?

Il lève les yeux vers l'escalier d'où le petit bonhomme a disparu, puis les plante dans les miens.

— Un vieil ami de ton père.

Je ne comprends pas.

— Il connaît mon papa… ?

— Oui, il le connaît bien, même.

Il pose sa main sur mon épaule. J'arrête de pleurer.

— Tu vas rester ici un petit moment, vieux pirate. Je sais, c'est pas très drôle… Mais si tu restes bien sage, ton papa va venir te chercher. D'accord ?

Je le regarde sans comprendre.

— Mais, Lionel… C'est toi mon papa, maintenant.

Tout à coup, il retire sa main de mon épaule comme s'il venait de prendre une décharge électrique. Il se lève, recule d'un pas et se met à crier.

— Non ! Je ne suis pas ton père. Tu m'entends ? Je ne suis pas ton père !

Les larmes se remettent à rouler le long de mes joues. Alors il revient vers moi. Mais cette fois-ci, il sort de sa poche un gros rouleau de scotch. Je lui jette un regard suppliant. Il a l'air d'hésiter une seconde, puis m'ordonne :

— Allez mange, dépêche-toi.

Bouchée par bouchée, je me force à avaler mon sandwich. Lionel me regarde sans rien dire, puis il déchire un bout de scotch avec ses dents, le place sur ma bouche et s'en va. Me revoilà tout seul dans cette cave. Il m'a trahi.

Ensuite, le temps est long. Très long. La pièce est sombre. Par une petite fenêtre carrée, je vois la lumière baisser. Le soleil doit se coucher. Quand la nuit tombe, je compte les secondes et additionne les minutes pour essayer de savoir quelle heure il est. Mais je perds vite le fil de mes calculs. Il paraît que les poissons rouges n'ont qu'une mémoire de trois secondes. Ils oublient tout, tout le temps. Ce serait plus facile si j'étais un poisson rouge. Dehors, je me dis que Maman doit me chercher partout, qu'elle a dû prévenir la police. Depuis combien de temps me recherchent-ils ? Poisson rouge.

Est-ce qu'ils vont bientôt me retrouver ? Ce que m'a dit Lionel me trotte dans la tête. Je n'ai jamais connu mon papa. Est-ce qu'il va vraiment venir ? Et si c'est un ami du petit bonhomme, est-ce qu'il est méchant lui aussi ? C'est peut-être pour ça que Maman ne m'en a jamais parlé.

De temps en temps, la porte en haut de l'escalier s'ouvre. Chaque fois, je me recroqueville. J'ai peur que ce soit le méchant de James Bond. Mais ce n'est que Lionel. Ou plutôt la version de Lionel qui ressemble à un pantin, mort à l'intérieur. Il me donne à manger, à boire, m'emmène aux toilettes. Puis il repart. Il ne parle jamais. Pour la nuit, il m'a installé un petit matelas gonflable et une couverture. Mais je n'arrive pas à dormir. J'essaie de ne plus compter les secondes, d'oublier. Poisson rouge. Je suis un poisson rouge et j'attends que quelqu'un vienne me sortir de mon bocal.

Quand l'homme à l'accent revient le deuxième jour avec un pistolet à la main, je suis sûr que je vais mourir. Lionel le suit, et sort un téléphone pour me filmer. Sans dire un seul mot, le petit bonhomme approche son arme de ma tête et la laisse là un instant. Mort de peur, je ferme les yeux en attendant qu'il me tue. Mais il ne tire pas. Lionel et lui échangent quelques mots dans cette langue que je ne comprends pas. Ils s'approchent l'un de l'autre et regardent la vidéo qu'ils viennent de filmer. Ils n'ont pas l'air satisfaits. Alors ils reprennent chacun leur place. Lionel filme et le bonhomme se remet à côté de moi et braque son pistolet vers ma tête. Je retiens ma respiration, et puis rien. Il retourne vérifier la vidéo, mais ça n'a toujours pas l'air de lui convenir. Alors ils recommencent, encore et encore. Petit à petit, je commence à comprendre qu'ils n'ont pas l'intention de tirer. Ce qui les intéresse, c'est la vidéo. Ils en ont besoin pour faire peur à Maman ou pour l'envoyer à la police, comme dans les films. Soudain, je me dis qu'il faut que je fasse quelque chose. Que je trouve un moyen de leur laisser un indice pour qu'on puisse me retrouver. Je regarde autour de moi à la recherche d'une idée. Je n'ai pas la moindre idée d'où je me trouve, je ne sais pas qui est l'homme à l'accent… Tout ce que je sais, c'est que Lionel est là, et qu'il m'a menti. Quand l'autre s'approche encore une fois de moi en levant son pistolet vers ma tête, j'essaie la première chose qui me passe par la tête. « Vieux pirate ». Si Maman voit la vidéo, elle comprendra peut-être. Je l'espère.

Pendant qu'ils se repassent les dernières images, je prends peur. Et si Lionel comprenait ce que j'essaie de faire ? Recroquevillé contre le mur, j'essaie de lire son regard. Heureusement, je n'y trouve pas de soupçons. Le petit bonhomme et lui ont même l'air contents de ce qu'ils voient, cette fois-ci. Ils rangent le flingue, le téléphone et se dirigent vers l'escalier pour repartir. Au moment où il pose le pied sur la première marche, Lionel se retourne vers moi. Son visage a changé. Pour la première fois depuis que je suis ici, j'ai l'impression de le reconnaître. Il me regarde fixement. Il a l'air presque triste. Pendant quelques secondes, il reste comme ça, immobile. Puis il ravale sa salive, tourne la tête et monte les escaliers.

Cette nuit-là, il se passe quelque chose d'étrange. Alors que je me suis endormi sur mon matelas gonflable, je me réveille en sentant une présence à côté de moi. En faisant bien attention de ne pas bouger, j'entrouvre un œil. Lionel est là, dans le noir, assis par terre près de moi. En tendant l'oreille, j'entends qu'il pleure doucement. Je continue de faire semblant de dormir. Il reste comme ça pendant un long moment, puis s'approche de moi et pose sa main sur mon épaule. J'ouvre les yeux. Dans la pénombre, je vois à peine son visage. Quelques larmes brillent sur ses joues. Alors il me prend contre lui et me serre très fort. Puis il repart.

Il ne revient que le lendemain dans la journée. Tout de suite, je me rends compte que quelque chose a changé. Il serre son manteau bien fermé contre lui. Il a l'air pressé, regarde sans cesse vers l'escalier, tend l'oreille. Et surtout, il n'est plus une statue. Pendant quelques secondes, je crois qu'il vient pour me libérer, que le cauchemar va s'arrêter. Mais il ne me détache pas.

— Gabriel, on n'a pas beaucoup de temps, alors il faut que tu fasses bien attention à ce que je vais te dire. C'est très important. Est-ce que tu m'écoutes ?

Lionel parle vite. Je hoche la tête.

— Le méchant monsieur, il veut te faire du mal.

Il jette encore un coup d'œil vers l'escalier et ouvre son manteau. Il en sort un petit couteau, un rouleau de scotch et une large plaque de métal. Je ne comprends rien. Il regarde sa montre, et reprend :

— Dans cinq minutes il va nous appeler et on va monter tous les deux, toi et moi.

Dans un coin de la pièce, il attrape mon cartable et l'ouvre. Ses mains tremblent.

— Ton papa va arriver pour venir te chercher, et c'est là que le monsieur va vouloir te faire du mal.

J'ouvre des yeux ronds. À toute vitesse, Lionel prend la plaque métallique qu'il a sortie de son manteau et la glisse dans mon cartable, entre deux livres.

— Il faut que tu m'écoutes attentivement, Gabriel. Tu as vu son pistolet ? Il va vouloir te tirer dessus avec.

Mon cœur se met à battre très vite. Je n'arrive plus à bouger. Il attrape son couteau et glisse la lame froide entre mes poignets. Je ferme les yeux. D'un seul coup, il découpe mes liens et arrache le scotch qui me colle à la peau. Puis il referme mon cartable et me le montre.

— Ça, c'est un bouclier.

Du poing, il tape dessus.

— Vas-y, tape.

Je l'imite. Les coups font un bruit sourd.

— Les balles ne passent pas à travers, d'accord ?

Je hoche la tête. Alors il me l'enfile sur le dos puis enroule à nouveau du scotch autour de mes poignets. Une voix s'élève, venant d'en haut de l'escalier. Toujours dans cette langue inconnue. Lionel devient très pâle.

— C'est maintenant.

Il arrache le scotch de ma bouche, me prend par les épaules et tire sur mes jambes. Debout derrière moi, il me fait lentement avancer vers l'escalier en me murmurant à l'oreille :

— Je vais rester un moment avec toi, et là tu ne craindras rien. Mais quand je te lâcherai, il faudra que tu coures dans la direction opposée au méchant monsieur pour que ton bouclier te protège. Tu lui tournes le dos, tu ne te retournes pas, et tu pars le plus vite possible. Est-ce que tu as compris ?

Je fais oui de la tête.

— Répète ce que je t'ai dit.

— Je lui tourne le dos. Je ne me retourne pas. Et je pars le plus vite possible.

ÉPILOGUE

GABRIEL

Encore un mauvais rêve. Je me suis réveillé en sursaut, en sueur. Je voudrais bien ne pas pleurer, je ne veux pas qu'Arsène me prenne pour une mauviette…

Je regarde autour de moi. Mon poster de Superman, mes livres, mes draps… Tout va bien, je suis dans ma chambre. Je mets ma main sur ma gorge et essaie de sentir mon cœur. Quand j'étais petit et que je dormais avec Maman, elle faisait ça au réveil. Depuis, je le fais aussi. J'entends la porte qui s'ouvre. Il fait noir. Une silhouette se dessine dans l'encadrement, éclairée par la lampe du couloir. Ce n'est pas Maman. La lumière s'allume. Arsène !

— Alors, mec, tu as fait un cauchemar ?

Je me mets à pleurer et hoche la tête. Il vient s'asseoir au bord de mon lit. Je rassemble mes souvenirs. Maman n'est pas là ce soir, et c'est Arsène qui m'a gardé. On a mangé une pizza avec Ripeur, et on a regardé un film d'action tous les trois. Un vieux *Batman*. Il les adore. Moi, j'ai surtout fait des câlins au chien, c'est devenu mon nouveau pote. Puis, je me suis endormi sur les genoux d'Arsène, et il m'a bordé. Il est marrant, Arsène. Il essaie de faire comme si tout allait bien, alors qu'il n'a aucune idée de comment s'occuper de moi. Ce soir, c'est la première fois qu'on se retrouve tous les deux. Entre mecs. Il m'embrasse sur le front et me prend dans ses bras.

— Tu sais, moi aussi je fais des cauchemars, des fois. Mais il faut savoir chasser les mauvais rêves et se rendormir. De quoi t'as rêvé ?

Je sanglote encore un peu, puis j'arrive enfin à parler.

— J'ai repensé à la fois où tu es venu me chercher. C'est comme dans mes souvenirs, sauf qu'après, je me réveille à l'hôpital et là, c'est pas toi et Maman, c'est Lionel et le méchant de James Bond.

Il me serre encore plus fort.

— Tu sais ce que je fais quand il m'arrive de faire des mauvais rêves, Gabriel ?

Je lui fais non de la tête. Il me sourit et siffle un grand coup. Immédiatement, j'entends des bruits de griffes sur le parquet qui font comme une joyeuse petite musique. Ripeur entre dans ma chambre. Je souris. Arsène me regarde et chuchote.

— T'es capable de garder un secret et de ne rien dire à ta maman ?

Je hoche la tête en souriant de plus belle. Alors, Arsène tapote sur le matelas, et Ripeur saute joyeusement sur le lit, tourne sur lui-même et se couche en boule à mes pieds. Je le serre contre moi. Arsène s'allonge au bout du lit, ferme les yeux et s'endort. Moi, je me love contre le chien qui me débarbouille.

Je l'aime bien, Arsène. C'est un chef de la police. Il doit être fortiche. Apparemment, avec Maman, ils sont « très copains ». Il vient souvent nous voir pour le petit déjeuner et il dîne avec nous aussi. Alors un jour, j'ai demandé à Maman si c'était son nouvel amoureux. Elle m'a dit « Non, Gabriel. Ce n'est pas mon nouvel amoureux », puis elle s'est mise à sourire bêtement. Alors j'ai commencé à me poser des questions…

Un peu comme Arsène, j'ai mené l'enquête. Un jour, sa voiture était garée devant l'immeuble. J'aime bien cette voiture. Elle a une sirène et un gyrophare. Des fois, je lui demande de le mettre et il fait semblant de ne le faire que pour me faire plaisir. Enfin bref, j'ai élaboré un plan. L'après-midi, j'avais piqué une craie à la maîtresse. Le soir, je suis descendu jouer dans la ruelle avec Ripeur… Et j'ai fait des petites marques autour des pneus. Le lendemain matin, la voiture n'avait pas bougé. Ça peut vouloir dire deux choses : soit Arsène est quelqu'un de très méticuleux, mais vu sa coiffure, j'en doute… Soit il dort à la maison. Et puis la maison, elle est pas très grande. Il n'y a pas de chambre d'amis. Juste la mienne et celle de Maman. En fait, elle ne voulait pas me changer d'école, alors on a dû rester dans le 16e. Mais on est partis de l'ancien appartement. Maintenant, c'est beaucoup plus petit. Mais j'aime bien vivre ici. Et puis, on est tous les deux. Enfin, tous les trois…

Quelques jours plus tard, je joue dans le bois de Boulogne avec Ripeur. Maman et Arsène se baladent en regardant en l'air. Enfin, Maman regarde en l'air. Arsène, pas vraiment. Il fait semblant de surveiller son chien, mais je pense qu'en fait, il me protège. Mon nouveau pote et moi, on revient pleins de boue. Les grands font semblant de râler, mais je crois qu'en vrai, on les amuse. On va s'asseoir tous les trois autour d'une table de pique-nique. Arsène va chercher trois grosses gaufres au chocolat et deux cafés. Il pose sa main sur la table. Maman entrelace ses doigts dans les siens. Elle me regarde avec ses grands yeux bleus. Elle est belle, Maman.

— Gabriel, Arsène et moi, on a quelque chose à te dire…

Je regarde Arsène en souriant. J'avais déjà remarqué qu'on avait un peu la même tête. Et puis, les méchants m'ont un peu gâché le suspense. Allez, pour leur faire plaisir, je vais essayer d'avoir l'air surpris.

Pour en savoir plus
sur les Éditions Plon
(catalogue, auteurs, vidéos, actualités…),
vous pouvez consulter
www.plon.fr
www.lisez.com

lisez!

et nous suivre sur les réseaux sociaux

Editions Plon

@EditionsPlon

@editionsplon

MIXTE
Papier issu de sources responsables
FSC® C003309
FSC www.fsc.org

L'Éditeur de cet ouvrage s'engage
pour la préservation de l'environnement
et utilise du papier issu de forêts gérées
de manière responsable.

Impression réalisée par CPI
en mai 2019
N° d'impression : 3033709